비

飛雷刀

뢰

도

비뢰도 12

검류혼 新무협 판타지 소설

2판 1쇄 찍은 날 § 2005년 12월 9일
2판 1쇄 펴낸 날 § 2005년 12월 19일

지은이 § 검류혼
펴낸이 § 서경석

편집장 § 문혜영
편집책임 § 장상수

펴낸곳 § 도서출판 청어람
등록번호 § 제1081-1-89호
등록일자 § 1999. 5. 31
어람번호 § 제2-0773호

주소 § 경기도 부천시 원미구 심곡1동 350-1 남성B/D 3F (우) 420-011
전화 § 032-656-4452 팩스 § 032-656-4453
http://www.chungeoram.com
E-mail § eoram99@chollian.net

ISBN 89-5831-867-8 04810
ISBN 89-5831-855-4 (세트)

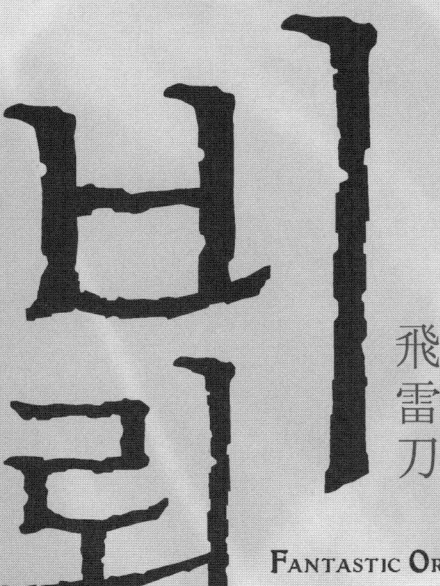

飛雷刀

FANTASTIC ORIENTAL HEROES

검류혼 장편 신무협 판타지 소설

12

낙뢰곡의 혈투

도서출판  청어람

약 백 년 전에 한 남자가 있었네.

그는 어느 날 갑자기 아무런 예고도 없이 홀연히 나타났다네.

아무도 그가 어디서 왔는지 알지 못했지.

물론 처음에는 누구도 그의 존재를 신경 쓰지 않았네.

그런 일은 언제나 있었던 일이었으니까.

·

사람들은 모두들 그를 두려워했지.

급기야는 그의 이름만 들어도 소름이 돋고, 오금이 저릴 정도가 되고 말았다네.

때문에 모두들 그 이름을 내뱉는 것조차 금기시하게 되었네.

·

사람들은 두려움과 공포와 절망을 담아 그를 '천겁혈신'이라 불렀다네.

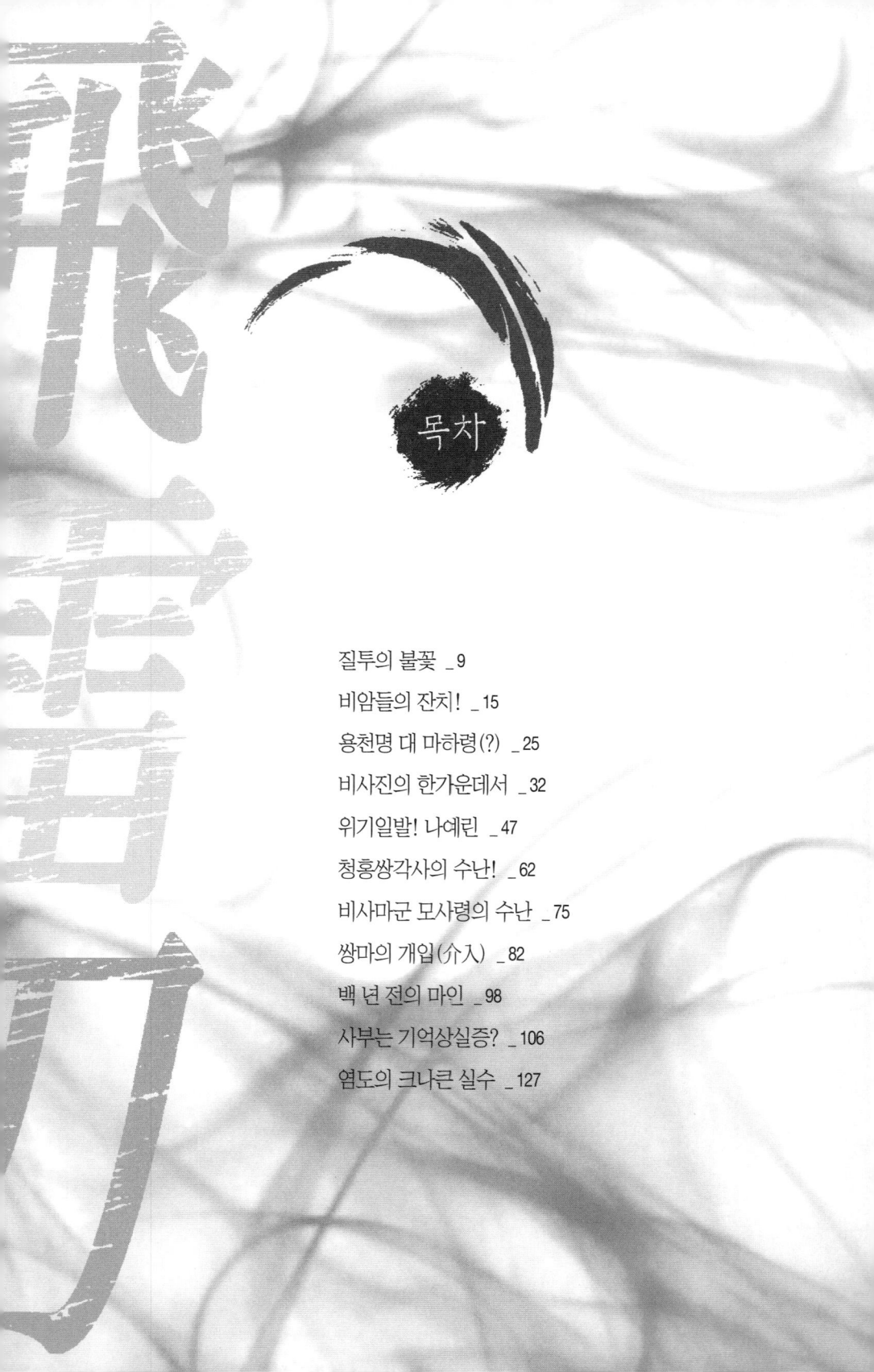

목차

질투의 불꽃 _9

비암들의 잔치! _15

용천명 대 마하령(?) _25

비사진의 한가운데서 _32

위기일발! 나예린 _47

청홍쌍각사의 수난! _62

비사마군 모사령의 수난 _75

쌍마의 개입(介入) _82

백 년 전의 마인 _98

사부는 기억상실증? _106

염도의 크나큰 실수 _127

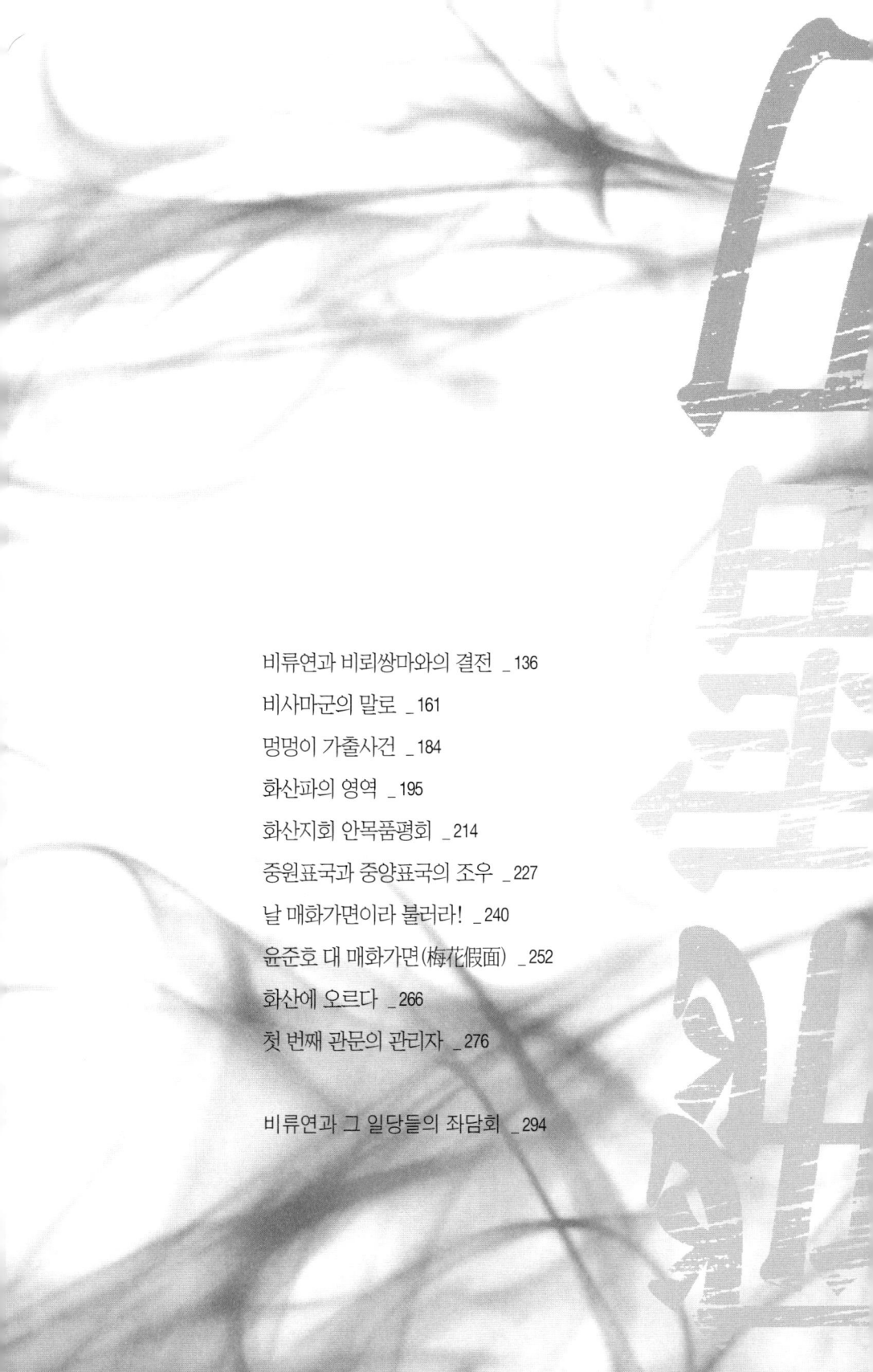

비류연과 비뢰쌍마와의 결전 _ 136

비사마군의 말로 _ 161

멍멍이 가출사건 _ 184

화산파의 영역 _ 195

화산지회 안목품평회 _ 214

중원표국과 중양표국의 조우 _ 227

날 매화가면이라 불러라! _ 240

윤준호 대 매화가면(梅花假面) _ 252

화산에 오르다 _ 266

첫 번째 관문의 관리자 _ 276

비류연과 그 일당들의 좌담회 _ 294

질투의 불꽃

"류여어언!"
구정회의 쌍절(雙絶) 중 하나이자 형산파의 최고 기대주인 지룡(智龍) 백무영은
나예린의 절규하듯 외치는 소리를 확실히 들었다.

그 목소리는 맑고 깨끗했으며, 은빛 거울 위에 수정 같은 빗방울이 음률을 연주하며 떨어지는 듯한 그런 미성이었다. 또한 그것은 심연의 호수처럼 깊고 담비 털처럼 고왔으며, 듣는 사람을 매료시키는 마력이 담겨 있었다. 하지만 지금 그 목소리는 다급함과 놀람, 공포와 불안감으로 가득 차 있었다.

예전에 그 목소리는 북쪽 얼음의 대지에서 불어오는 북풍한설(北風寒雪)처럼 차갑게 얼어붙어 있었다. 그 시린 바람에 감정의 잔재가 실렸던 적은 단 한번도 없었다. 그런 목소리가 어느새 입춘 첫 햇살을 받은 시냇물처럼 녹아 내려 저토록 위태롭게 떨리다니! 그 차갑던 목소리가 저렇게 다양한 감정을 담고 높게 울려 퍼졌던 적이 과거에도 있었던가?

그의 기억으로 반추해 볼 때 그런 일은 전혀 없었다. 아마 애소저 회의 집요한 가인집중밀착감시 기록(佳人集中密着監視 記錄 : 실크로 드 건너편의 벽안국(碧眼國)에서는 '스토킹 레코드'라고 부르고, 이를 전문 적으로 행하는 프로페셔널을 '스토커'라고 칭하는 모양이다.)에도 나와 있지 않을 것이다.

게다가 그것은 그동안 나름대로 수많은 여성을 편력해 보았다고 내심 자부하는 그로서도 처음 들어보는 맑고 아름다우며 신비하면 서도 매혹적인 목소리라는 것에 감히 이의를 제기할 수가 없었다.

그때 백무영의 눈에 친구 위지천의 이상한 모습이 들어왔다.(아직 까진 소원하긴 해도 절교까지는 하지 않았다)

그는 허리를 구부정하게 굽힌 채 자신의 두 손을 멍하니 바라보고 있었다. 마치 인생에 절망하고 생을 자포자기한 자살자를 연상시키 는 그런 모습이었다. 수백 개의 화살이 장마 비처럼 쉴 새 없이 떨어 지고, 회전하는 칼날이 쇠사슬을 타고 광폭하게 떨어져 내리는 이 위 험한 순간에 저렇게 멍하니 있는 짓은 삶을 위한 권리를 포기하겠다 는 것과 진배없는 미친 행위였다.

백무영은 옛 절친한 친우의 행동이 이상하게 느껴졌지만 사방에서 몰려오는 생명의 위협과 끊임없는 공격 때문에 더 이상 그에게 신경 을 쓸 겨를이 없었다. 지금 이 순간에도 수십 발의 화살이 그의 목숨 을 노리며 달려들고 있었던 것이다. 겨우 뾰족한 쇠붙이가 달린 나뭇 가지 따위에 맞아 죽는다면 사문의 조사님들을 볼 면목이 없을 것이다.

사문에 대죄를 지을 수는 없기에 그는 시선을 다시 돌려 자신을 위 협하는 공격부터 단호하게 처리하기 시작했다. 그의 검이 바람을 가르며 차가운 검기를 뿌렸다.

"호호호……."

위지천은 연신 괴소를 흘리며 핏발 선 눈으로 자신의 텅 빈 손을 바라보고 있었다. 분명 깨끗한 빈손이었지만 붉게 충혈된 눈 때문인지 마치 피에 물든 것처럼 벌겋게 보였다. 분명히 자신의 몸에 붙어 있는 팔의 연장선상에 위치한 손이건만 지금 그의 눈에는 천길 낭떠러지의 바닥만큼이나 아득히 멀게만 느껴졌다.

언제 그녀가 저토록 안달하며 다급하게, 자신의 제어를 잃고 소리친 적이 있었던가? 평상시 일상적인 대화조차 제대로 하기 힘든 그녀가 말이다.

위지천은 검은 불꽃처럼 이글거리는 질투에 눈이 멀 것만 같았다.

"크크크큭! 크크크큭!"

이성의 끈을 놓고 감정의 격류에 심신을 내맡긴 현재 그의 모습은 광인(狂人)의 그것이나 별다름이 없었다. 지금 그에게 올바름을 추구하는 이성 따위는 존재하지 않았다. 그는 지금 완전한 방심 상태였다.

펙! 펙! 펙!

눈 없는 화살이 멀뚱한 표적 하나 제대로 맞추지 못하고, 그의 곁을 스치며 바닥에 세차게 꽂혔다. 그러나 그는 여전히 꿈쩍하지 않았다. 이대로 죽을 생각인 것인가?

그런 그의 발뒤꿈치 쪽을 향해 흙바닥을 기며 몰래 다가온 독사 한 마리가 독아를 번뜩였다. 그것은 이 협곡 안에 둥지를 틀고 사는 이곳의 주민이 아닌 다른 땅에서 다른 것을 먹고 살아온 이방인이었다.

이것이 품고 있는 독은 보통 독사의 십수 배에 달했다. 게다가 그 독은 어떤 것의 명령에 의해 휘둘러지는 사악한 검과도 같은 것이었다. 이 무리를 빠져나온 뱀에게 있어서 목표는 어떤 것이 되었어도 좋았다. 단지 이 멍한 남자를 선택한 것은 일단 가깝고, 또한 축 처진 모양새를 보아하니 저항이 적어 간단하게 제압할 수 있을 것 같았기 때문이었다. 과연 현명한 판단이었다.

검은 비늘의 독사가 하얀 한 쌍의 독니를 빛내며 사나운 기세로 달려들었다. 아니, 날아들었다는 표현이 더 정확할 것이다.

스윽!

찰나, 번뜩이는 검광과 함께 위지천의 발을 한 치 앞두고 독사의 머리와 몸통이 가느다란 혈선을 그리며 반쪽으로 갈라져 버렸다. 독사의 잘린 단면으로부터 검붉은 피가 배어져 나오며 위지천의 옷에 붉은 얼룩을 점점이 찍었다.

위기의 순간에 검을 휘둘러 그를 구한 이는 바로 삼절검(三絶劍) 청혼이었다. 한때 이들은 백무영과 더불어 천룡삼우(天龍三友)라 불렸던 적이 있었다. 지금도 그 이름이 퇴색된 것은 아니지만 이미 그들의 우정은 희미해질 대로 희미해져, 이제는 과거의 잔흔(殘痕)만이 쓸쓸함과 함께 남아 있을 뿐이었다.

"흐흐흐흐, 크크크큭! 키키키킥!"

생명을 구원받았음에도 불구하고, 위지천은 고맙다는 말을 하지 않았다. 대신 그는 실성한 사람처럼 자괴와 조롱이 섞인 괴소를 입술 사이로 연신 흘려보내고 있었다.

주위가 짙은 암흑으로 가득히 둘러쳐지기라도 한 듯 이제 그의 시야에는 옛 친구마저도 보이지 않는 모양이었다.

'설마 긴장으로 미쳐버린 건가?'

청흔은 살짝 이맛살을 찌푸렸다. 가끔 첫 전투에 참가한 초심자에게서 이런 정신질환자가 나온다는 사실을 익히 알고 있었다. 극도로 예민해진 신경이 피와 고통과 죽음이라는 거센 충격으로 발기발기 찢겨져 버리기 때문이다.

그러나 이내 자신의 추측을 부정하는 청흔이었다. 그가 알기로 위지천은 그 정도로 나약한 마음의 소유자가 아니었다. 잠시 고개를 갸웃거리던 청흔은 어느 순간 위지천의 괴소가 멎어있음을 깨달았다.

조용히 고개를 치켜든 위지천과 시선을 마주친 순간, 청흔은 심적 충격에 심장이 덜컥 내려앉는 것만 같았다. 그의 두 눈동자는 희망의 그림자라고는 전혀 찾아볼 수 없는 사자(死者)의 눈처럼 허무와 절망으로 가득 차 있었던 것이다.

"크크큭. 쓸데없는 짓을 했군, 친구. 그냥 죽게 내버려뒀으면 좋았을 것을……. 그러는 편이 훨씬, 훨씬 더 좋았을 텐데……. 그랬으면 심장에 수만 개의 대못이 박히는 듯한 이 아픔을 안 느꼈어도 되었을 텐데 말이야. 이제는 마음대로 죽을 수도 없잖아? 왜냐하면 이제는 죽고 싶지 않거든! 그 대신……."

섬뜩하리만큼 차갑고 냉소적인 목소리로, 마치 자포자기한 사람처럼 중얼거리던 위지천은 다시 한번 자신의 두 손을 물끄러미 바라보았다. 순간 그는 붉게 보이는 자신의 두 손이 참을 수 없을 정도로 짜증스러웠다. 그리고 그는 붉게 보이는 자신의 두 손이 비류연이라는 그 빌어먹을 자식의 피로 물들었으면 좋겠다고 생각했다.

미칠 듯한 갈증이 그의 입안을 바싹 태웠다. 그 빌어먹을 자식의 가슴을 도려내 심장에서 흘러나오는 선혈만이 이 타오르는 갈증을 식힐 수 있을 것 같았다. 이 갈증을 식힐 수만 있다면 악마에게라도 서슴지 않고 영혼을 팔 수 있을 것 같았다.

주체할 수 없는 질투심과 죄책감이 만나 그의 정신 속에서 사납게 소용돌이쳤다. 이 사나운 소용돌이 속에서 죄책감은 어느 순간 흔적도 없이 산산이 부스러지고, 그 빈자리를 견딜 수 없는 증오가 대신 채웠다.

참을 수 없는 광기의 회오리가 그의 심신을 휘감았다. 그것은 그의 약해질 데로 약해진 정신과 이성을 갈가리 찢어발겼다. 그러나 그의 이런 변화를 눈치 챈 이는 아무도 없었다. 멀리서 쏟아지는 화살들과 고군분투하고 있는 백무영은 물론이고, 바로 곁에서 그를 지켜본 청혼마저도 그의 마음이 서서히 마(魔)에 잠식되어 가는 것을 전혀 눈치 채지 못했다.

위지천의 마음속에서 지금까지 힘겹게 유지되던 어떤 가느다란 선 하나가 어느 순간 '뚝' 끊어져 나졌다.

비암들의 잔치!
- 죽음의 비사진(飛蛇陣) 발동

"혈궁이 죽었습니다."

돌처럼 딱딱하게 굳은 얼굴로 혈검이 보고했다.

"…, 도저히 믿을 수가 없군."

적혈은 침음성을 흘렸다. 대가 없는 승리는 없다고 했다. 그것을 모르는 바는 아니었다. 그러나…, 하나를 얻기 위해서는 다른 하나의 희생이 필요할 때도 있다지만 그들은 아직 그 어떠한 성과도 얻지 못한 실정이었다. 물론 어느 정도의 희생은 이미 각오한 바였지만 설마 조장급까지 희생될 줄은 정녕 몰랐다.

"지금까지 저 정도 피해만으로 버티다니 정말 놀랍군. 우리는 벌써 혈궁을 잃었는데, 저들은 아직 아무것도 잃은 것이 없으니……."

적혈은 마침내 마음을 굳히고, 서서히 뒤로 돌아섰다. 부끄럽지만 아무래도 그분들에게 조력을 구해야만 할 것 같았다.

"죄송합니다, 수고스러우시겠지만 아무래도 모(某) 봉공께서 나서주서야겠습니다."

그러자 나직하면서도 왠지 심드렁한 느낌의 음성이 곧바로 들려왔다.

"알겠네!"

뒤편에서 조용히 사태의 추이를 지켜보던 세 명의 노인 중 녹색 옷을 입은 노인이 한 발 앞으로 걸어 나오며 고개를 끄덕였다. 노인은 마른 나뭇가지처럼 깡마른 몸에 얼굴은 염소처럼 강퍅했고, 가늘고 길게 찢어진 두 눈은 독사의 눈처럼 날카롭게 빛났다.

그 소름끼치는 사안(蛇眼)이 발산하는 요사한 안광을 보고 있노라면 그의 전신에 당연히 있어야 정상일 비늘이 없는 게 오히려 이상하게 느껴질 정도였다. 게다가 그의 얇고 길게 찢어진 창백한 회색빛 입술에서는 금방이라도 두 가닥으로 갈라진 새빨간 혀가 낼름거릴 듯한 오싹한 분위기였다.

이 녹의노인이 바로 이번 작전에 투입된 3명의 봉공 중 한 명인 비사신군(飛蛇神君) 모사령이었다.

"닭 잡는데 소 잡는 칼은 필요 없다고 생각했었는데……. 번거로운 수고를 끼치게 되었습니다."

"흘흘흘, 괜찮네, 괜찮아. 신경 쓰지 말게. 다 그 분을 위한 일이 아닌가. 이 정도는 소일거리도 안 되는 일일세. 흐흐흐, 사실 언제 이 늙은이를 불러줄지 첫날밤 새색시처럼 손꼽아 기다리고 있었다네. 오랫동안 방치해 놓기만 한 녹슨 뼈다귀에 기름칠 한 번 못해보고 싱겁게 끝날까 봐 노부가 얼마나 노심초사 했는지 아마 자네는 모를 걸세. 맡겨 주게나."

흉물스런 괴소를 흘리며 호언장담하는 모사령의 오른손에는 뱀의 형태를 하고 있는 요사스런 사장(蛇杖)이 하나 들려있었다. 붉은 보석이 뱀의 눈 부위에 박혀 있는 독액처럼 거무튀튀한 색으로 주조된 이것이 바로 그의 독문병기인 만사혈장(萬蛇血杖)이었다.

모사령이 만사혈장을 한 번 휘두르기만 하면 수천 마리의 뱀들이 그의 명령에 절대 복종한다. 그 뱀들 모두가 다 황소도 단숨에 잠재우는 강력한 맹독을 지닌 독사들뿐이었다.

"자, 내 귀염둥이들아. 잔치 시간이다!"

삐이이익!

쉬이이익!

비릿한 미소를 얄팍한 입가에 매단 채 사납게 만사혈장을 휘두르자 날카로운 휘파람 소리가 대기 중에 울려 퍼졌다.

그것을 신호로 모사령 주위의 대지가 검게 요동치듯 꿈틀거리기 시작했다. 검은 물결 속에서 '쉭쉭' 하는 소름끼치는 소리가 날카롭고 높게 울려 퍼졌다. 수천 마리 뱀들이 동시에 합창하는 듯한 모골이 송연한 소리였다.

그 꿈틀거림과 울음소리는 해변의 잔물결처럼 순식간에 사방으로 번져나갔다. 협곡 반대쪽에서도 이에 응답이라도 하듯 '쉭쉭' 거리는 소리가 들려왔다.

혈검은 무의식중에 눈살을 찌푸렸다. 그것은 언제 보아도 괴기스럽기 짝이 없는 모습이었던 것이다. 담력과 배짱 하나만은 그 누구와 견주어도 지지 않을 자신이 있는 그였지만, 수천 마리 뱀들의 향연을 보는 순간 전신의 털이 일제히 곤두서는 것만은 막을 수가 없었다.

파바바바박!

수백 마리의 뱀들이 검은 물결에서 빠져나와 아무런 망설임도 없이 협곡 아래로 몸을 날렸다. 협곡의 하늘은 검은 뱀들의 그림자로 순식간에 가득 메워졌다. 비사신군 모사령의 절대사진 중 하나인 비사진(飛蛇陣)이 발동된 것이다.

이때 비류연은 막 봉무등천(鳳舞騰天)의 수법으로 철쇄 위를 줄타기 곡예사처럼 올라타고 비상하는 봉황처럼 깎아지른 벼랑 위를 날아오르고 있었다.

나예린의 비명이 울려 퍼진 것은 바로 이때였다.

철쇄봉혼진(鐵鎖封魂陣)의 한 쪽에 갇힌 채 변덕스런 악천후 날씨(?)를 향해 쉴새없이 검을 휘두르고 있던 용천명은 갑자기 들려온 한 여인의 외침에 잠시 몸을 움찔했다.

천상의 악기들이 한데 모여 합주를 하는 듯한 저 미성은 누구를 향하는 것일까? 의도하지 않았음에도 불구하고 갑자기 그 대상을 향한 무한한 부러움과 질투심이 샘솟아 올랐다.

'저 맑게 울리는 투명한 애달픈 목소리의 주인을 위해서라면 숭산(崇山)에 있는 선사님들 중 얼마나 많은 고승들이 파계할까?' 라는 말도 안 되는 터무니없을 정도의 불온한 생각을 해 보기도 하였다.

그녀를 얻을 수만 있다면, 아니 쟁취할 티끌만한 가능성이라도 있다면 기꺼이 승적(僧籍)을 버리고 파계(破戒)할 이들이 적지 않을 것이리라.

소림사(少林寺)에서 수행에 용맹정진하고 계신 그분들은 그녀를 보지 못했다는 그 사실 하나만으로도 최고의 행운과 다시없는 불행을 동시에 누리는 것이라 할 수 있었다.

모순되는 말이지만, 하늘도 시샘할 정도의 아름다운 그녀를 두 눈으로 보지 못한다는 것은 분명히 다시없는 불행이었다. 하지만 보지 않았기에 정념의 유혹에 빠져 번뇌로 인해 괴로워하지 않고 수행에만 정진할 수 있으니 그들은 행복하다 할 수 있었다. 그동안 얼마나 많은 자들이 그녀의 의도하지 않은 유혹에 넘어갔는지 그는 너무도 잘 알고 있었다.

용천명 자신 또한 나예린을 처음 보았을 때 무의식적으로 치솟는 욕정을 억제하기 위해 자신의 가장 강력한 심법인 금강부동심법(金剛不動心法)을 전력으로 운용하고, 그것도 모자라 다라니경(陀羅尼經)을 처음부터 끝까지 쉬지 않고 암송해야만 했다. 그리고 나서야 비로소 그는 겨우 욕정으로 가득 드리워진 미망(迷妄)의 유혹에서 빠져나와 평정심을 얻을 수 있었다.

그때 자신의 수련이 조금만 얕았어도 십 년 공부 도로아미타불의 업적을 이루는 것은 그리 어려운 일이 아니었을 것이다.

'그땐 오랫동안 사문에 머물러 있었던 터라 이성에 대한 면역이 전혀 없었었지.'

바로 그때였다.

"끼아아아악!"

용천명이 잠시 과거를 회상하고 있는 그 순간 조금 전 그를 과거로 인도했던 비명과는 전혀 다른 울림을 지닌 신경질적인 비명이 공기를 갈기갈기 찢으며 갈라진 협곡 안에 날카롭게 울려 퍼졌다.

그것은 듣는 이의 귀청이 터져나가는 게 아닌가 하는 생각이 들 정도로 소름 끼치는 그런 비명이었다.

용천명은 잠시 귀를 막았다 떼며 질린 눈빛으로 양쪽 협곡의 사면을 올려다보았다. 그의 눈빛은 언제나 그렇듯이 진지함으로 가득 차 있었다.

"……."

잠시 후, 그는 만족스러운 듯 고개를 끄덕였다.

"음, 무너지지는 않겠군."

콰과과과과쾅!

소용돌이처럼 회전하는 비차륜이 사나운 이빨을 날카롭게 번뜩이며 흉폭한 기세로 떨어져 내렸다. 바람을 가르는 하얀 칼날의 난폭한 회전에 휘말린다면 인간의 물렁한 몸이 마치 넝마조각처럼 갈가리 찢겨져 나가는 것은 시간 문제일 것이다.

이에 대한 비류연의 대응은 줄타기 곡예사처럼 절묘했다. 오른발로 살짝 쇠사슬을 박찬 그는 그 탄력을 이용해 새털처럼 가볍게 비차륜의 잔인한 이빨을 뛰어넘었다.

저 밑에서 나예린의 걱정 어린 외침이 들려 왔다. 비류연의 귀가 쫑긋해졌다. 갑자기 기분이 날아갈 듯 상쾌해졌다. 생각 같아서는 그녀에게 걱정하지 말라고 손 흔들며 씨익 웃어주고 싶었지만, 위에 버티고 있는 짜증나게 성질 급한 놈들이 그럴 짬을 주지 않았다.

십수 대의 화살이 파공성을 일으키며 그를 표적 삼아 날아 왔다. 비류연은 그들의 연습용 과녁이 될 생각이 추호도 없었기에 다시 한 번 더 오른발을 박찼다. 그리고 그의 양 손이 부드럽게 휘둘러졌다.

여섯 대의 화살이 비류연의 손길에 파리채 맞은 파리처럼 후두둑 떨구어졌고, 나머지는 모두 그의 터럭 하나 건드리지 못하고 무의미하게 허공을 스쳐 지나갔다.

　혈궁조 조원들은 '뭐 저딴 놈이 다 있어!'하고 치를 떨었다. 비류연의 발걸음은 거침이 없었다. 그때 하늘이 한 순간 검게 변하며 그것들이 우수수 떨어져 내렸다.

　비사신군 모사령의 비사진이 발동된 것이었다.

　'이건 또 뭐야?'

　이제는 손도 쓰기 귀찮은지 비류연은 봉황무를 극성으로 끌어올렸다. 그러자 그의 주위에 몸을 중심으로 세찬 기류가 소용돌이치기 시작했다. 순간적으로 발생한 바람의 방어막은 독사 떼의 접근을 결코 허용하지 않았다.

　날카로운 바람의 칼날에 토막 난 뱀들이 후두둑 지상으로 떨어져 내렸다.

　"저게 뭐지?"

　철쇄봉혼진을 담당하고 있던 제 10대 대원들의 눈이 휘둥그레졌다. 인간으로 추정되는 희끗한 그림자 하나가 갈라진 협곡 한가운데서 유령처럼 불쑥 자신들의 눈앞에 나타났던 것이다.

　아무리 같은 두 발 달린 짐승이지만 조류와 인간은 종(種)이 다른 법이거늘, 비류연이 보여준 신법은 거의 신기에 가까웠다.

　"안녕!"

　비류연은 반갑게 손을 흔들었다. 그가 타고 올라온 철쇄를 담당하던 일천십일호는 얼떨결에 마주 손을 흔들어 주고 말았다. 그 순간, 비류연의 왼손으로부터 은빛 섬광이 번뜩였다.

그것은 그가 이 세상에서 마지막으로 본 빛이었다.

"이…, 이놈이! 웬 놈이냐? 모두 진(陣)을 펼쳐라!"

동료의 어이없는 죽음을 멍하니 바라보던 제 10대 대원 열 명이 퍼뜩 정신을 차리고는 혈쇄조(십이혈마대 제 10대의 별칭)의 독문병기인 철쇄를 꼬나들며 그를 사방에서 에워싸듯 포위했다.

이 상황에서 대화 따위는 무의미했다.

'누구냐?', '웬 놈이냐?', '나이와 소속은?', '부모님은 모두 강녕하시고?', '혹 예쁜 누이나 여동생이 있나? 소개시켜 준다면 어쩌면 살려줄 수도 있는데…….' 등등으로 시작되는 신원 조회 따위는 생사의 경계에 선 그들에게는 길에 널린 개똥만큼도 쓸모가 없었다.

십로철쇄진(十路鐵鎖陣)이 발동되자 건태리진(乾兌離震), 손감간곤(巽坎艮坤)의 팔괘(八卦) 방향과 상하를 합친 열 방향에서 공기를 찢는 파공음과 함께 '좌라라락' 묵빛 쇠사슬이 날아왔다. 십방에서 단숨에 그를 속박한 다음 묵빛 쇠사슬로 으스러뜨려 죽이고 싶은 모양이었다.

'이 녀석들은 날 멀뚱히 서 있는 통나무라고 생각하는 걸까?'

그런 가소로운 생각이 든 것도 잠시, 비류연은 자신이 통나무처럼 뻣뻣이 서 있는 허수아비나 목각인형이 아니라는 사실을 행동으로 증명해 보이기로 했다.

챠라라라랑!

열 가닥 쇠사슬이 독 오른 검은 뱀처럼 거친 쇳소리를 내며 비류연의 몸을 사형수 포박하듯 칭칭 휘감았다.

"헉!"

순간 부릅떠진 얼굴이 된 열 명의 입에서 경악성이 약속이라도 한 듯 동시에 터져 나왔다.

없었다.

분명히 있어야 할 자리에, 그리하여 인정사정없는 열 가닥의 철쇄가 내리는 처벌에 전신의 뼈가 산산조각 나는 고통을 겪고 있어야만 할 그 대상이 없었다.

열 가닥의 철쇄가 난마(亂麻)처럼 뒤엉켜 있는 쇠사슬 뭉치만이 가라앉는 황토색 먼지 속에 헹댕그렁하게 떠 있을 뿐이었다. 열 명의 시선이 동시에 허공을 향했다. 그리고 그들은 보았다. 아니, 분명히 보았다고 느꼈다.

새하얀 구름을 황금빛으로 태우는 태양광에 가려져 비록 눈으로는 볼 수 없었지만 그들의 무의식은 확실히 그것을 보았다. 태양을 등진 사신의 미소를!

파바바바밧!

슈슈슈슈슉!

그 순간 찬란하게 빛나는 태양으로부터 열 개의 광창(光槍)이 예리한 가시처럼 번뜩이는 섬광을 토해내며 튀어나왔다. 신의 권능처럼 빛나는 빛의 창들이 창졸지간에 열 개의 심장을 꿰뚫었다.

열 명의 혈쇄조원들은 자신들이 바라본 마지막 태양을 직시하며 빛을 갈구하는 해바라기처럼, 하늘을 건너 태양에 다다르길 갈망하는 석상처럼 굳어진 채 그대로 두 번 다시 숨을 쉬지 못했다.

"네…, 네 이놈!"

자신의 부하 열 명이 숨 한 번 채 내쉬기도 전에 몽땅 비명횡사하자 십이혈마대 제 10대 조장 혈쇄는 이를 뿌드득 갈며 증오 어린 시선으로 비류연을 째려보았다.

태양에서 하강하듯 사뿐히 내려선 비류연의 시선이 씨근덕거리는 혈쇄의 이글거리는 독기서린 눈과 정면으로 마주쳤다. 구구한 말은 시간낭비일 뿐이었다.

일촉즉발의 상황!

바로 그때였다.

"끼아아아악!"

아직 운무가 채 가시지도 않은 갈라진 협곡의 아래로부터 집 채 만한 바위도 단숨에 한 줌 가루로 만들 법한 비명이 울려 퍼졌다. 좁은 협곡 사이에서 반향 된 탓인지 까마득히 위에서 듣는 그 소리는 더욱 괴상망측했다.

비류연의 눈 꼬리가 순간 꿈틀거렸다.

"시끄럽군!"

용천명 대 마하령(?)
- 치열한 잔대가리의 격전

"끼아아아악!"

"컥!"

그것은 오래되어 녹슨 검이 강제로 철제 검집에서 빠져나올 때 나는 소름끼치는 신경질적인 쇠 마찰음 같았다.

창천룡(蒼天龍) 용천명은 자신의 얇고 연약한(?) 고막을 사정없이 유린하는 정체불명의 음공에 하마터면 본능이 시키는 대로 귀를 틀어막고 제자리에 풀썩 주저앉을 뻔했다. 그러나 그는 결사의 의지력을 발휘하여 대지 위에 굳건히 버티고 섰다.

'무…, 무슨 소리지? 이 끔찍한 소리는?'

함께 방을 쓰는 동료의 공포스러운 이 가는 소리만큼이나 끔찍한 그 고문 같은 음공을 용천명은 어디에선가 많이 들어본 듯한 기시감(旣視感)이 들었다.

'누구였지?'

저 독특하고 개성적인, 아무리 애써도 도저히 흉내 낼 수 없을 것 같은 신경질 가득한 목소리는 쉽게 잊혀질 만한 성질의 것이 아니었다.

'분명 저 목소리의 소유자는 성격이 괴팍하고 편협하며, 신경질적이고 막무가내임이 분명할거야!'

왠지 그럴 것 같다고 생각하는 순간 그의 뇌리 속에서 한 여인의 얼굴이 불현듯 스치고 지나갔다.

"끼아아악, 저리 가! 저리 가란 말이야! 어딜 다가와! 죽어, 죽어어!"

그리고 다시 한번 그 소름끼치는 비명이 협곡을 무너뜨릴 기세로 울려 퍼질 때, 그는 비로소 자신의 추리에 확신을 가질 수 있었다. 그러고 보니 자신이 떠올렸던 '저런 비명의 소유자가 가져야 할 덕목'의 모든 조건이 그녀와 부합됨을 곧 알 수 있었다.

"역시!"

한쪽 구석진 곳에서 마하령이 새파랗게 질린 핼쑥한 얼굴로 연신 비명을 토하며 악에 받친 듯 마구잡이로 도광을 뿌리고 있었다. 거미줄처럼 빽빽하게 둘러쳐진 도광이 거의 도막을 형성하고 있었고, 그 치명적인 광막(光幕) 안에 걸린 독사들은 속절없이 몸통을 육시당해야 했다.

'헉! 저럴 수가……. 마 소저에게도 저런 여성스러운 면이 있었다니? 저렇게까지 질겁하며 뱀을 싫어하다니…….'

순간 어처구니없는 헛웃음이 터져 나왔지만 이내 그의 눈길은 걱정스럽다는 듯 변했다. 자칫 잘못하여 그녀가 이대로 계속 비명을 지를 경우 이 협곡이 붕괴돼 전원 매몰될 지도 모른다는 위기감이 그를 엄습했던 것이다. 현재 그녀의 도는 어떠한 독사의 이빨도 접근을 허용치 않고 있지만 지금 그녀가 펼치고 있는 도법은 결코 이성적이지 않았다. 평소 그녀가 보이던 깔끔하고 정련된 초식은 그 어느 구석에서도 찾아볼 수 없었다.

하긴! 아랫입술을 피가 날 정도로 꽉 깨물고, 눈에 핏발을 세운 채 전심전력으로 휘두르는 도가 어찌 이성적일 수 있겠는가?

사실 비사진의 독사 떼 공격을 막는데 저런 무지막지하고 위력적인 강맹한 초식이 꼭 필요한 것은 아니었다. 과도한 진기 사용은 전신의 기력을 신속하게 고갈시키는 내공 낭비일 뿐이다.

저대로 가다가는 적의 의도대로 제풀에 쓰러질 수밖에는 다른 도리가 없을 것이다. 다급한 마음이 된 용천명은 그녀를 돕기 위해 떨어져 내리는 화살 비와 독사 비의 악천후를 검풍의 우산으로 헤치며 얼른 달려 나갔다. 용천명은 재빠르게 마하령의 곁으로 뛰어가며 주위의 뱀들을 한꺼번에 빗질하듯 쓸어버렸다. 그러자 잠시 숨을 돌릴 수 있는 여유가 생겼다.

"괜찮습니까, 마 소저? 다치거나 어디 물린 곳은 없나요?"

그녀의 몰골은 말이 아니었다. 평소 깔끔하던 옷차림은 땅바닥에 한바탕 뒹군 듯이 흐트러져 있었고, 단정하게 틀어 올렸던 머리카락도 격한 움직임에 헤져서 짚으로 만든 볼품없는 옷처럼 올올이 풀려나와 아무렇게나 방치되듯 늘어뜨려져 있었다. 그녀의 입장에서 누군가에게만은 절대로 보이고 싶지 않은 엉망진창인 모습이었다.

"도와드리지요, 마소저!"

갑자기 그녀의 얼굴이 순식간에 벌겋게 달아올랐다.

"필요 없어요!"

그녀가 '빽' 하고 신경질적으로 소리치고는 이내 거친 숨을 몰아내쉬었다. 그것은 안정된 호흡을 유지하고 있는 용천명과는 확연히 대비되는 모습이었다. 그리고 그것은 그녀가 그에 비해 지극히 낭비적인 움직임을 취했다는 증거이기도 했다. 아직도 그녀의 눈에선 핏발이 가라앉지 않고 있었다.

땅바닥을 슬금슬금 기어 다니는 수백 마리나 되는 푸른 비늘 달린 생물의 공격 때문에 그녀의 신경은 이미 예민해질대로 예민해져 있었고, 그것은 금방 해결될 문제가 아니었다.

"또, 기분 내키는 대로 진심이 아닌 말을 내뱉는군요."

용천명은 고개를 절레절레 내저었다. 그의 호의가 개 작두질 당하듯 거절당한 것은 기분 상하는 일이었지만, 이제는 어느 정도 면역이 되어 한 번 정도 더 당해 줄 여유와 아량은 남아 있었다. 그리고 마하령이 알면 땅을 치고 통곡할 일이지만 그동안 수없이 당하다 보니 이제는 이 사나운 암호랑이를 다루는 데에 이골이 나 있었던 것이다.

"그 말 진심입니까, 마소저?"

용천명은 조용한 호수 같은 두 눈으로 마하령을 정면으로 바라보며 한층 무뚝뚝해진 가라앉은 목소리로 말했다. 그 무심한 시선에 그녀는 움찔하고 말았다.

"마지막으로 다시 한번 묻겠습니다. 정말 안 도와줘도 됩니까? 본인은 어찌되어도 상관없습니다만은……."

이번에도 아니라고 대답하면 당장 뒤돌아서서 휑하니 그냥 가버리겠다는 의지가 무럭무럭 피어오르는 그런 협박성 다분한 어조였다.

"그…, 그게…, 저어……."

평상시라면 절대로 이런 폭거를 오기로라도 인정하지 않았을 것이다. 그것은 그녀의 드높은 자존심이 절대로 용납하지 않았다. 그러나 현재 그녀에게는 오기와 자존심을 내세울 만큼의 심적 여유가 부족했다. 지금은 비상시였고, 그녀에게는 대위기였다.

어린 시절에 아로새겨진 정신적 충격. 그녀의 열 번째 생일날, 어떤 심술꾸러기 소년 한 명이 그녀의 뒷덜미에 푸른 비늘 달린 징그러운 생물을 한 마리 집어넣은 적이 있었다. 그 비늘 달린 차갑고 끈적끈적하면서도 미끌미끌하고 소름끼치도록 혐오스러운 것은 그녀의 등판을 이리저리 유희를 즐기듯 휘젓고 다니며 어린 한 소녀의 정신을 새하얀 백지로 만들어 버렸다. 그 이후 그녀는 뱀이라고 하면 질색팔색을 하게 되었던 것이다.

찰나의 순간에 모루 위의 불꽃처럼 튀어나왔던 오기는 어느새 자취를 감추고 없었다. 마하령은 가자미눈을 뜨고 자신의 주위를 힐끔힐끔 살펴 보았다. 주변의 광경은 시선의 초점조차 맞추기 두려울 정도로 끔찍한 지옥도였다.

"정말 안 도와줘도 됩니까, 군웅회주님?"

그녀는 여전히 대답하지 않았다.

용천명에 의해 파도 앞의 모래성처럼 쓸려나갔던 뱀들이 선수교체를 하고, 사방에서 스르륵 스르륵 흰 뱃가죽이 흙을 헤치는 끔찍한 소리를 내며 다가오고 있었다. 그 수는 족히 기백이 넘는 듯 했다.

'도와 달라고 해, 마하령! 지금 느긋하게 자존심을 세우고 있을 때야? 지금 네가 물불을 가릴 처지냐고? 어서 도와 달라고 해! 조력자로서 저만큼 믿음직스런 사람도 드물다고!'

그러나 그녀는 이내 세차게 도리질을 했다.

'아냐! 그럴 수는 없어. 그래서는 안 돼. 내가 미쳤다고 저 사람에게 도움을 청해? 너의 신분을 생각해 보라고. 그리고 옛날에 무슨 일이 있었는지도 생각해 보라고. 저 남자는 그때의 일 따위는 보나마나 이미 까맣게 잊고 있겠지. 십 년도 전의 일이니깐. 그런데 그런 남자에게 어떻게 도와 달라고 할 수 있겠어? 넌 군웅회주 철옥잠 마하령이야. 절대 구정회주에게 도움을 요청해서는 안 돼. 더구나 저 남자에게는 말이야. 오늘 이 자리에서 죽으면 죽었지 그렇게는 못해! 아니, 안 해! 하지만…….'

두 가지 서로 모순 된 생각이 그녀의 머리 속에서 치열한 전쟁을 벌이고 있었다. 그러나 결론은 쉽게 날 것 같지 않았다.

쉭쉭!

붉고 가는 혀가 위협적인 소리를 내며 낼름 거렸다. 그렇지 않아도 새파랗게 질려있던 그녀의 얼굴에서 색소가 썰물처럼 빠져나가며 순식간에 새하얗게 탈색되었다.

"여태껏 대답이 없는 것을 보니 정말 안 도와줘도 되는 모양이지요, 하령? 그럼 여기에서 더 이상 볼일은 없겠군요."

용천명은 뽑아 휘두르던 장검을 다시 검집에 납검(納劍)하며 인정사정없이 뒤로 돌아섰다. 평소와 다르게 '하령'이라 부른 것도 실수가 아닌 고의였다. 아직 위협이 끝나지 않은 이 상황에서 아주 심술궂으면서도 위험천만한 행위였지만 효과는 만점이었다.

그의 냉정한 행동에 다급해진 마하령은 이성적이고 논리적인 사고를 할 여유마저 빼앗긴 채 체면치레 하거나 오기를 부릴 일말의 여유마저 박탈당하고 말았다.

지척에서 수백 마리의 뱀들이 자신들의 치아교열 상태를 뽐내며 포위해 오고 있었던 것이다. 마하령은 울상이 되고 말았다. 치열하게 격전을 벌이던 그녀의 마음 한쪽이 마침내 백기를 들었다.

마하령이 다급한 목소리로 그를 멈춰 세웠다.

"용 공자님, 잠깐만요. 제가 잘못 생각한 듯싶네요. 구정회주님께서 도와주신다는 데 함부로 그 도움을 거절하는 것도 도리가 아닌 듯싶군요. 애써 배려해 주시겠다는데 그 호의를 거절하는 것도 예의가 아니지 않겠어요, 호호호!"

여인의 변신은 무죄라고 했던가? 마치 당연한 것을 말했다는 듯이 허리를 꼿꼿이 세우고 그녀가 정색하며 당당하게 입을 열었다. 허세임이 눈에 확연히 드러나 보였지만 용천명은 결코 내색하지 않았다.

'이런, 이런! 과연 하령답군!'

용천명은 고개를 저었다. 이 사자처럼 사나운 여인에게 더 이상의 굽힘은 기대하지 않는 편이 좋았다. 또한 그런 면이 더 마하령다운 것인지도 모른다.

용천명이 다시 검을 뽑았다. 오늘은 이 정도 선에서 만족하기로 했다. 이런 때 빚을 만들어 놓는 것도 장래에 유용한 일이었다.

파바바밧!

그는 시원스럽게 달마여래십삼검(達摩如來十三劍) 중 일초인 불광만조(佛光滿潮)를 펼치며 사위를 쓸어갔다. 그와 그녀에게로 접근해 오던 독사 떼들은 그의 검에서 뿜어져 나오는 여래의 후광과도 같은 빛의 물결에 흔적도 없이 휩쓸려 나갔다.

비사진의 한가운데서
- 뱀들이 무서운 땅꾼들

"일단 우리들의 발을 묶어 놓을 속셈이군!"
이런 혼란의 한가운데서도 빙검의 목소리는 차분하게 가라앉은 채
한 치의 흐트러짐도 보이지 않았다.

일단 적들은 이유는 알 수 없지만 자신들의 행보를 늦추고 싶은 게
분명했다. 그리고 겸사겸사해서 자신들의 전력도 떨어뜨리고 싶을
것이다.

그리고 그들의 의도대로 자신들의 발걸음은 이 산에서 완벽하게
저지당하고 있었다.

"이들은 이미 우리가 이 길로 올 줄 알고 있었어!"

"알고 있었다고?"

염도가 깜짝 놀라 소리쳤다.

"그렇다네. 그렇지 않고서는 이 정도로 성대한 환영이 불가능했겠지."

"도대체 누가?"

"지금은 그게 중요한 게 아니지. 그것은 이 싸움이 끝났을 때 중요

해지는 일일세. 이번 일은 주의를 소홀히 한 우리의 실수일세. 남을 탓할 일은 아니야. 이 정도 습격당하기 좋은 지형임에도 불구하고 사전 정찰을 소홀히 했으니 당해도 싸지, 안 그런가?"

자신의 사전 정찰 지시를 방해했던 염도를 향한 빙검의 싸늘한 일침이었다. 빙검의 말 한마디 한마디에는 염도의 가슴을 후벼 파는 비수가 들려 있는 것 같았다. 이 붉은 머리칼 사내는 몸을 부르르 떨기만 할 뿐 꿀 먹은 벙어리처럼 아무런 대꾸도 하지 못했다.

'에이, 저런 험한 곳에 누가 매복해 있겠나? 괜히 쓸데없는 신경 쓰는 것 아닌가? 괜찮아, 괜찮아. 무슨 일이 생기면 다 내가 책임지지. 책임진다니까! 그러니 그냥 가자구!'

내가 왜 그랬을까? 염도는 마음속으로 사정없이 머리를 두드리며 자신을 책망했다. 분하지만 빙검의 말에 그 어떤 대꾸할 말이 없었다. 분노와 수치가 한데 어우러져 그의 안색이 붉으락푸르락 해졌다.

"자네의 말, 꼭 책임지길 바라네!"

그냥 잊어줘도 좋을 말이건만, 빙검의 얼굴에는 죽는 한이 있더라도 결코 잊지 않겠다는 의지가 넘쳐흘렀다.

"……."

이번에도 역시 염도는 어떠한 반박도 할 수 없었다. 그는 단지 정신적인 비명을 지를 수밖에 없었다.

'빌어먹을, 엿 됐다!'

빙검에게 약점을 잡히고 말다니! 돌이킬 수 없는 치명적인 실수였다.

노학은 개방의 거지가 으레 그러하듯 뱀을 무척 좋아했다. 그 뱀이 독사든 독사가 아니든, 물뱀이든 꽃뱀이든, 심지어 도마뱀이든 상관없이 차별 없는 사랑을 보낼 만한 아량(식성을 빙자한)을 지니고 있었다.

뱀 구이하면 견공 목욕한 냄비 탕(통칭 멍멍탕)과 함께 개방의 2대 선호식품 중 하나였기에 그가 싫어할 이유는 그 어디에도 없었다. 그러나 그는 오늘 이 시간을 기해 자신의 2대 기호식품이 1대 기호식품으로 변할지도 모른다는 강력한 위기의식을 느꼈다.

코끝을 찌르는 강렬한 비린내, 그리고 사방에서 조여드는 독기 어린 하얀 이빨. 이놈들 나름대로 자신들의 치아표백 상태를 자랑하고 있는 듯한데 솔직히 말해서 전혀 귀엽지 않았다. 이건 아무래도 아니었다.

그런 느낌은 비단 노학뿐만이 아니었다. 요즘 들어 본명보다는 당삼으로 더 잘 불리는 사천당문의 직계손 당철영으로 말하자면, 그에게 독사는 독갈(毒蝎 : 독전갈), 독오공(毒蜈蚣 : 지네), 독지주(毒蜘蛛 : 거미) 등의 독충들과 함께 무척이나 친숙한 애완동물(?)이었다.

그들은 언제나 자신과 자신의 가문에 일용할 맹독(猛毒)을 제공해주는 아주 소중한 기증자였던 것이다. 그것이 자율적이었는지, 강제적이었는지는 여기서 다루지 않도록 하자.

그도 소싯적부터 여동생 주제에 당돌하게 감히 누나라고 주장하는 한 여인과 함께(당문혜가 들었다면 펄쩍 뛸 만한 의견이었다), 그리고 당가의 자제들과 함께 이름도 다 주어 삼킬 수 없는 다양한 종류의 뱀들을 길가의 돌멩이 밟듯 만져 온 전적이 있었다. 물론 그 뱀들은 몽땅 독사였다. 당문에서 독 없는 뱀은 이른바 쓸모없는 '왜 태어났니?' 생물이었다.

당가가 보유한 여러 개의 독물 채집장 중 따로 전문적인 독사 양사장(養蛇場)이 있는데, 그곳은 당가혈손들의 필수 수련 과정이었다.

독의 맹주라 불리는 사천당문의 자식이 독사가 무서워 벌벌 떨고 있다는 이야기는 강호에서 아마도 지나가는 똥개 콧방귀 정도의 썰렁한 반응밖에 끌어낼 수 없을 것이다.

그러나 당삼은 오늘 최초로 비늘 달린 이 귀염둥이들이 끔찍하다는 생각이 들었다. 억수로…, 셈이 불가능할 정도로 많아지면 그렇게 될 수도 있구나! 그는 오늘 새로운 교훈을 얻은 듯한 기분이었다.

그가 고개를 돌려 아직도 누나 동생 싸움을 계속하고 있는 당문혜를 바라보았다. 철의 간담을 지녔다는 이 말괄량이도 그의 의견에 동의하는 듯, 얼굴색을 창백하게 변화시키는 것으로 답변을 대신하고 있었다.

그때 그의 머리 속에 이런 끔찍할 정도의 어마어마한 규모의 사진(蛇陣)을 마음대로 구사할 수 있는 능력을 지닌 사람이 옛날에 있었다는 것을 본가의 교육 중에 배웠다는 사실이 떠올랐다. 순간 벼락 맞은 듯 정신이 번쩍 들었다.

'이런 바보 같은! 왜 그 사람을 떠올리지 못했지? 그 악명 높은 노괴물을!'

갑자기 가슴 한 구석이 서늘해지는 당삼이었다.

"이런 젠장 할! 이제야 생각났다. 과거에도 있었지. 이런 엿 같은 진법을 구사하는 빌어먹을 늙은이가!"

염도의 입에서 상소리가 거침없이 튀어나왔다. 이런 엿 같은 경우를 당하다 보면 누구라도 그와 같은 심정이 될 것이다.

"음!"

빙검도 고개를 끄덕였다.

애초에 뱀이 시건방지게 하늘에서 떨어질 때부터 짐작했어야 했던 것이다. 이 정도의 대규모 사진을 운영할 수 있는 사람은 전 무림을 통틀어 단 한 사람밖에 없었다.

비사마군(飛蛇魔君) 모사령!

두 사람이 동시에 외쳤다.

"그 노괴물은 이미 죽은 줄 알았는데 아직도 생존해 있었단 말인가?"

빙검이 반문했다. 벌써 행방불명된 지 백 년째 소식이 끊겨 있던 인물이었다.

"그걸 왜 나한테 물어?"

염도가 퉁명스레 대꾸했다.

"벌써 백 년도 더 전의 사람이잖나. 하룻밤 사이에 정사연합군 삼백 명을 뱀 먹이로 만든 그 유명한 이야기도 천겹혈세 때였다네. 선혈해(鮮血海)의 대혈전 후 살아남았다는 이야기는 들은 적이 없었는데?"

역시 쉽게 믿을 수 없는 사실이었다.

"본인이 아니라면 후계자라도 되는 모양이지. 하지만 그것치고는 솜씨가 너무 좋아. 하지만 정말 그 본인이라면……."

정말 그렇다면 매우 귀찮은 상대였다. 그러나 그렇다고 해서 이 둘이 그 이름만 듣고 벌벌 떨 만큼 약골은 아니었다.

"어떻게 해야겠나?"

"어쩌긴 뭘 어째! 그 빌어먹을 작자의 미끌미끌한 대갈통을 뱀 굴에서 끄집어내야지. 이렇게 한도 끝도 없이 쏟아져 내려오는 이놈들을 일일이 상대해 봤자 아무런 소득이 없잖아?"

빙검이 살짝 눈썹을 찡그리며 물었다.

"어떻게?"

"나한테 맡기라고!"

염도가 가슴을 치며 자신 있게 대답하자 빙검은 괜히 좌불안석(坐不安席)처럼 불안해졌다.

"야! 이 겁쟁이 뱀 땅꾼 모씨 늙다리야! 생쥐처럼 숨어 있지 말고 냉큼 뛰쳐나와라! 오늘 이 몸이 노릇노릇하게 구워주마!"

염도가 협곡이 떠나가라 고래고래 고함을 질렀다. 내공이 실린 터라 그의 목소리는 협곡 구석구석까지 잘 미쳤다.

"비사마군 모사령이 아니었나?"

빙검이 친절하게 명호를 정정해 주었다. 백 년 전에 스스로를 비사신군이라고 칭한 모양이었지만, 백도인에게는 비사마군일 뿐이었다.

"비사마군은 무슨? 그냥 뱀 땅꾼이지! 늙다리가 양사장에서 뱀이나 키우지, 뭐 하러 강호에 나왔어? 얌전히 산에 틀어박혀 뱀이나 치고 있는 줄 알았더니만 뒷구멍으로 호박씨만 까고 있었구만! 그런 노괴에게 마군이라는 거창한 칭호가 가당키나 하나? 마졸이라면 어울릴지도 모르겠군. 비사마졸(飛蛇魔卒)? 오호, 이거 의외로 괜찮은데."

스스로의 재치에 감탄하며 염도는 고개를 끄덕였다. 비사마졸! 아무리 되뇌어 생각해 봐도 마음에 쏙 들었다.

"어이~, 비사마졸! 어디 숨었냐? 얼굴이나 좀 보자! 어이~, 뱀 땅꾼 비사마조오올!"

신명이 나는지 염도는 고함을 멈출 줄 몰랐다. 물론 이 소리는 협곡 위에서 뱀들을 부리고 있던 비사마군 모사령의 귀에도 똑똑히 한 자도 빠짐없이 전달되었다.

"이…, 이런 찢어죽일 놈!"

모사령이 이를 뿌드득 갈았다. 감히 자신을 졸(卒)로 보다니! 이런 싸가지 없는 놈은 백 년 만에 처음이었다.

'백 년 동안의 은거가 너무 길었나? 별 해괴한 놈이 다 지랄일세. 어허, 강호의 위계질서가 아예 땅에 떨어졌구먼.'

지난 백 년 동안 감히 자신 앞에서 저토록 오만방자하고 무례한 놈은 없었다.

"이제 그만하게! 장난은 한 번이면 족하네. 적을 자극해서 어쩌겠다는 건가?"

염도의 고함이 끝날 줄을 모르자 빙검이 막고 나섰다.

"흥! 두렵나? 자네는 두려울지 몰라도 나는 하나도 두렵지 않네. 만일 나의 도발에 응해 그가 내 앞에 나타난다면 그는 오늘이 자신의 제삿날이 되었음을 깨달아야만 할 거야. 그딴 녀석은 단순한 뱀 땅꾼인 비사마졸일 뿐이야. 과분하게 마군은 무슨 마군? 뱀이나 몰고 다니면서 말이야. 어이, 뱀 땅꾼 어디 있나? 나오기가 무섭냐? 본인의 도가 무섭지 않다면 빨리 나와라, 비·사·마·졸!"

내공이 실려 뱉어지는 한마디 한마디가 마치 본인이 들으라고 하는 말 같았다. 빙검은 더 이상의 언쟁으로 쓸데없이 힘 낭비하고 싶지 않았기에 그냥 포기하기로 했다.

'마음대로 해라!'

나이 사십이 넘어서도 여전히 하는 짓은 코흘리개 어린애나 진배없는 염도였다.

'그 동안 먹은 나이는 다 어디다가 갖다 버렸는지……'

하지만 이런 빙검의 내심과는 달리 염도의 도발은 지나칠 만큼 효과적이었다. 백 년 수양도 저런 막무가내 도발 앞에서는 아무짝에도 소용이 없었다.

"크으으윽! 저…, 저 놈이! 오냐, 네놈이 오늘 반드시 죽기를 갈망하는구나. 죽고 싶다는데 죽여 줘야지."

열통이 터져 뚜껑 열린 모사령이 전력을 다해 지팡이를 휘둘렀다. 그러자 협곡 위에 남아 있던 예비 뱀 군단이 몽땅 다 협곡 아래로 날아 내려갔다.

"단 한 놈도 살아남지 못하리라. 크하하하하!"

원래 그의 주변에 남아 있던 뱀들은 전력의 보존 차원이기보다는 사실 몰살시켜서는 안 된다는 명령을 수행하기 위해서였다. 그러나 분노한 모사령의 회색 뇌 속에는 이미 상부의 명령 따위는 안중에도 없었다.

"끼아아악! 꺄악! 꺄악! 저리 가! 저리 가! 저리 안 가?"

지치지도 않는지 마하령의 날카로운 비명이 계속해서 연신 터져 나왔다. 거의 살인적인 청각 박살신공의 수준이었다.

"이런, 이런!"

용천명은 자신의 섬세한 귀를 저주하며 고개를 설레설레 흔들었다. 어떻게 달라도 이렇게 다를 수 있단 말인가? 세상을 감싸고 있는 비밀의 신비는 과연 놀라웠다. 세상의 신비에 매료(?)되어 있는 용천명에게 급작스런 정세의 변화가 감지되었다.

왜 갑자기 줄어가던 뱀들의 수가 급격히 증가했을까? 용천명은 그 이유를 알 수가 없었다. 이미 헤아리는 것을 포기할 정도로 베었는데도 아직 끝이 안 보이다니……. 마치 무한으로 밀려오는 해변의 파도와 맞상대하고 있는 듯한 느낌이었다.

"무슨 생각을…, 끼악! 하고 있는 거죠? …, 끼아아악!"

멍하니 기계적으로 검을 휘두르는 용천명을 의아한 눈초리로 바라보며 마하령이 물었다. 그러나 그렇다고 그 순간에 뱀들의 공세가 멈춘 것도 아니었다. 이것들은 마하령의 질문과 답변 시간을 따로 할애해 줄 만큼 친절하지 않았다.

잠시 용천명은 마하령과 허공을 번갈아가며 바라보았다. 마치 과거에 그곳을 지나갔던 목소리의 흔적이라도 찾아보겠다는 생각 같았다. 몇 번을 번갈아 보던 용천명은 이내 고개를 절레절레 내저었다.

"같은 비명인데도 어찌 이리 틀릴 수가……. 신은 공평치 못했어. 너무 서글픈 일이군!"

한숨을 내쉬며 중얼거리는 그 모습을 마하령은 결코 놓치지 않았다. 뭔가 굉장히 그녀의 마음에 가시처럼 걸리는 것이 있었던 것이다.

"지금 방금, 끼악! 뭐라고…, 끼악! 그랬어요? 끼아악!"

본능적인 위화감과 불쾌감(느끼긴 했는데 왜 불쾌한지 그 이유를 설명할 수는 없었다)을 느낀 마하령이 신경질적으로 물었다. 그녀가 휘두르는 도는 여전히 살벌할 정도로 난폭했다.

"아…, 아무 말도 안 했습니다. 안 했어요! 잘못 들었겠죠."

순간 가슴 한구석이 뜨끔해진 용천명이었지만, 이내 태연을 가장하고 태평스럽게 말했다. 정말 이럴 때마다 그는 소림 72종 절예 중 하나인 금강부동심법이 얼마나 뛰어나고 유용한 무공인지를 실감하게 된다.

'어떤 상황 하에서도 순식간에 마음의 평정을 되찾을 수 있으니 말이야!'

검을 휘두르면서도 용천명은 마음속으로 부처님의 은혜와 사문의 가르침에 깊은 감사를 드렸다. 마음 속으로 합장하고 있는 용천명을 바라보며 마하령은 아직도 찌릿찌릿한 여인의 직감으로 벼려진 번뜩이는 서슬 시퍼런 의심의 눈초리를 거두지 않으려 하고 있었다.

이 위기에 대처하는 용천명의 기지는 탄복할 만한 것이었다. 그는 구차한 변명 대신 가장 간단하고 단순한 동작만으로 이 위험천만한 위기 상황을 벗어났던 것이다.

"마소저? 괜찮겠어요? 조심해요!"

그는 단지 왼손 검지로 마하령의 발 뒤쪽을 무심하게 가리키기만 했다. 그것만으로도 지나칠 만큼 충분했다. 왠지 심각해 보이는 손가락 끝을 따라 마하령의 시선이 서서히 이동했다. 그리고 손가락이 가리키는 지점에 시선이 다다랐을 때 그녀는 경악으로 두 눈을 부릅뜨고 말았다.

그녀가 다른데 신경을 쏟는 사이 어느새 독사 한 마리가 그녀의 발

뒤꿈치 지근거리까지 기어왔던 것이다. 이제 물기만 하면 된다는 듯 그 독사는 애교스럽게 붉은 혀를 낼름거리며 날카로운 독이빨을 기세 좋게 번뜩였다.

"끼아아아악!"

다시 한번 낙뢰곡이 떠나갈 듯한 날카롭고 신경질적인 자지러지는 비명이 사정없이 좁은 계곡에 무수한 반향을 일으키며 질주하듯 울려 퍼졌다.

"죽어! 죽어! 죽어!"

휙휙휙! 파바밧!

마하령의 도가 선풍(旋風)처럼 휘둘러지자 그녀를 중심으로 엷은 피보라가 일었다. 갈기갈기 찢겨진 독사들의 시체가 지상으로 후두둑 떨어져 내렸다. 자신에게 혐오감을 안겨 준 생물에 대한 그녀의 보복은 엄청 잔혹했다.

"틀림없군! 역시 틀려!"

용천명은 다시 한번 고개를 끄덕였다.

"뒈져라!"

거친 고함과 함께 피어오르는 뜨거운 열기!

화르르르륵!

열심히 달려드는 독사들을 베어내고 있는 용천명의 얼굴로 화끈한 열기가 밀려왔다. 염도가 저편에서 홍염을 마구잡이로 휘두르며 뱀들을 단체 통구이로 만드는 작업에 열중하고 있었다. 그의 억센 손이 한 번 휘둘릴 때마다 불꽃의 파도 같은 도기가 일렁이며 사위를 휩쓸어 갔다. 그 열기 안에 휩쓸리면 검게 탄 재밖에 남지 않을 것만 같았다.

"그런데 말이야……."

"뭔가?"

염도의 통구이 솜씨를 잠자코 구경하던 빙검이 무심히 대답했다.

"자네 사부님은 어디 계시는가?"

수십 마리의 뱀들을 단체 화장시키며 염도가 물었다. 그러자 빙검은 가볍게 눈살을 찡그리며 말했다.

"말에 어폐(語弊)가 있군!"

"뭔가?"

"꼭 내 '사부'이기만 하고, 자네 '사부님'은 아닌 듯이 말하니 말일세!"

상당히 불쾌하다는 듯한 빙검의 반박에 염도의 한쪽 볼이 거칠게 난 붉은 수염과 함께 실룩거렸다. 부아가 치밀어 오른 것이다.

"너무 따지려 들지 말게, 사·제! 그런 건 별로 좋은 습관이 아니라네! 특히 '손윗사람'한테는 더욱더 말이야!"

유별나게 뒤의 '사제'란 단어를 강조하며 염도가 말했다. 이번에는 빙검의 청백색 눈썹이 움찔거렸다. 얼음처럼 차갑고 냉랭한 시선이 염도를 직격했다.

"어디선가 언제나처럼 유유자적하고 있겠지. 나보다 '한참'이나 '오랫동안' '수·발'을 들며 제·자·생·활을 한 자네가 훨얼씬 더 잘 알지 않나?"

한기가 풀풀 날리는 싸늘한 목소리로 빙검이 대꾸했다. 두 사람 사이에서 격렬한 불꽃이 튀었다. 이제 비류연의 행방 따위는 어찌되어도 좋았다. 이미 그것은 그들의 안중에는 없는 일이었다.

비류연은 나이 많은 두 제자의 생각처럼 놀고 있지만은 않았다. 그도 지금은 다른 때에 비해 상당히 바쁜 상태였다. 일단은 자신을 찢어 죽이려고 작정한 듯 열렬히 달려드는 한 남자의 맞상대를 해 주어야만 하는 처지였던 것이다.

"죽어라!"

쉬익! 쉬익!

굵고 검은 쇠사슬이 바람을 세차게 가르며 허공에 난무했다. 십이혈마대 제 10조 조장 혈쇄는 두 눈에 핏발을 세운 채 광기 어린 기세로 사정없이 두 가닥의 철쇄를 연달아 휘둘렀다. 그러나 비류연은 애초에 형체가 없는 안개로 만들어진 신기루처럼 스치는 것조차도 용납하지 않고 있었다.

여덟 개의 철쇄를 동시에 부린다는 자신의 단련된 무공이 오늘만큼 무력하게 느껴진 적도 없었다. 자신이 휘두른 쇠사슬이 빗나가면 빗나갈수록 그의 마음에 앙금처럼 가라앉은 공포는 점점 더 가중되고 있었다. 이빨이 딱딱 사정없이 부딪치고 허벅다리가 후들거렸다. 그러나 이제 더 이상 물러날 곳도 없었다.

'절대로 막아야 돼!'

이놈을 이대로 놔두면 철쇄봉혼진이 통째로 붕괴될 위험에 처할 수 있었다. 그는 각오를 다지며 살기를 극성으로 피워 올리고 어떤 날카로움으로도 끊을 수 없을 것 같은 굵고 단단한 검은 철쇄를 들어 올렸다. 혈쇄라는 호칭에 걸맞게 그의 무기 또한 검은 먹빛을 띤 철쇄였다.

진의 붕괴, 그것만은 무슨 수를 써서라도 막아야 했다.

"합!"

그가 성난 목소리로 울부짖으며 양손을 풍차처럼 휘두르자 두 가닥의 쇠사슬이 마치 성난 용처럼 꿈틀거리며 비류연을 향해 날아들었다. 그의 독문무공인 혈겁쇄법(血劫鎖法) 중 절초인 노룡분쇄(怒龍粉碎)였다.

윙윙 거칠게 바람을 가르며 달려드는 검은 철쇄는 비류연을 단박에 피 떡으로 만들어 버릴 기세였다. 그러나 비류연의 몸이 희끗 움직이자 두 가닥의 노룡은 그저 허무하게 그의 잔상만을 찢고 지나갔다.

"헉!"

혈쇄의 눈이 부릅떠졌다.

'어…, 어디 있지? 어디냐!'

비류연은 공중에 떠 있었다. 그의 손에는 언제 슬쩍했는지 모를 비차륜 하나가 들려 있었다. 검은 바퀴와는 달리 하얀 이빨이 햇빛을 받아 날카롭게 빛났다.

빡!

이윽고 비류연의 오른발이 허공중에서 비차륜을 사정없이 걷어찼다.

쉬리리리릭!

비차륜은 쏘아진 화살 따위는 비교할 수 없을 정도로 무시무시한 속도로 대기를 헤집으며 날아들었다.

푸확!

툭!

선혈로 붉게 물든 철쇄가 바닥에 떨어졌다.

파바바바밧!

열두 개의 광륜이 비류연의 몸에서 무서운 기세로 튀어나왔다. 오랫동안 쓰지 않았던 비환(飛環)에 비뢰도의 오의를 응용해 던진 것이다. 그 효과와 위력은 대단했다. 설혹 철담비환 진조운이 되살아와 그것들을 던진다 해도 이만한 위력을 내기는 힘들 정도였다.

그것들은 스스로의 지혜를 가진 영활한 뱀처럼 민활하게 그리고 재빠르게 움직였다. 잡목림 사이를 마구 헤집으며 지나가는 섬광의 궤적을 따라 붉은 피와 함께 끊임없이 비명이 이어졌다.

이 일격은 십이혈마대의 포위 매복 공격의 붕괴를 가져오는 시발점이 되었다.

위기일발! 나예린

"이…, 이럴 수가!"
모사령은 자신의 시퍼렇게 뜬 두 눈을 믿을 수가 없었다.

이미 노안(老眼)이 올 때가 지나기는 했지만 쌓아놓은 내공 덕분인지 별 탈 없이 지내 온 터였다. 그런데 저 아래 저것은 도대체 뭐란 말인가?

그의 시선이 아래로 향하자 그곳에 하나의 작은 원형 빈터가 드러났다. 대략 반경 반 장 쯤이나 될까? 문제는 그 원 안으로는 자신이 키운 귀염둥이들이 접근을 하려 들지 않는다는 것이었다.

그리고 그 한가운데는 이 세상 사람이라고 생각할 수 없는 미모의 소유자가 서 있었다.

'설마 이놈들이 얼굴 가리나?'

미모로 미루어 보아 배제할 수 없는 가능성이었다.

'확실히 인간뿐만이 아니라 살아 있는 동물 모두를 매료시킬 만한

미모이긴 한데……. 쩝, 나도 오십년만 젊었어도…….'

잠시 나이를 망각하고 주책스럽게 엉뚱한 쪽으로 머리가 돌아가는 비사마군이었다. 그러나 역시 그의 상식으로는 도저히 이해할 수 없는 일이었다. 백 년을 넘게 살면서 처음 보는 일이었다.

'이게 어찌된 일이지?'

남들이 다들 자신에게로 달려드는 탐욕스런 굶주린 독사 떼를 베어내느라 한창 눈코 뜰 새 없이 바쁠 때, 나예린은 너무나 한가한 자신의 상태를 믿을 수가 없었다. 그것은 납득할 수 없는 일이었다. 지금도 그녀의 주위 반경 반 장 안은 보이지 않는 벽이라도 둘러쳐진 듯 텅텅 비어 있었다. 죽음과 공포를 몰고 다니도록 철저하게 훈련된 이 독사들도 그녀에게만은 감히 함부로 접근하기를 꺼려했다. 여기저기서 독사 떼에 의한 비명이 울려 퍼지고 있었지만, 나예린에게는 한 번도 독아를 번뜩이는 일이 없었다. 오히려 슬금슬금 그녀의 주위를 벗어나려 애쓸 뿐이었다.

'두려워하고 있어!'

분명 독사들은 그녀를 두려워하고 있었다.

'왜?'

순간 그녀의 머리 속을 섬광처럼 스쳐지나가는 기억이 있었다.

'받아요!'

나예린의 시선이 자신의 허리를 향했다.

'부적이에요!'

기억 속에서 비류연이 천진하게 웃으며 손을 내밀었다. 그곳에는 검은 신월(초승달)처럼 생긴 묘한 장신구 하나가 들려 있었다. 어떻게 보면 작은 물소 뿔을 연상시키기도 했는데 끝 부분에 섬세한 은세공이 되어 있고 그 밑에 윤기 나는 검은 비단실과 은실의 수실이 달려 있었다.

'이것과 합쳐 한 쌍이에요. 언젠가 이것이 예린을 지켜줄 거예요!'

그는 자신의 허리에 매달려 있는 같은 모양의 장신구를 가리키며 웃었다.

'…, 그렇구나!'

비류연에게 부적이라며 받았던 선물. 그것은 바로 묵린혈망(墨鱗血蟒)이 지닌 두 개의 독아 중 하나를 은세공 해 만든 것이었다. 그때 거절할 이유가 마땅치 않아 받아 두었던 것이다. 그리고 그것은 언제부터인가 나예린의 가는 허리 춤에 항상 매달려 있었다.

비류연은 묵린혈망을 잡은 후 아무도 모르는 장소에 보관해 두고 있다가 일이 끝난 후 그것을 완전 분해해 이곳저곳에 비싼 값에 팔았다.

그 누군가가 은밀히 흘린 묵린혈망의 고기가 내공증진에 효험이 있다는 소문이 학관 내를 떠돌자 강해지고 싶은 욕망이 누구보다 강렬한 천무학관도들 중 돈푼 꽤나 있는 관도들은 앞 다투어 그의 좋은 고객이 되었다.

웬만한 보검으로는 흠집 하나 낼 수 없는 혈망의 가죽인 묵린피(墨鱗皮)도 비싼 가격에 팔렸다. 가볍고 튼튼한데다 질기기까지 한 방어구를 만드는데 이보다 더 좋은 재료는 거의 찾아볼 수가 없었다. 묵린혈망의 가죽은 능히 천금의 가치를 지니고 있었다. 그는 묵린피를 가공해 줄 사람을 찾기 위해 천무학관의 가장 뛰어난 장인인 천기수

(千機手)까지 찾아가야만 했다. 그 사람 이외에는 감히 이 강철보다 단단하고 질긴 묵린피를 가공해 줄 사람이 없었기 때문이다. 모종의 거래가 있은 후 그는 흔쾌히 대량의 묵린피를 가공해 주었다. 그 후 천기수는 자신의 몫으로 돌아온 모종의 희귀한 재료를 연구하고 가공하기 위해 한동안 자신의 공방에 틀어박혀 며칠 밤낮을 침식도 잊은 채 정열을 불태우며 몰두했다고 한다.

'틀림없어!'

분명 이 검은 독아에서 풍기는 냄새(비록 사람의 후각으로는 맡을 수 없지만)가 독사들에게 공포심을 안겨주고 있는 게 분명했다.

'류연······.'

언제나 두려움을 모르며 미소 짓는 그의 얼굴이 눈앞에 떠올랐다. 그러자 그녀 자신도 인지하지 못한 사이 입가에 가느다란 미소가 걸렸다. 두려움과 긴장감은 어느새 먼지처럼 사라지고 없었다.

그러나 나예린은 그가 자신의 마음에서 차지하는 비중이 점점 더 커지고 있음을 아직 인식하지 못하고 있었다.

"태워도, 태워도 끝이 없군! 그 노괴는 뱀이 무한대로 나오는 요술 주머니라도 하나 갖고 있는 건가?"

지글지글 불고기 잔치에 이어 열심히 뱀들을 단체 화장시키던 염도가 투덜거리며 말했다.

"그럴 리가 없지 않나? 이런 다급한 때에 흰소리는 그만하게! 아직도 위험은 충분할 정도로 남아 있네. 풍문으로 들은 바에 의하면 비사진의 무서움은 이 정도가 아닐세!"

"쳇, 시어머니가 따로 없군!"

빠직!

빙검의 이마에 핏대가 솟아났다. 그러나 그는 필사적으로 이성을 제어하며 간신히 말했다. 마음 같아서는 염도의 뒤통수를 힘껏 후려 갈겨 주고 싶었지만, 많이 배운 자신이 참기로 했다.

"…, 정말 이 사진을 장악하고 있는 자가 비사마군 모사령이라면 그의 청홍쌍각사(靑紅雙角蛇)를 각별히 조심해야 하네!"

"청홍쌍각사? 쳇, 겨우 뱀 따위가……."

시시껄렁하다는 듯한 염도의 시큰둥한 반응에 빙검이 버럭 호통을 쳤다.

"겨우 뱀 따위라고 무시하지 말게! 그건 이미 단순한 뱀 따위가 아닐세. 물론 자네가 부주의로 인해 덜컥 죽어버린다 해도 아쉬울 건 전혀 없지만 말일세."

정말이지 이 인간은 남의 충고에 대해 귀 기울이는 법이 없었다. 게다가 그 막무가내 무대포 정신은 타의 추종을 불허했다. 정말 화딱 지가 나는 일이 아닐 수 없었다.

빠직!

이번에는 염도의 구리빛 이마 거죽에 핏대가 불거져 나왔다.

"그것들은 이미 이런 시시한 독사 따위와는 비교도 할 수 없는 영물일세. 그 한 마리가 이런 독사 수만 마리의 가치를 지니고 있지. 게다가 정확히 알려져 있지는 않지만 어떤 모종의 특수한 능력이 있다고 하더군. '청홍쌍각사와 시선을 마주치지 마라. 그 시선과 마주치는 순간 재앙이 따를 것이다.'라는 옛 기록도 있네. 얕보다가는 순식간에 저승행 일걸세. 물론 강조의 의미에서 다시 한번 말하지만 난 절대로 아쉬울 것이 없네!"

하는 말은 한마디 한마디가 몽땅 다 재수가 없었지만 쏘아보는 빙검의 시선에서 긴장감이 느껴지자 염도는 흠칫 놀랐다. 그것은 그가 큰 적을 만났을 때의 눈빛이었다. 저 재수 없는 얼음덩이를 저 정도까지 긴장시킬 수 있는 적은 많지 않았다.

그의 가슴 속에서도 경계심이 무럭무럭 일어나기 시작했다.

"오늘 날씨는 너무 변화무쌍하군!"

쉬시시시쉭! 슈슈슈슈슉!

그런데 폭우처럼 떨어지는 화살 비에 연이은 독사 우박!

설상가상, 첩첩산중이 무슨 뜻인지 체득하기 아주 좋은 절호의 기회였다. 이런 욕지거리가 튀어나오는 빌어먹을 상황은 살아가며 두 번 다시 만나기 힘들 것이다.

"이대로는 끝이 없겠어!"

청혼이 매섭게 검을 휘두르며 외쳤다. 아직 어떤 뱀이나 화살도 그의 몸을 범접하지는 못했지만, 이렇게 계속해서 하염없이 수비만 할 수는 없었다. 먼저 기력이 빠질 쪽은 자신들로 이미 정해져 있는 것이나 진배없었다.

독사들의 공격은 쉴 새 없이 계속되고 있었다. 문득 청혼이 고개를 돌려 모용휘를 바라보았다. 어느새 모용휘가 자신의 옆에서 매섭게 검을 휘두르고 있었다. 두 사람의 위치는 매우 가까웠다.

두 사람의 시선이 동시에 마주쳤다.

모용휘가 고개를 끄덕였다. 청혼도 고개를 끄덕였다. 이심전심(以心傳心)일까? 두 사람의 의견이 하나로 일치되는 순간이었다.

삼정태극검혜(三情太極劍慧) 오의(奧義)
혼원일시 만변생(混元一始 萬變生)

청, 홍, 황 삼색으로 빛나는 세 자루의 검을 사방으로 휘두르며 청혼이 뛰어올랐다. 청, 홍, 황 삼색의 기운이 그의 머리 위에서 회전하며 삼색 태극구를 형성했다.

은하류(銀河流) 개벽검(開闢劍) 극한오의(極限奧義)
은하멸절(銀河滅絶)

그를 보좌해 모용휘가 밤하늘의 중심에서 빛나는 북극성처럼 눈부신 은빛으로 빛나는 검기로 온몸을 감싸며 일검충천했다. 은빛으로 빛나는 검이 청혼이 형성시켜 놓은 태극구의 중심을 찔렀다.
절세의 두 무공이 하나로 합쳐지는 순간이었다.
쾅! 콰과과과쾅!
태극으로부터 천지를 가득 메우는 유성우의 폭풍이 쏟아져 나왔다. 수천 가닥의 유성이 천지사방을 난자했다. 하늘로 퍼져나간 유성우의 무리가 독사와 화살로 오염됐던 하늘을 갈기갈기 찢어 놓았다.
다시 황혼으로 붉게 물든 하늘이 찢어진 공간 위로 그 모습을 드러냈다. 아무리 사나운 독사도 빠른 화살도 그들의 합격 검기 앞에서는 예쁘게 채 썰어지는 게 고작이었다.

　무당산 합숙 훈련 때 누군가에 의해 강제로 연마해야만 했던 그것이 세상에 화려한 첫선을 보인 것이다.

"좋구나! 그래야 천무학관의 제자이지!"

　염도가 호기롭게 외쳤다.

"모두들 사정없이 토막 쳐 버려라! 오늘 저녁은 뱀 구이다, 뱀 구이. 크하하하하!"

　염도의 도에서 또다시 새빨간 불꽃이 치솟아 올라 사방을 휩쓸었다. 그의 검염기(劍焰氣)에 휩쓸린 뱀들이 순식간에 뱀 구이가 되어 땅바닥에 널브러졌다.

　빙검도 지지 않고 검을 휘두르자 빙루(氷淚)에서 뿜어져 나오는 검한기(劍寒氣)에 휩쓸린 뱀들이 초록 비늘에 하얀 서리가 내려앉은 모습으로 신선도를 유지한 채 딱딱하게 냉동되었다. 개방(丐幫)에서 봤다면 무척이나 탐을 냈을 만한 기술이었다.

"이…, 이놈들이 내 귀여운 새끼들을……."

　자신이 애지중지하며 가꾸고 키워오던, 손수 번식시킨 아가들이 흉폭한 악도들의 손에 난자당하자 모사령의 여린(?) 마음은 찢어질 듯 아파왔다. 마치 자기 자식이 살해당하는 듯한 느낌이었다.

　게다가 '비사마졸 어디 있냐? 나와서 나랑 놀자!'라는 염도의 도발이 소란스럽게 계속되고 있었다. 비사마군 모사령의 요사스런 사안(蛇眼)에 살기가 충천했다. 그는 아가들의 복수와 분풀이를 위해 수단과 방법을 가리지 않기로 결정했다.

"이놈들을 쓸 일은 없기를 바랐건만!"

그는 자신의 만사혈장을 꺼내들었다. 청홍쌍각사는 그의 지팡이 안에서 둥지를 틀고 먹이를 받아먹고 산다. 벌써 백 년 동안 키워 온 영물이었다. 이 만사혈장을 평범한 지팡이인 줄 알고 맞상대했다가 낭패를 당한 이들이 한 둘이 아니었다.

청홍쌍각사는 암수 두 마리가 한 쌍으로 수컷은 푸른 비늘을, 암컷은 붉은 비늘을 지니고 있는데 암수 모두 작은 뿔이 달려있다. 그래서 청홍쌍각사라 불리는 것이다.

이 놈들은 자신이 훈련시킨 그 어떤 독사들보다 서른 배 이상 빠르고 영활하며 영악한 놈들이었다. 게다가 보통 독사의 오십 배 이상 강한 독을 품고 있었다.

"활!"

그가 손을 뻗자 혈마대원 한 명이 얼른 그의 손에 공손하게 활을 바쳤다.

"화살!"

그의 오른 손에 다시 핏빛 화살이 들렸다. 검은 색 활의 시위를 당기고 그 위에 핏빛 화살을 메겼다. 두 개의 붉은 밧줄과 푸른 밧줄이 그의 팔을 타고 화살대를 새끼 꼬듯 지나 화살촉 끝에 따리를 틀었다.

그것들은 자기들이 용이라도 되는 냥 이마에 뿔을 달고 있었다. 힘껏 당겨진 화살의 촉끝이 빈터의 한가운데 서 있는 나예린을 향했다.

비류연은 보았다. 보통은 볼 수 없지만 이미 보통이라 할 수 없는 비류연의 눈은 안개의 벽을 꿰뚫고 명확하게 그것을 볼 수 있었다.

화살의 폭우가 구름층이 얇어졌는지 그 기세를 잃고 뜸해지고 있을 때, 어떤 늙은 뱀 같은 놈팡이의 손에 들린 활시위에 꿈틀거리는 기묘한 화살이 협곡 아래쪽의 전장을 향하고 있는 것을!

그는 그 꿈틀거리는 불길스런 화살촉 끝이 저 지옥의 입구처럼 갈라진 밑바닥의 원형으로 된 작은 빈터를 노리고 있다는 것을 금세 알 수 있었다. 왠지 모르지만 그 빈터에는 뱀들이 접근하지 못하고 있었다.

비류연은 왜 그것이 저 늙은 뱀을 저토록 맹렬히 분노하게 하는지 알 수가 없었다. 아니, 애초에 그는 늙은이의 분노나 신분, 그 어느 것도 알 수 있는 처지가 아니었다.

다만 비류연이 알고 있는 것은 그가 여기저기 눈에 띄는 놈들과는 비교할 수 없을 만큼의 대단히 특출 난 고수였고, 그가 내뿜는 무시무시한 살기가 저 아래 빈터의 한가운데를 가리키고 있다는 것과 그 중심에는 나예린이 있다는 사실뿐이었다.

그 사실이 확인되는 순간 비류연의 눈이 크게 떠졌다. 그는 다시 한번 부릅떠진 눈으로 모사령을 쏘아보았다. 그러나 아직 그에게는 눈빛만으로 사람을 죽일 수 있는 능력이 부족했다.

"멈-춰-라!"

천둥신이 울부짖는 듯한 거대한 대갈성이 터져 나왔다. 거대한 의지가 해일처럼 모사령의 전신을 사정없이 덮쳤다. 의지의 파도가 무수한 칼날이 되어 그의 몸을 관통했다. 하지만 모사령도 천겁혈세를 치러낸 백 년 묵은 능구렁이 같은 고수였다.

순간 그의 동작이 놀람으로 멈칫했지만 그는 자신의 행동을 멈추지 않았다. 그는 다시 한번 가슴 속으로부터 어두운 욕망의 의지를 끌어내 재차 시위를 당기며 활을 겨누었다. 잠시 지체되었지만 변한 것은 없었다. 범인(凡人)이라면 비류연의 대갈성 한 번에 다리가 풀려 활을 떨어뜨리며 주저앉고 말았을 것이나 늙은 노물은 역시 영악하고 괘씸했다.

팽팽히 당겨진 활을 바라보고 있는 비류연의 마음이 다급해졌다. 그가 황급히 움직였다. 그런데 그때 도저히 이해할 수 없는 이상한 일이 벌어졌다. 갑자기 주변의 시간이 느리게 흘러가는 듯 했다. 마치 심해의 거대한 압력 속을 걸어가는 듯 움직임 하나하나가 무겁고 거추장스러웠다.

협곡 건너편에 있는 늙은 뱀 대가리가 얼마나 악독한 짓을 하려고 하는 지도 마치 손에 잡힐 듯 너무나 똑똑히 보였다.

뒤로 당겨진 깡마른 손이 최고조에 달하고 있었다. 그의 팔이 시위를 당기는 것을 멈추었다. 이윽고 아주 천천히 그의 오른손 검지와 엄지가 시위에서 떨어졌다. 화살이 시위를 떠났다.

이때 비류연은 아래를 향해 박혀있는 쇠사슬 위를 밟고 있었다. 나예린은 아직도 자신에게 날아오는 화살을 쳐내느라 정신이 없는 모양이었다. 부적은 독사는 막아줘도 화살 비까지 막아주는 영험함은 없는 모양이었다.

비류연은 저 붉은 화살이 결코 평범한 화살이 아니라는 것을(그 역사와 숨겨진 이야기는 잘 모르지만 그 위력만큼은) 뼈가 저릴 만큼 잘 알고 있었다.

저것은 위험한 물건이었다. 비류연은 전력을 다해 아래로 뛰쳐 내려갔다. 바람이 멈추고 시간마저 느리게 흐르기 시작했다.

시위를 놓은 모사령의 뱀 같은 두 눈은 희열과 욕망과 잔인함으로 가득 차 있었다. 자신의 일격에 절대적인 자신감을 가지고 있음이 분명했다. 시위를 떠난 붉은 화살이 공기를 찢고 점점 더 가까이 나예린에게로 다가가고 있었다. 분명 그것은 찰나에 불과할 만큼 짧은 시간일진데도 지금 비류연의 눈에는 마치 정지해 있는 것처럼 똑똑히 보였다. 하지만 저쪽이 정지해 있는 듯 느리게 움직이는 만큼 이쪽도 지루할 정도로, 그리고 심장이 울화로 터져버릴 정도로 답답하게 느릿느릿 움직이고 있었다.

그의 두 눈이 태양을 방불케 할 것처럼 밝은 황금빛으로 타올랐다. 그것은 화살과 인간의 속도 경쟁 같은 것이었다. 그러나 이번 경주는 출발이 빨랐던 붉은 혈마전의 승리였다. 혈마전이 나예린의 지척에 다가갔을 때 비류연과 나예린과의 거리는 아직 십장도 더 멀리 떨어져 있었다. 도저히 시간 안에 맞추는 것은 불가능했다. 또한 그녀가 그것을 알고 눈치 채 주기를 바라는 것도 무리였다.

'안돼에에에에!'

비류연의 정신이 소리 없는 절규를 터트렸다. 그는 마지막까지 포기하지 않았다.

혈마전이 나예린의 몸을 꿰뚫으려는 그 찰나 비류연은 전심전력을 다해 영혼의 실을 뽑듯 오른손을 내뻗었다.

팟!

순간 화살 하나가 허공으로 튀어 올랐다. 내리 비치는 태양빛에 기다란 꼬리처럼 매달려 있던 투명한 은색 실이 보석 모래처럼 반짝였다.

상황은 이러했다.

나이를 헛투로 먹은 것이 틀림없는 몰상식하고 개념 없는 어떤 무법자가 쏜 혈마전 한 대가 사정없이 이 세상에 존재하는 가장 아름다운 미의 결정을 파괴하고 능멸하려는 그 순간 비류연의 오른쪽 소매에서 별빛 같은 은색 섬광이 뇌전을 방불케 하는 속도로 날아갔다. 이 시간이 느리게 흘러가는 곳에서도 그것은 시간의 벽을 무시하기라도 하듯 빨랐다.

은색 섬광은 혈마전이 있는 지점까지 시간과 공간도 뛰어넘은 것처럼 순식간에 도착해 눈 깜짝은 커녕 시늉도 못할 사이에 그 되먹지 못한 폭력의 꼬리 깃털을 감아올려 허공으로 던져버렸다. 한번 자신의 방향을 상실한 화살은 더 이상 살상용으로서의 그 쓸모가 없었다.

그러나 비류연이 미처 예기치도 못한 일이 있었으니 그 사악한 목적을 지닌 화살은 힘을 잃었지만 그 끝에 매달린 두 마리의 흉측한 짐승은 그 힘과 목표를 잃지 않았다. 또한 주인의 욕망을 충실한 수행할 의사로 가득한 종복이었다.

화살이 치솟아 오른 창공으로부터 청색 홍색 두 줄기 섬광이 쏘아진 화살처럼 떨어져 내렸다. 한 마리 한 마리가 일반 독사 천 마리의 독을 품고 있다는 이 사악한 영물의 벌어진 입에서 치명적인 흰 독아가 사신의 낫처럼 번뜩였다.

파앙! 콰콰쾅!

그 순간 대기를 찢어발기는 요란한 굉음과 함께 나예린의 주위에 흙먼지가 잔뜩 피어올랐다. 대기가 그녀를 중심으로 소용돌이를 일으키는 것만 같았다. 세차게 날려 올려진 흙먼지가 그녀의 시야를 순간적으로 가렸다. 잠시 눈을 감았다 뜬 그녀는 웬 늠름하고 믿음직스런 등이 그녀 자신의 앞을 가로막고 있다는 것을 알 수 있었다. 그리고 그의 두 손에는 뿔 달린 청색과 홍색의 뱀이 각기 한 마리씩 붙잡힌 채 빠져나오기 위해 발버둥치고 있었다.

그때서야 그녀는 자신이 비류연에게 또 한 번 목숨을 구원받았다는 사실을 깨달았다. 이 두 마리의 뱀이 얼마나 위험하고 무서운 생물인지 그녀도 익히 알고 있었던 것이다.

"류연……."

나예린이 조용한 목소리로 그 이름을 불렀다. 그의 이름을 부르는 나예린의 목소리는 겨울처럼 차갑지 않았고, 봄처럼 부드러웠다. 그러나 뒷말을 어떻게 이어야 할지는 난감하기만 했다. 뒤를 이을 말은 쉽게 떠오르지 않았던 것이다.

"괜찮아요?"

뒤돌아 본 비류연이 싱긋 웃으며 물었다. 나예린은 살짝 미소지으며 고개를 끄덕였다. 갑자기 그에 대한 신뢰가 샘솟듯 넘쳐흐르는 것을 느끼는 나예린이었다.

"전 언제나 당신의 도움을 받는 군요. 제가 이렇게 누군가의 도움을 받을 만큼 약하다고 생각한 적은 없었는데……. 당신은 언제나 제가 위험할 때, 괴로울 때 항상 나타나 도움의 손길을 뻗어 주는군요."

이번으로 몇 번이나 도움을 받은 것일까? 그녀가 위기에 처했을 때 그는 항상 잊지 않고 나타나 주었다. 그리고 곁에 있었다. 이 사람이라면 등을 맡겨도 좋겠다고…, 그녀는 그렇게 생각했다.

비류연도 마주 보고 함께 웃었지만 쾌활하게 웃을 만큼은 아니었다.

'…, 무리했나?'

비류연은 전신의 근육이 찌릿찌릿, 전기뱀장어처럼 전율하며 비명을 지르는 것을 느낄 수 있었다. 온몸이 저릿했다. 과도하게 육체가 혹사된 것이 분명했다. 분명 어느 순간부터 육체가 한계 이상으로 운용되었던 것이리라.

'방금 그것은 뭐였지?'

비류연은 방금 전 자신이 경험했던 일들을 곰곰이 되새겨 보았다. 그것은 언어로 정의내릴 수 없는 그런 세계였다.

'난 또 하나의 벽을 넘은 걸까?'

과거의 기억이 머리 속에 선연하게 떠올랐다.

'이 세계는 점, 선, 면의 3차원으로 이루어져 있다. 그러나 여기에 시간을 더하면 4차원의 세계가 되지. 인간의 육체는 3차원을 벗어나지 못하지만 인간의 정신은 그 경계를 깨고 4차원의 세계에 도달할 수 있다. 그러면 인간의 정신은 시간을 초월할 수 있지. 그 전에 시간을 따라잡으면 주위의 모든 경물이 느리게 움직이게 되고, 자기 자신마저 느리게 움직이게 되지. 그리고 마찰로 인해 공기가 뜨겁게 느껴질 것이다.'

'이게 사부가 말한 바로 그것인가?'

아직도 얼굴에는 후끈거리는 열기가 남아 있었다. 그러나 그는 아직까지도 자신이 봤던 세계가 무엇인지 아직 쉽사리 정의를 내리지 못했다.

청홍쌍각사의 수난!

"호오, 그나저나 무척이나 특이하게 생긴 놈들이네?
뱀 주제에 건방지게 뿔까지 달리고 말이야."
비류연은 청홍쌍각사의 목덜미를 잡은 채 감정이라도 하듯 이리저리
흘떡흘떡 뒤집어 보았다. 무척이나 난폭한 동작이었다.

쉐에에에엑!
영특한 영물답게 이 두 녀석은 반항을 시도했다.
"어쭈? 꼴에 반항이냐? 한 번만 더……."
쉐에에에엑!
비류연의 말은 들리지 않는지 숫놈인 청린사가 꼴에 사내라고 다
시 한번 사납게 독기를 내뿜었다.
끼-엑!
청린사의 울음소리가 순식간에 뚝 멎었다. 뿐만 아니라 아가리를
있는 데로 쩍 벌인 채 다물 생각을 하지 못했다. 이 미물의 눈동자에
는 당황의 빛이 역력했다. 옆에서 보면 마치 식은땀을 흘리며 어쩔
줄 몰라 하는 사람처럼 보였다.

"말했지! 한 번만 더 반항하면 가만 안 놔둔다고. 난 분명히 경고했다."

청린쌍각사는 '뭐 이런 무식한 놈이 다 있어!'라며 하늘에 항의하고 싶었다. 대지를 기어 다니면서 자신의 몸보다 십수 배나 큰 짐승들을 잡아먹으며 2백 년을 살아왔지만 이렇게 황당한 인간을 만나기란 처음이었다.

하지만 청린사는 아가리를 닫을 수 없었다. 아무리 그가 사납고 난폭하며 먹이를 가리는 미식가(?) 생물로 정평이 나 있다고는 하지만, 그리고 지금 모사령이 독기를 올리기 위해 며칠간 굶겨서 배가 좀 고프다고 해도 자신의 아내인 홍린쌍각사를 냉큼 삼킬 수는 없었다.

그렇다! 비류연의 청린사에 대한 처벌은 아가리를 벌이고 독아를 번뜩이던 그 속에 홍린사의 머리통을 사정없이 처박아 넣는 것이었다. 터무니없이 무식하고 난폭한 방법이었지만, 그 효과는 절대적이라 할 만한 것이었다. 청린사는 완전히 침묵했다.

"이대로 확 밀어 넣어 버릴까?"

낮고 조용한 목소리로 비류연이 뇌까렸다.

청동 오리 발버둥치듯 거칠게 요동치던 청색 홍색 두 가닥 꼬리가 힘없이 축 늘어졌다. 영물은 영물인지라 그 말이 분명한 진심이며 수틀리면 진짜 그렇게 할 수도 있다는 사실을 본능적으로 눈치 챈 것이다. 그러나 다행스럽게도 일말의 자비심은 남았는지, 아니면 두 마리 값이 한 마리 값으로 줄어든다는 사실이 영 못마땅했는지 비류연은 그 말을 실행하지는 않았다.

비류연이 까불면 죽어, 라는 듯한 험상궂은 얼굴로 두 마리를 자신의 눈앞에 치켜들었다. 순간 청홍쌍각사의 눈에서 시뻘건 요광(妖光)이 번뜩였다. 순식간에 사람을 돌처럼 마비시킬 수 있는 청홍쌍각사의 숨겨진 비장의 능력이었다. 그리고 그들이 할 수 있는 최후의 반항이기도 했다.

그러나…….

키이이이익!

오히려 벼락 맞은 것처럼 놀란 놈들은 바로 청홍쌍각사였다. 이 간특한 뱀들이 지닌 비장의 주특기도 비류연 앞에서는 그 빛을 잃어버리고 말았다. 그들은 살기 위해 자신들이 가진 능력을 최대한 발휘했지만 이 인간에게만은 전혀 통용되지 않았다. 오히려 엄청난 반발력으로 반탄 되어오는 살기의 파도가 이 미물들의 정신에까지 강력한 타격을 입혔다.

"호오, 재미있군. 최후의 반항이냐? 이 몸이 최후통첩을 날렸는데도 불구하고 감히! 건방지게 뿔 달린 뱀이면 단 줄 알아? 뱀술로 만들어 줄까? 아니면 뱀 구이로 만들어 줄까? 아니면 피로회복(疲勞回復) 정력증진(精力增進) 근력강화(筋力强化) 불끈불끈 영양만점(營養滿點) 보양강장제(保養强壯劑)로 만들어 줄까? 하찮은 미물 주제에 어디서 감히 눈알을 부라려?"

두 마리의 건방진 반항에 비류연은 화가 치밀어 오른 모양이었다.

퍽, 퍽, 퍽, 퍽!

길쭉한 청홍쌍각사의 몸뚱이가 철퍼덕 철퍼덕 번갈아가며 땅바닥을 서너 차례 왕복했다. 비류연이 손목을 돌리며 바닥에 패대기친 탓이었다.

"한 번만 더 반항하면 국물도 없다, 알았어?"

비류연이 눈을 부라리며(그런다고 해서 보일지는 모르겠지만) 으름장을 놓았다.

끼익, 끼익!

하찮은 미물도 생명의 위협은 느끼는 모양이었다. 아직 이들의 생존본능은 망가지지 않은 듯 했다. 조금 전까지 보이던 칼날 같은 기세는 봄 햇살에 눈 녹듯이 사라지고 온화한 애완동물만이 그의 손아귀에 남았다. 물론 비류연은 조금 전까지만 해도 독이빨을 세우던 것들이 갑자기 여염집 규수처럼 얌전해진 다음 자신의 손등을 비비며 애교를 부리기 시작하는 게 같잖을 뿐이었다.

원래대로라면 단숨에 모가지를 비틀고 가죽을 벗겨야 했겠지만…….

"생김부터가 괴상한 게 값이 꽤 될 것 같군. 희귀한 독물이라면 사족을 못 쓰는 게 당삼이네 집이라고 했던가…….."

원래 세상의 법칙이란 오래되거나 희소성을 가진 것은 저절로 가치를 지니게 되기 마련이다. 그것이 세상의 진리였다.

"장형은 어떻게 생각해? 이게 큰 돈이 되리라 생각해?"

어느새 악천후를 뚫고, 그들 옆에 다가와 있는 장홍을 보며 비류연이 물었다.

"물론일세. 팔면 엄청나게 돈이 될 걸? 그것도 아마 푼돈이 아닌 떼돈이겠지. 누가 뭐래도 그건 백 년에 하나 구할까 말까한 희귀한 물건이니 말일세."

그는 나예린의 곁에서 터져 나온 '쾅'하는 소리와 풀풀 날리는 먼지에 기이함을 느끼고 쫓아왔던 것이다. 이런 격전의 수라장 한복판에서도 그는 어느 한 군데 상처 입은 곳이 없었다. 그의 옷 여기저기에는 덕지덕지 붉은 피가 묻어 있었지만 그것은 모두가 다 저 바닥을 기는 미물들의 것이었을 뿐, 그의 피부 아래에서 나온 것은 단 한 방울도 없었다.

"그렇다면 산 게 비쌀까? 죽은 게 비쌀까? 아니면 둘 다 비슷할까?"

순간 청홍쌍각사의 몸에서 식은땀이 흐른 것 같이 보인 것은 아마 장홍과 나예린의 착각일 것이다. 하지만 이 미물들의 공포 섞인 오돌거림은 확실히 두 사람에게도 전해져 왔다.

'악독한 놈 손에 걸린 너희들의 운명을 저주해라!'

측은지심이 잠시 장홍의 눈에 떠올랐다가 이내 사라졌다.

"물론 싱싱하게 살아 있는 쪽이 더 비싸지. 게다가 이 두 마리는 암수 한 쌍이거든! 그쪽 청린사가 숫놈이고, 이 홍린사가 암놈이지!"

비류연은 그의 말을 시세(만일 그런 게 있다고 가정하고)의 다섯 배 이상을 부를 수 있다는 말로 이해했다. 청홍쌍각사의 생태계 따위는 그의 관심과는 만 년 정도 떨어져 있었기 때문이었다.

"운 좋은 줄 알아라. 죽은 놈은 값이 별로라고 하니깐 살려두는 거야. 원래대로라면 확 모가지를 비틀어놨어야 되는데……. 쯧쯧, 난 너무 마음이 여리단 말씀이야."

어째 앞에 한 말과 뒤에 한 말이 전혀 맞지가 않았다. 다시 비류연이 말했다.

"네가 이놈들 대장이겠지? 네 녀석들이 비록 하찮은 미물이지만 살고 싶은 마음은 여느 사람 못지않다고 생각한다."

그 순간 청홍쌍각사가 고개를 힘차게 끄덕인 것 같다고 느낀 것은 장홍 혼자만의 착시 현상이었을까?

'하하하! 설마? 잘못 봤겠지!'

그는 곧바로 자신이 목격한 것을 부정해 버렸다. 기가 허해졌나, 아까부터 자꾸 이상한 것들만 보이는 것 같았다. 비류연의 말이 계속 이어졌다.

"너희들도 자신을 살려 준 생명의 은인에게 은혜갚음은 해야겠지? 아무리 미물이라도 이 세상에는 경우가 있는 거야! 그러니…, 살고 싶으면 졸개들 보고 당장 물러나라고 그래. 지·금·당·장!"

두 마리의 영혼에 직접 말하는 듯한 거역할 수 없는 의지의 힘이 담겨진 위엄 있는 목소리였다. 이글거리는 태양 같은 황금빛으로 번쩍이는 비류연의 안광이 예리한 창처럼 청홍쌍각사의 사안을 관통했다. 이 두 생물이 선보인 조잡한 위력과는 비교할 수 없는 엄청난 위력의 안광이었다.

"거참! 말 못하는 뱀을 협박하다니……. 난생 처음 들어보는 기문(奇聞)이로군. 이보게, 류연! 내 별다른 나쁜 말은 하지 않겠네. 하지만 그런데 시간 투자할 일 있으면 이 놈들이나 떨구는 데 할애하는 게 어떻겠나? 아직도 우린 완벽하게 안전한 게 아니야. 그런 헛수고에 시간 낭비하지 말고. 그건 정말 어리석은 헛짓거……."

어느 새 곁에 다가온 장홍이 비류연에게 장황한 충고를 시작하려는 바로 그때였다.

삐이이이이익!

비류연에게 목 줄기를 붙잡혀 있던 청린사의 입에서 나온 날카로운 휘파람 소리가 협곡 내에 울려 퍼졌다. 이런 조그마한 몸에서 나왔다고 생각할 수 없을 만큼 높고 큰 소리였다.

키이이이이익!

뒤를 이어 홍린사의 울음소리가 따랐다. 그러자 거짓말처럼 그들을 공격하던 뱀 떼들이 하나씩 둘씩 주위에서 물러나기 시작했다. 사람의 말도 알아듣는다는 희대의 영물, 청홍쌍각사! 이들의 충심이란 겨우 이 정도 생명의 위협에 굴하는 좀스러운 것에 불과했던 것이다.

모사령은 지난 백 년 동안 애지중지하게 키워오며 친자식처럼 아껴 주고 진자리 마른자리 갈아 주던 자식새끼들에게 배반당하고 만 것이다. 지나온 백 년이 참으로 무상하게 느껴질 만한 배신이었다.

"허허! 내 눈으로 보고도 믿을 수가 없군. 거참, 협박으로 뱀의 군단을 물러나게 하다니……. 정말 자네의 엉뚱함과 기이함에는 당할 재간이 없군. 당해낼 재간이 없어."

항상 비류연에게는 어떤 이유로든, 그것이 황당함이든, 경이든 매번 놀랄 뿐이었다.

'도대체 어디서 저런 괴물딱지를 키워낸 거지?'

그것은 아직도 풀리지 않은, 아니 아직도 풀지 못한 숙제로 남아 있는 불가사의였다.

"이…, 이럴 수가……?"

비사마군(현재 염도에 의해 비사마졸이라고도 불리고 있는) 모사령은 자신의 눈앞에서 펼쳐지는 괴사가 도저히 믿겨지지 않았다. 어떻게 자신의 수족이나 마찬가지였던 것들이 자신을 배반할 수 있단 말인가? 팔다리가 주인의 말을 듣지 않는 경우도 있는가? 그 두 마리는 자신의 검이자 방패였으며 수족이나 마찬가지였다.

항상 일심동체라고 여기며 지난 백이십 년 세월을 함께 살아왔던 것이다. 잠시 허탈한 무력감에 몸을 맡긴 채 실소를 흘리며 멍하니 서 있던 그는 이윽고 품에서 녹색 피리 하나를 꺼내들었다. 그의 사부로부터 물려받은 사문의 보물 중 하나인 사충적(蛇蟲笛)이었다. 사령술(蛇令術)을 익힌 자가 불면 뱀과 벌레를 마음먹은 대로 조정할 수 있는 효능을 지닌 피리다. 하지만 그의 사령술의 수위가 깊어짐에 따라 지난 오십 년 동안 한 번도 꺼내보지 않았던 물건이었다.

"내 생전에 다시 이 피리를 필요하게 될 줄이야……."

정말 인생이란 불가해한 일의 연속이었다.

"삐이익! 삐이이이일! 피리리리……."

사충적이 결코 귀에 즐겁지 않은 소리를 내뿜으며 울려 퍼지자 슬금슬금 물러나던 뱀들이 동작을 멈추고 다시 천무학관 일행을 향해 고개를 돌렸다.

쉬에에엑!

다시 한번 뱀들의 새빨간 혀와 독아가 그들을 향해 번뜩였다. 비릿한 독기가 잔뜩 피어올랐다.

"어라? 저놈들이 왜 저러지?"

돌연한 반전행위에 놀란 비류연이 반문했다.

"비사마군의 사충적(蛇蟲笛)이네. 그는 한때 이 피리 소리로 뱀들을 자유자재로 조정했었지. 아까부터 저 소리가 없는데도 뱀들을 자유자재로 움직여 의아하게 생각했는데, 아마 피리 없이도 뱀을 부릴 만큼 그의 사령술이 진보했었다는 것이겠지. 하지만 이제는 어쩔 수 없이 오랫동안 쓰지 않았던 먼지 쌓인 피리가 필요한 모양일세.”

‘…, 바로 자네 한 사람 때문에!’

친절하게 부연 설명을 덧붙여 주던 장홍의 시선이 비류연을 향해 꽂혔다. 그러나 비류연은 별달리 신경 쓰지 않았다.

“그러니까 뱀 땅꾼의 뱀 피리 소리란 이야기로군.”

간단한 감상이었다. 여러모로 체면 구겨지는 비사마군이었다. 백 년 전 떨친 악명이 부끄러울 정도였다.

“정말 사람 번거롭게 만드는군. 민폐가 따로 없어. 자, 잘 들었지? 너희들이 살아나려면 좀더 노력해야 되겠다. 안 그러면 어찌될지는 말 안 해도 충분히 알겠지?”

그것으로 충분했다.

삐이이이익!

키이이이익!

청홍쌍각사로부터 필사적인 울음소리가 터져 나왔다. 청혼쌍각사의 울음소리와 비사마군이 부는 사충적과의 본격적인 승부가 시작된 것이다. 지난 백 년 간의 우애는 이미 머리 속에 없는지 이 두 마리는 무척이나 필사적이었다.

두 가지 계통의 서로 상반된 명령은 시대를 막론하고 군대에게 혼선을 일으키기 마련이다.

우왕좌왕!

두 지휘관 사이에 끼인 뱀 떼들은 좌충우돌 정신이 하나도 없었다.

고래싸움에 새우등 터진다고 언제나 쫄따구들은 괴로운 법이었다.

"역시 명령 계통은 하나로 통일되어야 해!"

우왕좌왕하는 뱀 떼들을 보고 있는 장홍의 감상이었다.

"역시 아저씨는 사고방식도 젊은이들과 다르군. 겨우 뱀 떼의 움직임에서 그런 것까지 보다니 말이야."

"누가 아저씨라는 건가? 자연은 우리와 완전히 떨어진 존재가 아니네. 항상 진리를 간직하고 있는 스승 같은 존재이지. 자연을 바라보다 보면 많은 것을 배울 수 있네."

"네네, 고명하신 말씀 잘 들었습니다."

비류연의 대답은 건성이었다.

"그런데 자네에게 부탁이 있네."

"뭔가?"

"이 뱀 쪼가리들, 너무 시끄럽다고 생각하지 않나?"

"내가 이 두 녀석의 목을 베어주길 원하나?"

순간 뜨끔했는지 청홍쌍린사의 울음소리가 멈추었다. 그러자 뱀 떼들이 우르르 몰려왔다.

"어쭈, 죽기 싫음 계속해!"

비류연의 째려봄이 끝나기도 전에 다시 청홍쌍각사의 울음소리가 울려 퍼지자 이내 뱀 떼들은 또다시 접근을 멈추고 다시 혼란 상태에 빠졌다.

"아니, 그것들 말고. 우리 주위에 시커멓게 널려 있는 것들 말이야. 내가 이 시끄러운 소리를 듣지 않도록 해 주었으면 더 바랄 게 없겠네!"

"좀 시끄럽긴 하지. 내가 어쩌면 좋게나?"

"어쩌긴? 저기 있는 더 듣기 싫은 피리소리를 멈춰야지."

"그럴까?"

비류연은 그제서야 납득이 간다는 듯 고개를 끄덕인 다음 피리 소리의 근원을 바라보았다. 수십 장의 거리를 격해 두 사람의 시선이 한데 얽혔다.

순간 비류연의 눈이 크게 떠졌다.

'어라? 잠깐!'

비류연은 모사령과 시선을 마주쳤을 때 그는 자신이 잠시 경황중에 잊었던 일이 있었다는 사실을 깨달았다. 분명 저 자는 자신에게 갚을 수 없는 큰 빚을 진 악질 채무자가 분명하다고 그의 본능이 시끄럽게 외치고 있었다. 그는 분명 저자에게 받을 빚이 있었다.

'어? 어디서 많이 본 얼굴인데? 어디서 봤지……'

비류연은 잠시 침묵하며 과거의 기억 속으로 조심스럽게 거슬러 올라갔다. 저 얼굴을 보자마자 가슴 속에서 불길이 이는 것이 보통 인연은 아닌 것 같았다.

'그러니깐…, 확실히……'

그의 머리 속에 서서히 하나의 영상이 떠올랐다. 저 얼굴은 분명 협곡 위에서 갈라진 절벽 사이를 두고 본 얼굴이었다. 그래, 그것은 분명 나예린을 향해 죽음으로 인도할 활을 겨누었던 바로 그 몰지각한 늙은이의 낯짝이었다.

'그래! 이제야 생각이 났다! 이럴 수가, 내가 그걸 이제까지 잊고 있었다니…, 왜 잊고 있었지?'

그때는 온 정신이 나예린에게로 달려가는 것과, 그녀를 구하는 것에만 쏠려 있어 다른 것은 하나도 머리 속에 들어오지 않았던 것이다. 그리고 자신이 접한 새로운 영역에 대한 의문과 청홍쌍각사의 처리 문제가 겹쳐지면서 잠시 잊고 있었던 것이기도 했다. 그러나 그것은 잊어서는 안 되는 일이었다.

　'왜 저 자식이 아직까지 두 눈 시퍼렇게 뜨고 멀쩡한 거지? 왜?'

　그녀에게 사신의 낫을 갖다 댄 놈이었다. 정말 본인 스스로도 납득이 가지 않는 일이었다.

　'내가 잠시 정신이 없었군. 채무자를 앞에 두고도 아직 계산을 끝마치지 않았다니 말이야.'

　뭔가 미지근하다고 생각했는데 이제야 왜 그런 찝찝한 기분이 들었는지 알 것 같았다. 아직 청산할 빚이 남아있었던 것이다. 경황중에 방치된 사그라졌던 분노가 다시 격렬한 불꽃이 일며 화산처럼 폭발했다.

　"네–이–놈!"

　협곡을 쩌렁쩌렁 울리는 뇌룡의 포효가 터져 나왔다.

　비류연의 시선이 날카로운 화살처럼 변해 협곡 위의 괘씸한 노괴물을 향해 날아갔다.

　"헉!"

　모사령은 그 순간 수십 장의 거리가 있음에도 저자와 시선이 마주쳤다고 생각했다. 마치 바로 코앞에서 그를 노려보고 있는 듯한 느낌이었다. 머리칼에 가려 눈도 안 보이는데 시선이 마주쳤다고 생각하다니 자신도 무척이나 웃긴 놈이라는 생각이 들었다.

저런 애송이 따위에게 산전수전 다 겪은 자신이 쫀다는 것은 언어도단이었다. 자신은 저런 벌레들과는 격이 다른 존재였다. 모사령이 막 자신을 추스르려고 하는 그 찰나, 분노에 찬 외침이 비류연의 입에서 터져 나왔다.

"감히-!"

협곡 전체를 뒤흔들 정도로 거대한 소리. 천둥신의 망치가 모루를 때리는 듯한 음성 같았다. 모사령은 자신의 몸이 자신의 의지를 거부하고 부르르 떠는 것을 느낄 수 있었다.

파파파팟!

비류연은 감히 자신의 나예린을 노린(언제부터 그의 것이었는지는 잘 모르겠지만) 무도한 놈을 향해 거대한 분노를 내뿜으며 뛰쳐 올라갔다.

비사마군 모사령의 수난

"어떻게 벌써?"
모사령은 경악했다. 어느 새 웬 놈 하나가 협곡 아래에서
불쑥 자신의 앞에 나타난 것이다.

설마 그 긴 거리를 이렇게나 순식간에 좁혀 오리라고는 미처 예기치 못했다. 그때 십이혈마대 대원인 듯한 흑의 복면인 하나가 양손에 창을 꼬나 쥔 채 비류연의 앞을 가로막았다. 그자는 예리하게 빛나는 창끝을 비류연의 얼굴을 향해 겨누며 외쳤다.

"멈춰라! 난 혈창조 조장……."

"비켜라, 방해다!"

픽!

용기가 가상하게도 비류연의 앞을 가로막아 섰던 혈창은 자신의 대사도 다 내뱉지 못하고 비류연이 거칠게 휘두른 주먹에 왼쪽 면상을 얻어맞아야 했다. 그는 정신을 잃은 채 오른쪽 저편의 고목으로 날아가 등을 새우처럼 구부리고 머리통을 땅바닥을 향한 채 예술적

으로 처박혔다. 눈의 흰자위를 까뒤집은 채 입에 게거품을 물고 있는 것을 보니 이미 생사의 경계에 절반쯤 접어든 모양이었다. 모사령에게 잘 보이려다 자신의 명을 단축하고 만 것이다.

그러나 이런 사소한 일은 현재 비류연의 안중에도 없었다. 다급한 때에 때를 모르고 꼬인 한 마리 파리에 불과했다. 지금 그의 신경은 온통 한 곳에만 집중되어 있었다.

'혈창을 저토록 간단히!'

어이없게 나가떨어진 혈창을 바라보는 모사령의 눈에 경계심이 일었다. 자신마저도 저토록 간단하게 창법의 달인인 혈창을 제압할 자신이 없었기 때문이다.

"네 놈이냐?"

이글거리는 태양의 파편 같은 시선이 그를 향해 날아왔다.

"네 놈이야 말로 웬 놈이냐? 밝힐 이름정도는 있겠지?"

"떨거지에게 가르쳐 줄 하찮은 이름 따윈 가진 기억이 없다!"

'떨거지?'

모사령은 어이가 없었다. 그도 그럴 것이 그는 태어나서 한 번도 '떨거지'로 분류되어 본 적이 없었다. 강호에 초출했을 때조차도 말이다. 수천 마리의 독사 떼를 거느리고 강호에 나온 그를 감히 떨거지라 부를 만큼 강단을 지닌 자는 없었던 것이다.

"시건방지구나!"

그의 얼굴이 흙빛으로 변하며 눈은 빨갛게 증오로 불타올랐다. 분노로 시뻘개진 모사령이 만사혈장을 높이 치켜들었다. 그것은 마치 먹이를 노리는 뱀이 필살의 공격을 위해 또아리를 트는 모습을 연상시켰다.

"제발로 죽을 자리를 찾아왔구나! 소원대로 죽여주마!"

그가 뱀처럼 쉭쉭거리며 말하기 시작했다. 사람들을 두려움에 떨게 할 만큼 끔찍한 변모였다. 백수십 년을 뱀들과 함께 생활하다보니 그 자신도 뱀의 기에 동화된 모양이었다.

하지만 비류연은 아랑곳하지 않았다. 오히려 그는 기백으로 모사령을 압도하고 있었다. 기세 싸움에서 밀린 모사령은 입으로만 떠들 뿐, 실제 행동은 아무 것도 하지 못했다. 비류연의 살벌한 시선에 겁을 먹었는지 모사령은 한 발 뒤로 주춤주춤 물러났다.

그때 비류연이 당당한 목소리로 말했다.

"네가 범한 죄는 모두 세 가지다!"

모사령은 아무 말 없이 그저 비류연을 노려만 보았다.

"첫째, 내가 가는 길에 징그러운 뱀들을 무더기로 풀어놓아 행보를 방해한 것!"

비류연이 다시 한 발짝 앞으로 내디뎠다. 그러자 모사령이 보조라도 맞추는 듯 한 발 더 뒤로 물러났다.

"둘째, 간악무도하게도 나의 예린의 목숨을 노려, 그녀에게 생명의 위협을 가한 것!"

글쎄 그 누구도 나예린이 니 꺼라고 말한 적이 없는데……. 무슨 오해가 있는 모양이다.

"셋째, 마지막으로 자신보다 강한 자를 알아보지 못하는 쓸모없는 눈을 가진 것이다."

마지막 세 번째 발자국을 내딛으며 비류연이 선언하듯 말했다.

한 발짝, 두 발짝, 세 발짝.

서서히 다가서는 비류연이 모사령에게는 마치 죽음의 사자처럼 보였다. 그는 이미 싸움 시작 전부터 기백에서 밀리고 말았던 것이다. 그러나 그는 곧 자기 자신을 회복했다.

'잠깐, 내가 잠시 얼이 나갔었나? 내가 지금 애송이를 앞에 두고 뭐 하는 추태지?'

순간적으로 뭔가 괴상망측하고 흉물스러운 것에 홀렸음이 분명했다. 아무튼 제정신이 아니었던 것이다. 그는 겨우 정신을 차리고 비류연을 바라보았다. 어느새 이 애송이는 벌써 자신의 지척까지 다가와 있었다.

그러나 온 몸은 호언장담한 것 치고는 빈틈투성이였다.

"할 말은 끝났느냐? 이 애송아?"

세월의 연륜이 묻어오는 목소리로 모사령이 말했다. 비류연은 손가락을 한 번 더 치켜세우며 말했다.

"당신은 그 말을 함으로써 한 가지 죄를 더 지었다. 뭐, 그렇지만 귀찮으니깐 일단 끝난 것으로 해두지."

"그렇다면 이대로 죽어도 여한이 없겠군! 그럼 이만 죽어라!"

간악한 뱀을 연상시키는 사이한 눈에서 기광이 번득였다. 그 순간 비류연의 발밑이 검게 변하며 꿈틀거리기 시작했다.

"응?"

그 순간 검은 땅이 파도처럼 솟아오르며 비류연을 단숨에 삼켜 버렸다. 움직이는 땅바닥이라고 생각했던 것은 바로 수백 마리에 달하는 뱀 떼였다.

묵린혈망의 부적도 이때만큼은 소용이 없었다. 이들은 묵린혈망에 대한 두려움도 떨칠 만큼 강력한 지배력 하에 놓여 있었던 것이다.

"케헤헤헤헤! 어떠냐? 이 비사마군님의 지사진(地蛇陣)이? 그 안에서 노부를 무시한 대가로 독에 녹아 한줌 혈수가 되어라! 크하하하하하하!"

비사진이 하늘에서의 공격이라면 지사진은 땅으로부터의 공격이었다. 지금까지 이 불의의 습격에 살아남은 이는 아무도 없었다. 백년 전, 천겁혈세 때 종남파의 다섯 장로를 한줌 핏물로 저 세상으로 보낸 바로 그 진법이었다.

비류연이 완전히 지사진에 사로잡힌 것을 확인한 후에야 비로소 모사령은 자신을 그물처럼 얽매고 있던 두려움에 대한 해방감을 맛볼 수 있었다.

"크하하하! 크하하하! 크-하-하-하-하!"

흑단 보자기처럼 완전히 비류연을 감싼 검은 바위 덩어리 같은 뱀 떼를 뒤로한 채 돌아선 모사령의 입에서 통쾌한 승자의 쾌락 어린 웃음이 터져 나왔다. 그러나 그 웃음은 오래 계속되지 못했다.

"이제 다 웃었나?"

모사령에게 그것은 저승으로부터 지옥문 틈새를 지나 흘러나오는 듯한 목소리였다. 그 순간 모사령의 웃음이 거짓말처럼 뚝 그쳤다. 그리고 고개가 뽑혀져 버리는 게 아닌가 걱정될 정도로 거칠게 돌아갔다.

그러나 지사진의 필살 포위망은 조금도 변함이 없었다. 그러나 모사령의 날카로운 눈썰미는 이내 어떤 위화감을 발견해 냈다.

움직임이 없었다.

조금 전까지만 해도 살아 있는 생물처럼 꿈틀거리던 바위가 시간이 멈춘 듯 우뚝 정지해 있었다. 모사령은 혈관 속의 피가 얼어붙는 듯 했다. 으스스 오한이 일며 몸이 부들부들 떨렸다.

스윽!

그 순간 가느다란 은빛이 밤의 어둠을 가르는 달빛처럼 검은 장막을 사선으로 갈랐다.

비뢰도(飛雷刀) 오의(奧義)
검기(劍氣)
은검풍인(銀劍風刃)의 장(章)
은섬풍(銀閃風)

사라라락!

그것은 어둠의 장막을 갈기갈기 찢는 별빛의 칼날이었는지도 모른다. 피가 점점이 떨어지고, 살점이 우박이 되어 쏟아졌다. 후두둑 쏟아지는 피류의 진눈깨비 속에서 비류연은 아무 일도 없다는 듯 태연한 얼굴로 옷자락을 조용히 나부끼며 서 있었다.

빛나는 은빛 섬광의 바람이 비류연의 주위를 휘감으며 불고 있었다. 은빛 바람은 모든 것을 사정없이 베어 넘겼다. 독사들이라고 해서 예외가 될 수는 없었다.

"이…, 이런 바보 같은. 어, 어떻게 이런 일이…, 이런 일이……."

모사령은 악몽 같은 심란한 현실 앞에 망연자실했다.

"그럼 이로써 당신이 범한 죄가 다섯 개로 추가되었군요? 이제는 죽음으로 속죄하기에는 너무 지은 죄가 크군요. 애석하게도 당신의 편안한 죽음은 보류되고 말았습니다."

비류연의 목소리는 여전히 낮고 조용하며 차분했다. 그러나 모사령에게 그것은 이미 염왕의 판결문 낭독이었다.

"으으으으, 으으으으……."

그는 저승사자처럼 죽음의 냄새를 풍기며 다가오는 비류연의 기세에 놀라 어느새 벼랑을 등지고 있는 자신의 처지도 잊은 채 연신 뒷걸음질 쳤다. 더 이상 물러날 곳이 없다는 것을 깨닫는 데는 열 발자국도 너무 많을 정도였다.

발뒤꿈치에 물린 흙과 모래가 '푸스슥' 작은 소리를 내며 벼랑 아래로 떨어졌다. 태어나서 지금 이 순간만큼 강렬한 공포를 느끼기기는 그 분을 만났을 때 이후로 처음이었다.

"끼아아아악!"

바로 그때 낙뢰곡 아래에서 비통에 잠긴 비명이 터져 나왔다. 그것은 돌도 쪼갤 것 같던 앞전의 비명과는 다른 종류의 것이었다. 그러나 그 안에 잠긴 절망과 경악과 비탄은 비교도 할 수 없는 것이었다. 비류연으로서는 처음 듣는 비명이었지만 그 목소리가 누구의 소유인지는 알고 있었다.

그것은 바로 이진설의 비명이었다.

쌍마의 개입(介入)
- 다시 찾아온 위기

"이대로는 피해가 너무 막심합니다. 후퇴해서 전력을 보존해야 합니다.
이 이상은 무의미한 희생일 뿐입니다."
혈검이 단호한 목소리로 말했다.

침묵으로 답하는 적혈의 속도 시커멓게 타들어가고 있었다. 예상
치 못한 참패였다. 어느 정도의 손해는 감수할 각오가 되어 있었지만
이렇게까지는 아니었다.

벌써 전력의 삼할 이상이 작살나 있었다. 물론 본진이 위태로울 정
도의 타격을 입은 것은 아니었지만, 애초의 계획대로라면 피해를 입
는 일 자체가 없었어야 했다. 그들은 지금 매복 포위 기습전을 펼치
는 것이지 섬멸전을 펼치고 있는 게 아니었다. 그런데 지금 이 참담
한 상황은 무엇인가?

삼봉공 중 한 명이자 비사진의 주재자인 모사령은 어느 순간부터
곁에 보이지 않았다. 그것이 더욱더 그의 불안을 부채질했다.

"크으으윽!"

침통한 침음성이 악다물어진 이빨 사이를 비집고 흘러나왔다. 후퇴의 시기를 놓쳐 이런 상황까지 오도록 만들고야 만 것이다. 어차피 몰살이 목적이 아니었다.

애초의 작전은 적 전력의 일부를 매복 기습으로 타격을 입힌 후 바람처럼 재빠르게 후퇴한다는 것이 골자였다. 예상치 못한 거센 반격에 이 정도까지 지독한 타격을 입을 줄은 미처 예상치 못했던 일이었다.

혈궁대와 혈쇄조가 거의 전멸하다시피 했고, 이(二)개 대(隊)와 맞먹는 전력을 보유한 비사진이 완전 궤멸 상태에 놓여 있었다. 더 이상의 손해를 입으면 십 개 대로도 재편이 불가능한 최악의 상황이 될지도 몰랐다.

아직 제 1대 혈검대를 비롯한 아홉 개 핵심 대가 남아있었지만 더 이상의 전력 소모는 만용일 뿐이었다. 좋은 지휘관은 공격할 때와 후퇴할 때를 정확히 구분할 줄 알아야 한다. 지금은 후자 쪽이었다.

"퇴각한다."

평소의 강인함은 찾아볼 수 없는, 힘이 턱없이 빠져 있는 목소리였다. 참담한 패배의 그림자가 그의 얼굴에 드리워졌다. 십이혈마대 역사상 처음 맞는 참담한 패배로 기록될 것이다.

작전은…, 실패였다

"하나도 남김없이 회수하라. 네 놈들 목숨 값보다 귀한 것들이다."

조장이 불의의 사고(?)사를 당해 버렸기에 대신 임시조장을 맡고 있는 부조장 901호가 고함쳤다. 철쇄봉혼진의 철쇄는 숙련된 특수한 방법에 의해서만 회수가 가능했다. 그 전에는 어떤 강한 힘으로도 뽑기가 거의 불가능했다. 그러기 때문에 전문적이고 숙달된 훈련이 필요했다.

십이혈마대조차도 혈쇄조 조원이 아닌 이들은 이 철쇄의 자유로운 회수가 불가능했다. 그러나 그 전문가들도 지금은 현저히 줄어든 상태였다.

"증거를 남기지 마라. 영리한 맹수는 흔적을 남기지 않는다. 우리는 존재하지 않는 자들이다. 존재하지 않는 자들에게 존재의 증명 따위는 필요 없다. 모두 지워버려!"

침통한 표정으로 적혈이 큰소리로 명령했다.

이들은 후퇴하기 전에 먼저 쇠사슬로 쳐진 철쇄봉혼진을 해제했다. 만년한철로 만들어진 그 비싼 도구를 내버려두고 간다는 것은 어불성설이었다. 이 쇠사슬 하나에 든 만년한철의 양이면 천하에 이름을 남길 보검을 쉰 자루 이상 제련할 수 있었다. 그런 만큼 검장(劍匠)이라면 눈에 불을 켜고 달려들 만한 귀한 철들이었다.

"어라? 이 녀석들이 갑자기 뭔 짓거리지?"

자신들의 자유로운 움직임을 극도로 제한하던 철쇄가 갑자기 사라지자 어리둥절해진 염도가 외쳤다.

"아무래도 더 이상의 싸움은 무의미하다는 것을 깨달았기 때문이겠지."

"그런데 그거랑 저 빌어먹을 쇠사슬을 걷어가는 거랑 무슨 상관이야?"

"저들이 지금 후퇴를 결정했다는 이야기일세! 이미 쓸모를 다한 물건을 회수하는 것 당연한 일 아닌가?"

"왜 후퇴해? 자네도 알고 나도 알다시피 아직 어느 한쪽도 전멸하지 않았네. 그런데도 벌써 싸움을 끝낸단 말인가? 양쪽이 둘 다 멀쩡한데? 근성 없는 녀석들!"

염도는 그의 상식으로 지금 현 상황이 이해되지 않는 모양이었다. 그에게 있어 싸움이란 어느 한쪽 숨을 쉬는 사람이 몽땅 사라지거나, 아니면 백기를 들고 항복하는 것 두 가지밖에 없는 모양이었다. 참으로 단순하고 호쾌한(?) 사고방식이 아닐 수 없다.

"으으으, 그런 건 직접 자네 혼자서 생각해 보라구! 이 싸움을 계속해 봤자 아무런 득도 없다는 걸 왜 모르나? 자네 머리통은 도대체 뭐 하는데 사용하는 물건인가?"

마침내 빙검의 짜증이 폭발하고 말았다.

서둘러 철쇄를 회수하고 화골산으로 동료의 시체를 녹여버리며 증거인멸에 여념이 없는 부산한 이들의 모습을 뒷짐 진 채 조용히 지켜보는 두 명의 노인이 있었다. 냉막한 인상에 마른 체구를 지닌 노인은 마치 한 자루의 칼을 연상시키는 기도를 풍겼는데 그는 짙은 남색 비단옷을 입고 있었다. 다른 한 명은 갈색 비단옷을 두르고 허리에는 흉폭한 살기가 흐르는 대도를 차고 있었다. 그의 덩치는 크고 뚱뚱했으며 얼굴에는 후덕한 미소가 매달려 있었지만 그의 눈동자만은 그 속에서 차갑게 빛나고 있었다.

"빚을 졌군, 그것도 아주 큰 빚 말이야."

남의노인이 안색을 찌푸리며 말했다.

"꼴사나운 일일세. 이대로 대공자의 얼굴을 어찌 다시 뵙겠는가?"

덩치 큰 노인의 얼굴은 수치와 치욕으로 벌겋게 물들어 있었다. 그는 그리 차분한 성격의 소유자가 아니었다. 벌써부터 그의 전신에서 살기가 버섯구름처럼 뭉게뭉게 피어올랐다.

"갈 때 가더라도 인사는 하고 가야겠지? 그것도 되도록 성대하게!"

희끗희끗한 흰머리에 냉막한 인상을 지닌 남의노인이 무시무시한 눈빛을 심연하게 빛내며 싸늘하게 말하자 갈의노인이 고개를 끄덕였다.

"물론 산 제물은 되도록 아름다운 게 좋겠지, 흐흐흐흐!"

퉁퉁한 배를 출렁이며 음흉한 웃음을 터트리는 갈의노인의 시선이 협곡 아래 한 지점을 향했다. 그에게는 아까 전부터 눈여겨 봐 둔 제물이 있었던 것이다.

노인의 시선이 머무는 곳에는 하얀 보석을 갈아 만든 흰 안개 같은 냉기를 뿜으며 검을 휘두르는 여인이 있었다. 은은한 검광을 흘리는 보검을 쥔 가냘픈 두 팔은 백 진주의 영(靈)처럼 새하얀 광채를 띠고 있었고, 보법을 밟으며 춤추듯이 신형을 뒤틀 때마다 찰랑이는 잡티 하나 없는 칠흑 같은 머릿결은 맑고 드높은 밤하늘처럼 깊고 심해의 흑진주처럼 윤기가 흘렀다.

그 피보라가 휘몰아치는 전장의 한가운데서도 불결함을 모르는 듯, 그녀의 몸은 성결하기 그지없었다. 그리고 그 어떠한 더러움도 그녀를 범접할 수 없을 것만 같은 성스러운 빛을 발하는 듯 했다.

전장의 참상도, 휘몰아치는 참혹한 피보라도 천상의 보옥처럼 빛을 발하는 그녀의 아름다움을 퇴색시키지는 못했다. 어둠을 가르는 예리한 칼날처럼 그녀는 이 지옥도의 한가운데서 빛을 발하고 있었다.

진흙탕의 한가운데서 마치 보석처럼 빛나는 부처의 연꽃처럼 찬연한 빛을 발하는 그녀를 바라보는 갈의노인의 눈에 화염지옥의 불꽃 같은 어두운 검은 욕망의 불꽃이 이글거렸다. 새벽의 샛별처럼 찬란한 저 빛을 빼앗아 어둠으로 다시 칠하고 싶었다.

무릎 꿇리고 굴복시킨 후, 더럽히고 범하고 싶은 추악하고 잔인하며 더럽고 불길한 욕망. 어둠보다 더 어두운 검은 불꽃이 이글거리는 그의 눈동자에 핏발이 서고, 사악한 도를 움켜쥔 그의 손에 억센 힘줄이 툭툭 불거져 나왔다.

그는 용암처럼 들끓는 추악한 욕망을 더 이상 참을 수 없었다.

"호호호호!"

악마처럼 변해버린 갈의노인은 혀끝으로 자신의 윗입술을 핥았다. 그의 입가에 초록색 비늘 뱀처럼 차갑고 사악한 흉소가 맺혔다. 맹독을 품은 독사들이 보아도 비늘이 발딱 설 만큼 무시무시하게 일그러진 괴물의 얼굴이었다.

"성격이 나쁘군."

침을 흘리며 거칠게 숨을 헐떡이는 공패를 본 동방학은 눈살을 살짝 찌푸리고 고개를 가로저었다. 백 년을 함께 지내왔지만 오늘처럼 이성을 잃고 감정의 소용돌이에 휩쓸린 그를 보는 것은 처음이었다. 동방학에게 이것은 무척이나 생소한 광경이었다.

두 사람은 자신이 해야 할 역할을 수행하기 위해 발걸음을 옮겼다. 어차피 빚을 갚고 경고와 경각심을 일깨워 줄 두려움을 심어 주기 위한 발걸음이다. 잔인하고 흉폭할수록 그 효과는 극대화되기 마련이었다. 때문에 동방학은 자신의 동료를 진정시키지 않고, 고삐가 풀린 우리에서 뛰쳐나온 맹수처럼 방치하기로 했다.

세 봉공이 나선 이유는 대가를 치르고 본보기를 보인 뒤, 특급 최우선 제거 대상을 없애기 위해서였다. 공포와 실속, 이 두 가지를 한 칼에 획득하기 위해 이들은 이 자리에 선 것이다. 상대가 오십이라 해도 그들은 결코 위축되거나 쫄지 않았다. 언제 어느 때라도 몸을 뺄 수 있다는 자신감이 그들에게는 있었다.

그리고 십이혈마대가 그들의 뒤를 완벽하게 지원해 줄 것이다. 문제될 것은 아무것도 없었다. 단지 전심전력으로 자신들의 맡은 바 역할을 수행하기만 하면 되는 것이다.

그래, 간단하게…….

그들은 조용히 자신들이 받았던 초상화가 첨부된 명단을 떠올려 보았다. 모두 제거할 필요는 없고, 두어 명 정도만 본보기를 보이면 충분하다고 했다. 아직 치매 증상이 없다는 것을 증명이라도 하듯 기억 속의 명단이 머리 속에 금방 떠올랐다.

'창천룡 용천명, 삼절검 청흔, 철옥잠 마하령, 칠절신검 모용휘, 빙백봉 나예린…….'

마침 그들이 노리는 제물은 번듯하게 명단에 올라 있었기에 망설일 필요도 없었다. 그런데 초상화 속의 나예린과 지금 눈으로 보는 나예린 사이에는 너무 엄청난 격차가 존재했다. 그녀의 신비로움이 그림 속에는 일 할도 채 담겨있지 않았다. 부가 설명이 없었으면 하마터면 못 알아볼 뻔 했다.

"아무래도 이번에 돌아가면 초상화 그린 놈은 감봉강등 조치와 함께 엄벌에 처해야 할 듯 하군. 슬슬 움직여 볼까?"

"좋지!"

두 명의 노인이 자신들의 먹이를 향해 새하얀 강철로 만들어진 이빨을 드러냈다.

나예린은 전장 한가운데서 극한으로 발달되어 있는 예리한 감각으로 그녀 자신에게 다가오는 위험을 느끼고 위기를 알리는 경고를 들었다. 나예린이 이토록 거대하고 추악한 검은 욕망을 대하는 것은 그날 이후로 처음 있는 일이었다. 갑자기 자신의 사지가 뻣뻣해지는 것을 느꼈다. 그것은 본능적인 두려움과 깊이를 알 수 없는 혐오감이었다. 그녀는 심연하게 빛나는 용안으로 사위를 살폈다. 그러나 그 특정화된 위험을 느끼기만 할 뿐 시야 안으로 포착할 수는 없었다.

'고수!'

그녀는 다급한 마음으로 경계를 확장시켰다. 이런 기운을 발할 수 있는 자는 평범한 고수라 할 수 없는 초고수일 것이다. 검후의 진전을 이은 그녀였지만 아직 대성하지 못한 검술로 과연 이 강대한 기운의 소유자를 이길 수 있을지 그녀는 감히 장담하지 못했다.

'류연……'

갑자기 그녀의 뇌리 속으로 항상 자신감에 가득 차 있는, 두려움을 모르는(도가 지나칠 정도지만) 얼굴이 스쳐 지나갔다. 그녀는 붉은 석류 같은 입술에 엷은 미소를 머금었다. 언제부터 북해의 빙정이라 불리던 자신의 마음이 이리도 여려졌단 말인가? 언제부터 남자 따위에게 의지하게 되었단 말인가? 이게 과연 나 자신이 맞단 말인가?

어떠한 질문에 대해서도 대답도 확신도 할 수 없는 혼란한 상태로 그녀는 검을 굳게 움켜쥐었다. 나예린은 어느새 자신을 전후로 포위하고 있는 두 개의 강대한 기운을 느낄 수 있었다. 그 기운이 주는 압박감은 무시무시한 것이었다. 그녀가 배후의 기운에 대해 신경을 늦추지 않은 채 정면을 바라보았다.

어깨가 떡 벌어진 제법 살집이 붙은 장대한 체구의 노인이 한 손에 상어 이빨같이 무시무시하게 생긴 도를 들고, 야차(夜叉) 같은 두 눈에 검은 욕망의 추악한 불길을 불태우며 입가에 비릿하고 소름끼치는 조소를 머금고 있었다.

"과연 직접 보니 명불허전이구나. 백여 년이 넘는 긴 세월을 살아오며 웬만한 미녀는 다 이 두 눈으로 보고, 이 몸으로 섭렵했다고 생각했었는데, 오늘 너를 보니 내 생각은 다만 나만의 착각이고 오만이라는 것을 알았다. 흐흐흐, 정말 너를 보고 있자니 젊은 시절의 나로 돌아가는 것만 같다. 이 들끓는 정욕을 참을 수가 없구나!"

공패라 불리는 갈의노인의 입에서 차갑고 날카로우면서도 욕망으로 번들거리는 질척질척한 목소리가 흘러나왔다. 온몸의 솜털을 곤두서게 만드는 소름끼치는 목소리. 이 노인의 내면에서 이글거리는 추악하고 더러운 욕망은 용안을 지닌 나예린의 정신을 아득하게 만들 정도였다.

"흐흐흐!"

마치 칼로 찌르는 듯한 잔인한 웃음이었다. 공패는 다시 한번 혀로 자신의 윗입술을 핥았다. 먹이를 앞에 둔 독사의 표정이었다. 동방학은 입을 굳게 닫은 채 석상처럼 아무 말도 하지 않았다. 때문에 나예린은 더욱더 그에게 방심할 수가 없었다.

나예린은 천무학관을 떠나온 이후 처음으로 자칫 잘못하면 능욕당한 후 가장 치욕스런 죽임을 당할지도 모른다는 위기감을 느꼈다. 한 사람도 벅찬 지금, 같은 동급의 최고수 두 사람이 자신의 전후를 둘러싸고 있는 것이다. 그녀는 만일의 경우 자결도 서슴지 않고 실행할 것을 결심하며 전신의 내공을 최대한으로 끌어올렸다.

"언니이이이!"

나예린의 위기에 놀란 이진설이 검을 휘두르며 달려들었다. 그녀의 쌍검은 나비의 날개 짓처럼 화려했지만 이 두 노인을 상대하기에는 아직 한참이나 역량 미달이었다.

효룡은 한눈에 지금 이진설이 하고자 하는 일의 무모함을 깨달았다. 십장 이상 떨어져 있음에도 불구하고 느껴지는 저 끔찍할 만큼 가공할 존재감은 저들이 어느 정도의 고수인지를 지나칠 정도로 생생하게 전달해 주고 있었다. 당연히 이진설로는 어찌해보지 못할 초고수였다.

효룡은 이차 삼차 숙고할 겨를도 없이 튕겨지듯, 시위를 떠난 화살처럼 이진설의 뒤를 쫓았다. 여기서 이진설을 죽게 만들 수는 없었다.

이때 비류연은 비사마군 모사령을 상대하기 위해 협곡 위에 있어 아직 이 사실을 모르고 있었다.

푸확!

끊어진 녹색건(綠色巾)이 붉은 피에 흠뻑 젖은 채 허공중에 날리었다. 순간 이진설은 어찌된 영문인지 알 수가 없었다.

갑자기 주위의 시간이 한없이 느리게 흘러가는 것처럼 보였다.

분명 자신이 휘두른 쌍검 사이를 아무런 저항도 없이 가볍게 뚫고 그녀의 목젖을 노리며 뱀처럼 영활하게 다가온 한 자루의 붉은 검이 있었다. 그리고 그 절체절명의 위기에 자신의 목덜미를 끌어당기며 자신의 앞을 가로막는 한 사내가 있었다. 사내의 검이 사신의 숨결처럼 차갑게 다가오던 그 살기 어린 검을 막아내자 '끼끼낑' 거친 소음을 내며 불꽃이 튀었다. 사방으로 불티가 날렸다.

자신의 앞을 가로막은 사내는 남색 옷을 입은 괴노인의 검을 저지하기가 힘겨웠던 모양이다. 검 한 자루로는 막을 수 없다고 생각한 것일까? 그녀의 앞을 막아선 사내는 다시 한 자루의 검을 뽑아들어 가위로 맞물리듯 한 자루의 사악한 마검처럼 느껴지는 노인의 검을 막아내었다.

그 순간 날카로운 마찰음과 함께 직진을 저지당한 피처럼 붉은 검이 허공으로 튀어 올랐다.

푸확!

귀에 거슬리는 이상한 소리가 허공중에 울려 퍼졌다.

이진설은 아득한 정신 속에서 지금 자신의 눈앞에 펼쳐지고 있는 지독히 성격 나쁜 몽마의 장난질 같은 악몽을 바라보았다.

옅은 갈색 머리카락을 묶고 있던 녹색건이 끊어지자 사내의 머리카락이 올올이 풀어지며 어깨 위로 흘러 내렸다. 단정했던 그의 머리가 사형장의 망나니처럼 산발이 되어 혈향 짙은 바람에 흩날렸다. 그의 미간 사이로부터 그의 오뚝한 콧날과 볼을 지나 강인해 보이는 턱 밑으로 한줄기 붉은 피가 실개천을 이루며 흘러내렸다.

쿵!

효룡의 무릎이 반으로 접히며 쓰러지듯 땅바닥에 주저앉았다.

"끼아아아악!"

마침내 이진설의 입에서 처절한 비명이 터져 나왔다. 수용할 수 없을 만큼 거대한 비탄과 절망, 그리고 공포에 그녀의 정신이 아득해지고 있었다. 몸은 물 속에 잠긴 솜뭉치처럼 무겁기만 했다.

지금 자신의 주변에서 무슨 끔찍한 일이 벌어지고 있는지, 아니 방금 벌어졌는지 뒤엉킨 실타래처럼 혼란스러운 그녀의 머리로는 도저히 판단과 분석이 불가능했다. 하늘이 무너지는가? 그녀의 몸이 무너져 내렸다. 짙은 암흑이 그녀의 시야를 가득 메웠다.

이진설이 달려들어 앞으로 고꾸라지는 효룡을 안아들었다. 효룡은 아직도 눈을 멍하니 부릅뜨고 있었는데 그의 두 눈동자에는 이미 초점이 없었다. 그녀는 도움을 요청하기 위해 피맺힌 목소리로 절규했다. 저 멀리서 모용휘와 염도, 빙검 노사가 달려오는 것이 보였다. 그러나 그녀의 귀는 자신이 뭐라고 외치고 있는지, 그리고 또 저기 달려오고 있는 저 사람들이 뭐라고 외치는지 아무 것도 들리지 않았다.

다만 이 소란스러움은 절벽 위에 있는 비류연에게도 확실하게 들렸다.

동방학은 어리둥절한 표정으로 자신의 검을 바라보았다. 방금 자신의 검을 막은 쌍검의 검로가 왠지 손에 익었던 것이다. 그는 언젠가 이런 느낌의 무공과 붙어본 적이 있었다. 그 기억은 너무나 생생한 것이라 절대 잊어버릴 수가 없는 것이었다. 비록 강산이 열 번 바뀌었다 해도 자신을 죽음 직전까지 몰고 간 3개의 무공 중 하나를 어찌 잊을 수 있겠는가!

"설마 굉천혈영도(轟天血影刀)?"

그러나 그것은 도법이지 검법이 아니었다. 그리고 백도의 인간이 그 도법을 쓸 수 있을 리가 만무했다. 어찌 흑도의 하늘로 추앙받는 이의 도법을 백도 나부랭이가 쓸 수 있겠는가!

모든 것이 의문투성이였다.

여기 올 때 군사로부터 뭐라고 듣고 왔던가? '요즘 심심하실 텐데 오래간만에 바깥바람이라도 좀 쐬고 오시지요.'라고 들었던 것 같다. 처음에는 입안된 작전이 천무학관 대표단의 몰살이라 해도 별다른 피해 없이 최소한의 희생만으로 성사될 수 있다고 생각했었다.

그리고 그는 지금 눈앞에서 자신의 판단이 산산이 부서지는 것을 지켜보았다. 그것은 정말 의외의 일이었다.

'이들이 이렇게까지 성장했단 말인가?'

그의 마음 속에서 한줄기 경계심이 생겨나기 시작했다. 몇 시진 전만 해도 이들은 언제나 마음만 먹으면 쓸어버릴 수 있는 버러지, 쓰레기들이었지만, 이제는 상황이 바뀌어 조금 한 가닥 하는 짐승들로 격상되었다. 하지만 그의 생각은 오래 이어지지 못했다.

왜냐하면 차갑게 빛나는 빙검의 검이 가공할 속도로 그의 목을 노리며 날아들었기 때문이다.

비류연의 고개가 급작스럽게 아래를 향했다. 상당히 먼 거리였지만 비류연에게 그런 거리 따위는 아무런 문제가 되지 않았다. 작은 체구의 이진설이 누군가를 안고 오열하고 있는 모습이 눈에 들어왔다. 그런데 쓰러진 그 청년이 지닌 두 자루의 쌍검은 무척이나 눈에 익은 것이었다. 비류연의 한쪽 검미가 순간 벼락 치듯 꿈틀거렸다.

그리고 시선을 조금 더 옆으로 옮겼을 때 비류연의 분노는 폭발하고 말았다. 오열하는 이진설 옆에서 웬 뚱땡이의 파도처럼 몰아쳐오는 흉악스러운 도를 힘겹게 막아내고 있는 나예린의 모습이 들어왔던 것이다.

그의 눈빛이 황금빛으로 물들었다 태양처럼 빛났다.

비류연이 한눈을 판 틈을 타 '죽어라!'라는 진부한 대사를 외치며 달려들던 모사령은 순간 비류연의 태양처럼 빛나는 눈빛과 마주치자 화들짝 놀라며 멈칫거렸다. 그것은 육체가 아닌 정신적 충격이었다.

그는 지금 '자신이 무척이나 잘못된 일을 하고 있는 게 아닌가? 뭔가 엄청난 실수를 하고 있는 게 아닌가?'하는 의문이 체면불구하고 고개를 치켜드는 걸 느낄 수 있었다.

그리고 아무래도 자신의 생각이 맞는 듯한 아주 불길한 느낌을 받았다. 그와 동시에 어떤 미지의 엄청난 기운이 자신을 덮쳐오는 걸 느꼈다. 그 힘 앞에 그는 여섯 마리 준마가 이끄는 가속 붙은 쇠수레를 맨몸으로 가로막는 한 마리 작은 사마귀일 뿐이었다.

입에 한 움큼 물고 있는 흙모래를 내뱉으며 모사령이 다시 눈을 떴을 때 그는 희뿌연 하늘이 한눈에 들어오는 것을 느낄 수 있었다. 몸을 움직여 보려 했지만, 전신을 사정없이 휘저어 버리는 극심한 통증을 느끼며 자신이 지금 손가락 하나 까딱하지 못하는 상태라는 것을 알 수 있었다. 무척이나 유용한 정보지만 지랄 맞게 엿 같은 정보라는데 이견은 없을 것이다.

그리고 또 하나 차분한 관찰을 통해 알 수 있었던 것은 지금 자신이 땅바닥에다가 자신이 지나온 흔적의 기념으로 긴 고랑을 요란스레 남기며 땅에 박히듯 파묻혀 있다는 사실이었다.

달려오는 쇠수레에 짓눌린 사마귀 같은 신세였다.

삐이이이익!

그 순간 상공을 스쳐지나가듯 미끄러지며 지나간 것은 푸른 깃털을 지닌 하늘의 제왕 해동청 우뢰매였다.

투확!

모사령은 뭔가 따뜻하고 뭉클하며 찝찝한 것이 하늘로부터 자신의 얼굴위로 떨어졌다는 사실을 감지할 수 있었다. 이상하고 고약하며 지릿한 냄새가 순간 그의 후각을 사정없이 후벼 팠다. 그는 이 끔찍한 악몽 속에서 비명이라도 시원스레 질러보고 싶었지만 목소리조차 제대로 나오지 않았다.

조금 전 변비 걱정을 떨치고 시원스러운 배변을 통해 건강한 장의 운동을 확인한 우뢰매는 자신의 시선 아래로 삼장 정도 되는 기나긴 도랑이 파여 있고, 그 끝에 사람 비스무리 한 것이 화룡점정(畫龍點睛)처럼 박혀 있는 것을 볼 수 있었다. 그리고 그 고랑 주변은 광폭한 폭풍우에 휩싸인 것처럼 나무들이 팔방으로 제멋대로 쓰러져 있었다.

그는 그것이 곧 자신의 주인의 작품이라는 것을 알았고, 그 사실에 대해 깊은 자부심을 품은 채 드높이 울었다.

"삐이이익!"

　그곳은 비류연이 서 있던 반대쪽 절벽이었다.

백 년 전의 마인
- 쌍마 출현

빙검의 검과 동방학의 검이, 염도의 도와 공패의 도가 불꽃을 일으키며
격렬하게 부딪치자 땅이 울리고 대기가 찢어질 듯 비명을 질렀다.

너무나 다급한 상황이었기에 염도와 빙검 두 사람은 어찌된 영문
인지 차분하게 파악할 시간조차 없었다. 무조건적으로 부딪쳐 이 두
노인의 검과 도를 막는 것이 최우선 과제였다.

'강하다!'

최초의 격돌에서 염도는 그 사실을 깨달을 수 있었다. 아마 강호에
초출한 이후 지금까지 도를 부딪쳤던 사람 중 가장 강한 자였다.(물
론 뭐가 뭔지 아직도 감이 안 잡히는 비류연은 비교 대상에서 제외되었다.)

홍염(紅焰)을 쥔 손에서 느껴지는 손아귀가 찢어져 나갈 듯한 거대
한 압력이 그 강함을 대변해 주고 있었다. 그러나 감히 소홀히 할 수
없는 이 도기의 폭풍우에 정면으로 대적하면서도 염도는 한 가지 기
묘한 느낌을 받았다.

'어라? 좀 이상한데…….'

상대방의 강함은 확실히 인식할 수 있었음에도 불구하고, 정면으로 대적하는데 있어 힘의 부침이 없었다. 예전이라면 분명 힘겨웠을 것이 분명한 상대임에도 의외로 맞서기가 수월했다. 전혀 의식하지 못하고 있는 사이에 실력이 증진된 자신을 그제서야 알게 되자 그는 그만 화들짝 놀라고 말았다.

'내가 언제 이렇게 강해졌지?'

도초가 마음먹은 대로 손끝에서 풀려 나갔다. 내공을 방출하고 회수함에 따른 어떠한 무리도 없었다. 마치 강을 타고 물이 흘러가는 것처럼 자연스러웠다.

'이런 기가 막힌 일이!'

그동안 한 것이라고는 비류연의 제자가 되어 무지막지하게 혹사당한 것뿐인데 언제 이렇게 강해졌단 말인가? 몇 년 전부터 자신의 무공이 증진되기보다 점차 정체되어 가고 있음을 느끼고 있었던 염도였다. 그 때문에 고민도 많이 하고, 혹시나 해결책이 있을까 싶어 지푸라기라도 잡는 심정으로 일부러 시빗거리를 만들며 비무행을 벌이기도 했었다. 그러나 별다른 성과가 없었다. 좌절도 맛보았다. 그 맛은 시큼털털하고, 쓰디썼다. 두 번 다시 맛보고 싶지 않은 그런 맛이었다.

그런데 그렇게 자신을 번뇌하게 만든 난제가 어느 순간, 기가 막힌 일이지만 자신도 모르는 사이에 해결되어 있었던 것이다. 방치해 두었던 엉킨 실타래가 스쳐지나가는 바람결에 풀린 것이나 진배없었다. 자신이 직접 경험해 보고도 도저히 믿지 못할 일이었다.

"강함에 대해 집착할 때는 강해지지 못하고, 강함에 대한 집착을 버리자 강해지다니…….."

참으로 모순된 일이 아닐 수 없었다.

약한 녀석들과 싸울 때는 별로 느끼지 못했는데 진정한 강자랑 싸우자 확연히 그것을 체감할 수 있었다.

다행히 나예린은 염도 덕분에 위험에서 빠져나와 한숨 돌린 것 같았다.

"효룡은?"

단숨에 절벽 위에서 밑바닥까지 뛰어 내려온 비류연이 다급한 목소리로 물었다.

"……."

그러나 효룡을 안은 채 망연자실해 있는 이진설은 효룡만을 뚫어지게 바라볼 뿐 아무런 대답이 없었다. 평소에 호감을 느끼던 남자가 자신 때문에 이런 끔찍한 모습이 되었다는 사실 때문에 그녀가 느끼는 죄책감과 상심(傷心)은 엄청난 것이어서 그녀는 아무런 말도 할 수 없었던 것이다.

보는 것만으로도 답답해진 비류연은 직접 움직여 효룡의 경동맥에 두 손가락을 갖다 댔다.

"휴우~."

희미하지만 다행히 맥은 뛰고 있었다. 코에서 미약한 숨결이 느껴진다. 이마에서 흘러나오던 피도 어느새 멎어 있었다. 깊은 상처는 아니었던 모양이었다. 그제서야 안도의 한숨을 내쉰 비류연은 마음의 여유를 가지고 주위를 둘러보았다.

염도와 공패의 싸움은 여전히 격렬하기 짝이 없었다. 땅이 깊게 파이고 자갈과 흙이 허공중에 사납게 날아다녔다. 도와 도가 부딪치는 소리가 협곡 안에 요란스럽게 메아리쳤다. 그리고 조금 떨어진 곳에서 나예린이 심연한 눈으로 그들을 지켜보고 있었다.

"무지막지한 건 여전하군요. 아직도 저 급한 성질을 고치지 못하다니…, 아니면 영원히 고칠 수 없는 걸까요?"

"누구 말인가요?"

어느새 다가왔을까? 등 뒤에서 들려오는 비류연의 목소리에 나예린이 되물었다. 그녀는 이제 장내에서 한 발짝 떨어져 네 사람의 격전을 지켜보고 있던 중이었다. 그녀 외에도 많은 사람들이 백 년 전의 전대고수와 현 시대의 명망 높은 고수들 간의 대결을 지켜보기 위해 우르르 몰려들고 있었다. 다들 손에 땀을 쥐고 이 싸움을 지켜보았다. 지금 그들의 눈앞에 그들이 도달해야만 할 한 단계 높은 경지의 싸움이 벌어지고 있었다. 이런 수준 높은 비무는 아무 때나 볼 수 있는 게 아니었다. 그래서인지 모두의 눈에는 긴장감이 가득했다.

"글쎄요, 누굴까요?"

곁에 다가온 비류연이 싱긋 웃었다.

"예린, 상처는 없어요?"

"예, 전 괜찮아요."

그녀의 대답에 비류연은 안심 섞인 목소리로 말했다.

"다행이군요. 저들은 그나마 아직 여기서 살아 돌아갈 희망이 생겼으니까요."

만일 눈곱만한 생채기라도 생겼으면 이곳에 뼈를 묻어야 한다는 이야기였지만 나예린은 잠시 비류연의 말을 이해할 수가 없었다.

"이 검술, 이 검기! 어디서 많이 본 검기인데……."

동방학의 얼굴이 가볍게 일그러졌다. 그는 좀 전에 빙검과 검을 부딪쳤던 자신의 검과 그 충격으로 떨리는 손을 지긋한 눈으로 쏘아보았다. 지금 노인은 풀리지 않는 난제를 눈앞에 둔 미궁 속을 헤매는 듯한 학자가 되어 있었다.

이상한 일이었다. 아까의 쌍검을 쓰는 청년도 그렇고…, 오늘 따라 이 자리에는 왜 이리도 자신이 여전에 겪어봤던 무공들의 흔적들이 많이 보이는 것인지? 게다가 더더욱 마음에 안 드는 점은 두 가지 다 똑같이 자신에게 한때 쓰라린 패배와 지워지지 않는 공포를 안겨 주었던 가장 무시무시한 무공들이라는 점이었다.

좀 전의 쌍검은 내륙의 공기 속에 섞인 바다바람의 소금기처럼 그 흔적이 미약했지만, 이번 것은 푸른 대양의 한가운데 떠 있는 배의 갑판에 서 있는 것처럼 그 향기가 뚜렷했다.

그만큼 흔적이 뚜렷한데도 불구하고 검과 검이 불꽃을 일으키며 부딪치는 그 순간 확실히 분간하지 못했던 것은 빙검의 그 기술이 세월이 지나며 또한 그 자신에 맞게 개량에 개량을 거듭하는 변천을 겪었기 때문이었다. 그리고 무엇보다 이 기술이 반쪽 자리였기 때문에 더욱더 노인의 혼란을 가중시켰던 것이기도 했다.

이런 느낌을 받은 것은 비단 동방학뿐이 아니었다. 그의 오랜 동반

자인 공패도 마찬가지였던 모양이다.

"네 놈들은 도대체 뭐하는 놈들이냐?"

두 노인은 동시에 소리쳤다. 두 노인이 서로를 바라보았다.

"태극신군과는…, 무슨 관계냐?"

얼음으로 뒤덮인 무저갱에서 흘러나오는 듯한 으스스한 목소리로 동방학이 물었다.

"그, 그걸 어떻게?"

깜짝 놀란 염도가 눈을 부릅뜨며 되물었다.

"염도!"

빙검이 소리쳤다. 그러나 이미 때는 늦었다. 그제서야 염도는 '아차'하며 자신이 크나큰 실수를 범했음을 깨달았다. 적의 유도심문에 어리석게도 넘어가 버리고 만 것이다.

"흐흐흐, 과연 그렇군. 과연 그래!"

공패가 흉소를 흘리며 웃자 볼 살이 가볍게 뒤흔들렸다. 과히 보기 좋은 모습은 아니었다. 동방학의 눈은 더욱더 깊고 차갑게 빛났다.

"귀하들은 누구시요?"

빙검이 물었다. 그는 감히 소홀히 할 수 없었기에 그의 목소리에는 짙은 경계심이 깔려 있었다.

"태극신군과 관련이 있는 자라면 우리들의 이름을 물을 자격이 되겠지. 노부는 동방학이라고 하네."

"흐흐흐, 노부는 공패다!"

두 명의 뚱뚱하고 마른 노인, 검과 도를 쓰는 한 쌍. 여기까지라면 이에 해당되는 사람이 수십 명이 넘을 것이다. 그러나 그 이름이 동방학과 공패라면 이야기는 다른 차원의 것이 된다.

"서, 설마 당신들은……."

염도와 상대할 때 이외에는 항상 냉정하고 차분하던 빙검이 그 답지 않게 격하게 동요하고 있었다.

"누구야? 얼음탱이, 자네 저 늙다리들이 누군지 아나?"

염도가 옆에서 재촉했다.

"빨강머리! 선지피 뒤집어 쓴 머리를 한 주제에 하찮은 실력을 믿고 너무 겁이 없구나!"

공패라고 자신을 소개한 노인이 화난 목소리로 외쳤다.

빠직!

염도의 관자놀이가 요동치듯 꿈틀거렸다. 이마에 핏대가 선 염도가 분을 이기지 못하고 냅다 뛰쳐나가려는 순간 빙검의 손이 그를 제지했다.

"경거망동하지 말게. 무턱대고 덤벼들어 쉽게 이길 수 있는 상대가 아닐세!"

빙검의 두 눈은 비할 데 없는 진지함으로 가득 차 있었고, 청은색 눈썹 밑에서 뿜어져 나오는 검처럼 예리한 시선은 경계심으로 파르르 떨리고 있었다. 이 냉정무쌍한 얼음동상이 이 정도로 신경을 빠짝 세우고 긴장한 채 조심하는 모습은 이제껏 본 적이 없었던 터라, 염도는 눈발 날리는 한겨울에 찬물로 머리꼭대기부터 뒤집어 쓴 듯한 오싹한 느낌이 들었다.

과연 저들이 어떠한 존재이기에 이 피도 눈물도 없는 얼음탱이를 이토록 동요시킬 수 있는가? 머리꼭대기까지 차올랐던 분노가 단숨에 싸늘하게 식었다.

동방학의 입가에 잔잔한, 그러나 차가운 미소가 맺혔다.

"과연! 기특하게도 자네는 우리들이 누군지 아는 모양이로군. 우리들이 뿌린 공포가 아직도 말라죽지 않고 싹을 틔우고 있는 것을 보니 감개무량하군. 노부가 바로 섬뢰마검(閃雷魔劍) 동방학일세. 그리고 저 친구가 노부의 하나뿐인 지인인 잔뢰마도(殘雷魔刀) 공패일세. 백년 전 사람들은 우리들을 비뢰쌍마(飛雷雙魔)라 불렀지!"

그 순간 비류연의 날카로운 시선이 그들을 향해 날아가 꽂혔다.

'비이~뢰에(飛雷)?'

스스로를 비뢰쌍마라 칭한 그들의 소개는 비류연의 시간을 5년 전 그때 그곳으로 돌려놓았다. 머리카락에 가려진 그의 눈동자 속에서 역행한 시간의 파편이 망막 가득히 펼쳐졌다.

사부는 기억상실증?
- 운해(雲海)에서의 낚시

아득한 숲, 높은 벼랑, 무한(無限)으로 펼쳐진 끝없는 은백의 평원, 수십 개의 산봉우리를 구비구비 휘감고 있는 망망한 구름의 물결. 실로 천하의 비경(秘境)이랑 칭할 만한 절경이었다.

뇌운봉(雷雲奉) 은백평(銀白平) 운해암(雲海巖)

그곳은 깎아지른 듯한 벼랑 한가운데 선반처럼 툭 불거져 나온 조그마한 둔덕이었다. 산 전체로 보면 그곳은 삐죽 옆으로 돌출되어 나온 작고 조그만 돌부리에 불과할지 모르지만 그 아래 펼쳐진 은백의 구름바다는 그 깊이를 알 수 없는 텅 빈 심연의 나락으로 이어져 있었다. 한번 빠지면 시체 찾는 일은 아예 포기해야 할 것 같았다.

화공(畵工)의 신이 심혈을 기울여 일필휘지 붓을 날린 듯한 한 폭의 수채화 같은 망망한 풍경의 한가운데서 그림의 일부라도 된 듯 세월의 풍상에 깎인 바위 위에 자리한 채 한손에 자흑색 오죽(烏竹)으로 만든 낚시대를 구름바다 위에 드리운 노인이 있었다.

늠름하게 늘어뜨린 은빛 수염, 백마의 눈부신 갈기털을 연상케 하는 새하얀 은백의 머리카락, 그리고 두툼한 흰 눈썹 아래에 깊숙이 감추어진 맑고 서늘한 두 눈은 마치 모루 위에서 담금질된 붉게 달구어진 검처럼 형형한 불꽃을 피워 올리고 있었다. 그 위엄 섞인 눈동자 앞에서 담이 작은 사람은 감히 정면으로 쳐다볼 엄두조차 내지 못하리라.

용모만으로는 곤륜(崑崙)의 천선(天仙)을 떠올리게 하는 선풍도골의 노인이었지만 이 노인이 바로 현 비뢰문의 문주이자 한 놈뿐인 제자에게 '악덕(惡德)' 내지는 '악질(惡質)', '괴물(怪物)', '악마(惡魔)', '도깨비' 등 다양한 표현 양식으로 평가받고 있는 비류연의 사부였다.

분명 사부는 낚시중이었다. 낚싯대 가지고 할 수 있는 일은 무척이나 한정되어 있다. 죽간을 가지고 낚시 이외에 다른 무슨 일을 할 수 있겠는가? 원래 낚시하라고 만든 물건이다. 그러나 그렇다고 해서 이 주변에 무슨 물 비슷한 것이라도 있는 것은 아니었다.

뇌운봉 꼭대기.(비류연과 사부는 자신들이 살고 있는 봉우리를 뇌운봉이라 불렀다. 다른 이들이 이곳을 무엇이라 부르는지는 그들에게 전혀 상관이 없었다.)

나무도 숨이 막혀 제대로 자라지 못하고 있는 만장단애 꼭대기 근처에 무슨 고기를 낚을 만한 물줄기가 있겠는가. 봉우리의 물줄기가 시작되는 수원은 여기서부터 한참이나 밑으로 내려가야만 했다. 이곳은 그곳으로부터 너무나 멀리, 그리고 높이 떨어져 있어 물 흐르는 소리조차 중도에 지쳐 도달하지 못하는 곳이었다.

그러나 사부는 그런 사실에 아랑곳하지 않고 멋지게, 그리고 조용히 낚싯줄을 드리우고 있었다. 그 진지함에는 엄숙함마저 느껴진다.

사실 그 모습이 진지하든 아니든 그것은 중요하지 않았다. 사부의 태도가 어떻든 그가 낚시 바늘을 던진 곳은 파도가 하얀 포말을 일으키며 부서지는 쪽빛처럼 푸른 바다가 아니라, 눈처럼 새하얗고 솜털처럼 보송보송한 느낌이 드는 구름의 바다, 바람의 평원이었다. 하늘과 바다가 뒤집히지 않는 한 이 사실에는 변함이 없었다.

그런 곳에다가 당당하게 낚싯대를 걸어두다니 그것은 상식을 도외시한 얼토당토 않은 짓이라고 절찬 받기에 부족함이 없는 행위였다.

그는 지금 무엇을 낚으려 하는 것일까? 아니 뭔가 낚을 생각이라도 있긴 있는 것일까?

그런데 이런 낚시하는 노인의 옆에는 이 상식을 처참히 도외시 한 행위에 적극적으로 동참하는 소년이 한 명 있었다. 사부와 마찬가지로 오죽으로 만든 낚싯대를 드리우고 있는 소년의 얼굴은 주렴처럼 길게 드리워진 검은 앞머리에 가려 용모 확인이 불가능했다.

바로 비류연이었다.

넓게 펼쳐진 새하얀 운해의 수평선 끝에는 구름을 뚫고 나온 십수 개의 봉우리들이 검은 창처럼 뾰족하게 서 있었다. 그 광경이 한눈에 바라보이는 곳에서 두 사람의 노소는 마치 경쟁이라도 하는 듯 낚싯대를 드리우고 있었다.

시간 속에 잠겨 버린 듯, 흐르는 시간 속에 녹아버린 듯, 자연에 동화된 듯한 그들의 자연스러움은 이 광활하고 신비스럽기까지 한 대자연의 한복판에서도 뻔뻔스러울 정도로 전혀 부자연스럽지 않았다. 당연히 있을 곳에 당연히 있다고 주장하는 듯한 그런 모습이었다.

낚시를 하는 동안 얼마나 시간이 지났는지 두 사람의 노소 중 누구도 그 점에 대해서는 신경을 쓰지 않았다. 지금 두 사람의 신경은 온통 낚싯대 끝에 집중되어 있었다. 그러나 별 소득은 없는 모양이다.

동쪽 구름바다에 머리꼭대기까지 잠겨있던 금빛 태양이 서서히 위로 떠올라 하늘 꼭대기에 걸렸다. 노소의 그림자가 하루 중 가장 짧아졌다. 그러나 여전히 이들의 낚싯대는 묵비권을 행사하는 범죄자처럼 묵묵부답 아무 말이 없었다.

그러나 노소의 눈은 아직도 포기를 몰랐다.

"…, 제자야!"

시선은 돌리지 않고 죽간 끝에 고정한 채 건조한 목소리로 노인은 소년을 불렀다. 원래부터 물 속에 드리우는 게 지극히 상식적이며, 정상적인, 애초부터 그런 목적으로 만들어진 낚싯대를 바다라고는 하지만 구름바다 속에 드리우는 저의는 무엇일까? 그럼에도 불구하고 이 두 명의 노소는 이 일련의 행동들이 전혀 헛되거나 무가치하다고 여기지 않는 모양이었다. 그들은 실제로 무엇인가의 획득과 성과를 기대하고 있었다.

"예?"

무감동하고 무감각하며 무미건조한 목소리로 비류연이 대답했다. 소년의 목소리답지 않게 세월에 찌든 듯한 권태로움이 가득 담긴 목소리였다.

"잡히냐?"

"…, 별로요!"

“…, 그러냐?”

“……”

무감동한 대화의 끝은 기나긴 침묵과 정적으로 장식되었다. 오늘따라 입질이 영 신통치가 않았다.

“사부!”

이번엔 소년이 노인을 불렀다.

“‘님!’이다!”

사부는 단 한자만 강조했다. 그것 이외에는 다른 어떤 것도 중요하지 않다는 듯이.

구름 위로 불어오는 동풍이 은백색 바다를 휘저으며 급류를 형성시키거나 때때로 소용돌이를 만들어 내고 있었다. 구름이 바람을 따라 무수한 만상을 그려내며 흘러갔다.

“하아아암! 낚시명인이라는 사부의 주장은 오늘로서 헛된 것임이 밝혀진 것 같군요.”

따분한 목소리로 근사한 하품을 곁들이며 비류연이 말했다.

“이상하게도 오늘 따라 영 입질이 신통치 않구나. 단지 그것뿐이다.”

그러나 제자의 반응이 영 신통치 않자 부랴부랴 말을 이었다.

“강태공이 물고기를 많이 잡아서 강태공이 된 것은 아니다. 그의 어획량도 낚시꾼으로서 비웃음을 살만큼 턱없이 적었지. 그러나 그 사람은 천하를 낚지 않았느냐! 앞으로 이 사부를 강태공 사부라고 부르도록 해라.”

자신을 변호하기 위한 변명을 한 번 해 본다. 인정할 수 없는 모양이다.

"이 세상 강태공이 모두 죽었나 봅니다. 사부님에게까지 차례가 돌아오다니 말입니다!"

제자의 반응은 냉담 그 자체였다. 매몰찬 놈이라는 것을 사무치게 느끼는 사부였다. 게다가 저 싸가지 없는 말투하고는……

"무얼 낚는 것만이 낚시의 도는 아니다. 낚시꾼의 도란 모름지기 죽간을 드리운 채 자연을 벗 삼아 인생과 세월을 낚는 행위, 바로 그 자체이지."

사부의 열변은 여기서 그칠 줄을 몰랐다.

"그것이 바로 낭만이라는 것이다. 낭만! 젊은 애송이들은 쉬이 느낄 수 없는 감정이지. '기다리고 또 기다려라! 그러면 낚이리라!'라는 금과옥조 같은 낚시꾼의 금언도 들어보지 못했느냐?"

사부가 훈계조로 엄하게 말하지만 귀담아 들으려는 기색은 어디에도 없었다.

"허탕에 대한 변명치고는 너무 거창하군요. 날조된 금언까지 나오다니 말입니다. 이제 그만 포기하시죠."

비류연의 냉담한 반응에 사부의 두툼한 백미가 꿈틀거렸다.

"어허, 이런 끈기 없는 놈! 이것도 모두 다 수련의 일종이라 하지 않았느냐!"

"또 다시 그 수련 이론입니까?"

제자의 반응은 시큰둥하기만 했다.

"당연하다, 이놈아! 이 운해 낚시(일명 구름 낚시)를 하기 위해서는 누차 이야기하지만 많은 능력이 필요하다. 우리가 여기서 잡으려고 하는 것이 무엇이냐?"

"당연히…, 물고기죠!"

딱!

천벌강림(天罰降臨)!

"새(鳥)다, 이놈아! 이 산꼭대기에 어떤 미친 물고기가 살고 있겠느냐?"

"윽! 세련된 농담이었다구요."

이마를 감싸 쥐며 비류연이 투덜거렸다.

"농담 좋아하네, 요즘 슬슬 반역의 기운이 높아지는구나. 제자야!"

"에이, 그건 착각이에요. 착각!"

내심 뜨끔한 비류연이 손사래를 치며 얼버무렸다. 역시 사부의 동물적 직감은 날카롭다는 것을 다시 한번 체험하며……

"…, 또한 이런 높은 곳까지 올라오는 것들은 보통 새들이 아니다. 구름 위까지 날 수 있는 튼튼한 날개를 지닌 것들은 새들 중에서도 매나 독수리 같은 맹금들뿐이지. 게다가 그 녀석들은 사납고 힘이 좋을 뿐만 아니라 빠르다."

쉬지 않고 사부의 열변이 토해진다.

"때문에 낚시를 성공시키기 위해서는 우선 구름을 꿰뚫어 보는 날카로운 안력이 필요하다. 일단 목표가 어디쯤에 있는지 파악할 수 있어야만 하지. 지렁이 한 마리 달랑 끼워놓고, 구름 속에 드리워 놓고 있으면 맹금들이 날아와 그걸 덥석 물 거라고 생각한다면 그건 큰 오산이다. 그런 일은 절대로 일어나지 않는다. 두 번째는……"

열렬한 웅변에 목이 타는지 사부는 잠시 말을 멈추고 허리 춤에 있던 술 호로를 꺼내 시원스레 목을 축였다. 옆에서 그 모습을 지켜보던 비류연이 입맛을 다셨지만 아무래도 그 자신의 차례는 돌아올 것 같지 않았다.

"두 번째는 기(氣)로서 얼마만큼 능수능란하게 낚싯줄을 움직일 수 있는가 하는 것이다. 고도가 높은 만큼 바람도 강하다. 게다가 잡아야 할 날개 달린 물고기는 바람을 가를 정도로 빠르다. 그것들에게 뒤지지 않는 속도로 낚싯줄을 움직여 순식간에 그들을 묶어야 하는 것이다. 비뢰도를 익히는데 있어 꼭 필요한 수련이라 할 수 있지. 그런데도 너는 이 신성한 낚시를 지금 겨우 아무 것도 낚이지 않는다는 이유만으로 그만두자고 말하는 것이냐?"

마치 불꽃과도, 화산과도 같은 저력을 지닌 웅변이었다. 그러나 비류연의 마음은 여전히 요지부동(搖之不動)이었다.

'이게 정말 그렇게까지 도움이 될까? 아무리 봐도 개인적인 취미생활로 밖에는 보이지 않는데…….'

불신의 씨앗에서 발아한 의혹과 의심은 점점 더 깊어져 갔지만, 진심은 마음속에 조용히 묻어 두기로 했다. 이럴 때는 현명한 대처가 필요한 법이다.

"하지만 벌써 멀뚱히 앉아 있는 것이 반나절이라구요. 이렇게 긴 시간을 헛되이 들여서 봉황(鳳凰)이라도 낚으려는 겁니까?"

"글쎄다, 그것도 그리 썩 나쁘지 않은 계획이구나."

사부가 고개를 모로 꼬며 대답했다. 어째 마음이 동하는 모양새였다.

"그거 잡으면 비싸겠죠?"

"무~지 비싸지!"

더욱 강조하며 말한다.

"으음……."

농담을 진담으로 받아들이는 점이 사부의 무서운 점이다. 요즘은 자신도 점점 더 사부의 저런 모습을 닮아가는 것 같아 비류연은 착잡하기만 했다.

"봉황이 뭘 좋아할까?"

갑자기 이야기가 구체화되기 시작했다.

"백마 취향이라는 것을 어디선가 설핏 들은 것 같은데요?"

"백마는 용 아니었냐?"

사부가 제자의 미끼에 대한 잘못된 정보 인식에 대해 지적했다.

"그랬었나요? 그럼 그런가 보죠."

"옛 고사에 용을 잡으려면 미끼로 백마를 써야 한다고 했다. 그렇다면 봉황을 잡으려면 백호를 미끼로 써야 하는 걸까?"

"글쎄요? 낚아 본 적이 없으니 알 리가 없죠. 그런 건 낚시교본에도 없다구요. 게다가 백호면 같은 사방신(四方神) 친구 아니에요? 아무리 봉황의 먹성이 좋기로서니 설마 친구를 잡아먹을까요?"

"윽!"

사부는 잠시 뜨끔한 표정을 지어보였다. 그러나 금세 회복했다.

"그래서 결론은 모른다는 것이냐?"

"모르죠."

"쯧쯧, 그런 것도 모르다니. 도대체 그동안 무엇을 보고 무엇을 배웠던 것이냐?"

이런 경우 보통 아는 게 오히려 더 이상한 것이다. 그런데도 사부는 엉뚱하게 제자를 질책한다. 언제 봐도 훌륭한 사부였다.

"당연히 사부가 보여 준 것만 보고, 사부가 가르쳐 준 것만 배웠죠. 사부도 모르는 것을 제자가 알면 그건 사부에 대한 예의가 아니죠. 저 같은 우수하고 예의바른 제자를 둔 것을 천고의 행운으로 여겨야 한다구요."

한마디도 지지 않는 비류연이었다. 이 얼마나 훌륭한 제자로서의 자세인가! 정말 감동적일 정도로 화기애애한(?) 사제지간이 아니라 할 수 없었다.

"아아, 천고의 재앙을 내가 불러들였구나!"

사부가 하늘을 우러러보며 깊은 탄식을 터트렸다. 비류연은 그것에 대해 신경을 끊어버렸다.

잠시 후, 그들은 언제 그랬냐는 듯 원상태로 돌아가 있었다. 방금 전 있었던 사제지간의 티격거림은 이미 그들의 머리 속에 존재하지 않았다. 기묘한 일이지만 이들 사제에겐 아무래도 그것이 일상적인 생활인 모양이었다. 사제이자 노소인 두 사람은 다시 낚싯대의 끝을 바라보며 기다림을 계속했다.

누가 그랬던가? 낚시와 인생은 끝없는 인내의 연속이라고…….

"사아~부우!"

제자가 사부를 부른다.

"왜에? 제에자아야? 넌 항상 존경의 '님'자를 빼먹는구나. 그건 결코 좋은 습관이 아니란다. 이 착하고 상냥한 사부에게 제자의 주리를 틀고 싶다는 생각이 들게 만들 정도로 말이다.”

사부가 옆을 돌아보며 지적했다. 그러나 다음번에 그것을 고칠 것
이라고는 기대치 않는 모양이었다. 훌륭한 판단이었다. 사부의 눈썹
과 수염은 눈밭처럼 하아얀 백색이었으며, 그 복슬한 눈썹 밑의 형형
하게 빛나는 맑은 눈은 세월과 나이를 짐작하기 어렵게 만들었다. 그
래서 비류연은 가끔 이 사부가 이 세상 사람들과는 굉장히 이질적인
존재라고 느낄 때가 한두 번이 아니었다.

“옛날이야기나 좀 해주세요. 과거에 있었던 무용담 같은 거요.”

비류연이 드물게 애교 어린 목소리로 말했다. 나이 열두 살에 사부
가 아무렇게나 던져준 손자병법을 읽고 그는 그동안 자신이 한참 잘
못하고 있음을 깨달았다. 이대로는 안 되겠다는 생각이 든 것이다.

지피지기(知彼知己)면 백전불태(百戰不殆)라 했던가? 적을 알고 나
를 알아야 비로소 위태로워지지 않고 싸움에서 유리한 고지를 점할
수 있는 것이다. 물론 승리의 희망도 그만큼 더 높아진다는 것은 명
명백백한 사실이다.

만일 이 격언이 사실이라면 지금 자신은 너무나 불리한 입장에 처
해 있었다. 사부는 자신의 세세한 버릇까지 속속들이 알고 있지만,
반면 그 자신은 사부에 대해 아는 게 쥐뿔만큼도 없었다. 이대로는
안 되었다.

그날 이후, 이제부터라도 늦지 않았다고 생각한 비류연은 앞으로
차근차근 사부에 대해 알아나기로 굳게 결심했던 것이다.

“알아서 뭐하려고? 남의 과거지사에 호기심을 나타내는 건 결코 좋
은 습관이 아니다.”

점잖은 목소리로 타이르듯 사부는 말했다.

"그냥 존경하는 사부님의 위대한 발자취를 듣고 싶은 제자의 간곡한 소망이라 생각해 주세요!"

갑자기 자신의 양심이 바늘로 찌른 듯 아파왔다. 그러나 비류연은 이를 악물고 그 아픔을 견뎌냈다.

"그으래에?"

사부의 대답이 기쁜 듯 높아진다.

'나도 속세의 때에 많이 절었구나!'하고 비류연은 속으로 탄식했다. 그러나 필요하다면 굽힐 줄도 알아야 하는 법! 강한 것만이 능사가 아니었다. 와신상담(臥薪嘗膽)은 그냥 생겨난 고사가 아니다. 고진감래(苦盡甘來)도 있지 않은가?

강하고 휘어짐을 능수능란하게 구사할 수 있어야 인생이라는 전장(戰場)에서 끝까지 살아남아 승리를 쟁취할 수 있는 법이다. 게다가 승리에 항상 고통이 뒤따르는 것은 만고불변의 진리였다.

"강호에서 있었던 이야기나 좀 해주세요. 비밀주의는 햇빛 비치는 해맑은 사부와 제자 관계에 극약이나 다름없다구요. 결코 권장덕목이 아니죠. 그래서 말인데요, 사부님은 과거에 어떤 존재였나요?"

"흐음, 과거라……."

갑자기 사부가 고개를 돌려 서쪽 하늘을 바라보았다. 하늘은 높고 푸르렀으며, 구름들은 조용히 동풍을 타고 서쪽으로 흘러가고 있었다. 사부의 시선이 현재를 넘어 아득히 먼 곳을 바라보는 듯한 느낌에 비류연은 몸을 흠칫 떨었다. 사부가 분명 옆에 있음에도 불구하고, 그 존재를 두 눈으로 확인할 수 있건만 그것은 껍데기에 불과할 뿐이고 그 정신은 저 아득한 먼 곳을 향해하고 있는 듯한 굉장한 위화감이 느껴졌던 것이다. 사부는 지금 무엇을 주시하고 있는 것일까? 당사자가 아닌 비류연으로서는 분하지만 알 도리가 없었다.

그러나 계속 과거에 머물 생각은 없는지 이윽고 사부는 다시 현재로 돌아왔다.

"잊어버렸다!"

사부가 어울리지 않게 현인 같은 진지한 얼굴로 대답했다. 꼭 저렇게 진지한 얼굴을 하고 있으면 때때로 현인처럼 보이기도 하지만, 곧장 눈의 착시 현상으로 치부해 버리고 신경 끊어버리는 비류연이었다. 그런 일은 절대 있을 수 없다는 게 바로 비류연의 신념이었던 것이다.

"네?"

비류연이 어이없어 반문했다.

"잊어버렸다. 생각이 나지 않는구나. 그것은 기억에서 끄집어내기에도 막막할 정도로 너무나 오래전의 일……. 나는 이미 내가 누구인지 나 자신을 잊어버렸다."

일순간 비류연은 멍해지는 자신을 체감했다. 저런 대답을 들을 줄은 상상도 하지 못했던 것이다. 비틀거리기는 했지만 용케 쓰러지지는 않았다. 장황한 무용담이 나오기를 기대했던 그의 기대는 산산이 부서지고 만 것이다.

'설마 노인성 치매인가?'

자신의 사고(思考)를 읽히지 않기 위해 안간힘을 쓰며 비류연은 그렇게 생각했다. 만일 덜컥 상념이 읽혀 버리기라도 하는 날엔 돌주먹

말리듯 말린 백염(그 이름 백아(白兒)!)이 자신을 맹공격 할 것이 명약 관화했다.

저 수염을 볼 때마다 냉큼 달려가 싹뚝 잘라버리고 싶다는 욕망이 불끈불끈 치솟아 오르는 비류연이었다. 멋들어지게 늘어진 은빛 수염은 풍성하긴 했지만 저게 때때로 관상용으로 멈추지 않고 불쌍하고 가련한 제자의 억압도구가 되기도 한다는 사실이 문제였던 것이다.

비류연은 빼꼼히 실눈을 뜨고 사부의 안색을 살펴보았다. 기척을 숨기고 낌새를 읽히지 않는 것이 무엇보다 선행되어야 할 과제였다. 그러나 사부는 잊혀진 과거를 뒤지고 있는지 사랑스런 제자 쪽에는 전혀 관심을 기울이지 않고 있었다. 사부의 눈은 여전히 아득한 과거의 잔상을 하염없이 바라보고 있는 듯 했다.

"그래도 그렇지? 어떻게 무책임하게 '잊어버렸다, 까먹었다,' 라는 간단한 한마디로 일축할 수 있는 겁니까? 억지로라도 한 가지쯤은 기억해보세요. 몽땅 다 잊어버렸을 리는 없잖아요? 사부의 무용담을 두근두근 거리는 마음으로 기대하고 있는 제자의 마음을 한번 생각해 보시라구요!"

비록 비류연의 입이 지금 피를 토하듯 열변을 토하고 있지만 두근거린다는 그의 심장이 보내는 맥동은 일말의 흐트러짐도 없이 냉정할 정도로 일정했다. 그러나 호기심이 자극되는 것은 사실이었다. 자꾸만 알려주지 않으려고 하는 듯 보여 더욱더 궁금했다.

"으음, 과거라…, 과거라……."

사부는 오랜 기억 속에서 오랫동안 쓰지 않았던 낱말들을 떠올리기 위해 애쓰는 사람처럼 침음성을 흘렸다. 고민에 잠긴 듯 한동안 침묵으로 일관하는 것이 기억의 창고 속에 깊숙이 묻혀있던 먼지 덮인 과거의 화첩을 끄집어내고 있기라도 한 듯한 모습이었다. 물론 비류연은 이미 사부가 지닌 기억 창고의 부실성과 기록 보관의 현 상태에 대해 많은 의문을 품고 있었다. 한참이란 시간이 흐르고서야 비류연은 더 이상 참을 수 없다는 듯이 다시 물었다.

"이제 뭔가 기억이 나시나요?"

도리도리, 사부는 고개를 가로저었다.

"역시 기억이 안 난다!"

창고 탐색의 결과가 신통치 않았던 모양이었다. 아니면 뭔가를 자신에게 숨기고 있거나……. 사부의 과거는 일절 비밀의 장막에 칭칭 겹겹이 둘러쳐져 있어, 아직 한번도 그 안을 들여다 본적이 없었다. 왠지 그런 생각에 기분이 나빴다.

비류연이 발끈해서 외쳤다.

"그게 말이나 됩니까? 사부가 무슨 기억상실증 환자입니까?"

"내가 기억상실증 환자면 안 된다는 법이라도 있냐?"

"차라리 밥숟갈 뜨는 법을 잊었다고 하지 그러세요? 그럼 오히려 믿기 편할 겁니다."

"어허! 이런 방자한 녀석! 네 녀석이 아주 사부를 노망난 노인네로 만들려고 작심을 했구나! 기억나지 않는 것은 기억나지 않는 것이다. 그 외에 무슨 말이 필요하다는 거냐? 사부는 하늘, 그러므로 그 말 또한 하늘의 천명(天命)이다. 알간?"

강압적인 사부의 태도에 비류연은 한걸음 물러설 수밖에 없었다.

아직 사부에게 대적해 봤자 본전도 뽑지 못하는 탓이다. 손해 막심, 피해 막심, 후유증 막심한 일을 감정이 북받친다고, 뽈따구 난다고 실행할 만큼 비류연은 어리석지 않았다.

비류연은 강경정책에서 다시 유화정책으로 전략을 수정했다. 그의 목소리가 겨울의 북풍에서 다시 봄의 미풍처럼 부드럽게 변했다.

"사부도 예전에 강호에서 강호인으로 살았던 적이 있었잖아요?"

"강호? 그런 게 옛날에 있긴 있었지. 아마 지금도 있을 걸?"

"요즘도 있습니다."

비류연은 짧고 단호하게 대답했다.

"그러나, 류연아……"

"네?"

사부의 눈이 세월의 깊은 저편을 바라보았다. 자상한 목소리로 사부가 말했다.

"이제 그런 일들은 나에게 무의미하단다. 난 너무 오랫동안 살아왔는지도 몰라. 이제 과거는 나에게 의미가 없고…, 더 이상 영향을 미칠 수도 없단다. 지금 나에게는 현재만이 중요할 뿐이다."

"예를 들어 오늘 저녁에 마실 술이 어떤 종류의 것이냐 하는 것 말인가요?"

사부는 그를 보며 빙그레 미소를 지었다.

"바로 그것이지. 많이 똑똑해졌구나. 사부의 마음도 읽을 줄 알고? 이제 철이 든 어른이라도 된 것이냐? 자식이 부모의 마음을 헤아리는 것은 불가능에 가깝다고들 하거늘……"

오래간만의 칭찬이었다.

"그렇게 거창한 건 아니구요. 그런 거야 기본이죠. 제가 보통 똑똑해야 모르는 게 생기죠. 애석하게도 전 머리가 너무 좋아서 좀체 모르는 게 생기지 않거든요!"

스스로 생각하기에도 대견한 듯 비류연이 고개를 주억거렸다. 소년의 그 뻔뻔함에는 매번 이 사부도 감탄하지 않을 수가 없었다.

"건방진 녀석! 넌 그렇게 말하기에는 아직 삼백 년은 이르다"

가소롭다는 듯이 사부가 말했다.

"난 강호에서 존재하지 않는 자다. 그러니 내가 강호에 대해 해 줄 말은 없구나. 내가 무언가를 했었던 것 같기는 한데, 그것이 무엇인지는 이미 잊어버렸다. 너무 오래전 일이거든. 그것들은 모두 까마득한 옛날의 일이니 지금 새삼스럽게 돌이킬 필요도 없는 사소한 일이었던 것 같다."

"역시나 노인성 치매로군요!"

비류연이 마치 고귀하고 명망 있는 의원인 화타(華陀)라도 되는 것처럼 진단을 내리고 자신의 진맥에 확신을 가지는 얼굴로 고개를 끄덕였다.

"이놈이!"

단번에 얼굴이 시뻘게진 사부의 손이 허공을 갈랐다.

딱!

사부의 알밤이 그의 이마에서 징벌의 불꽃을 일으켰다. 비류연의 눈앞에서 별이 빛났다.

"어이쿠! 이런, 오호 통제라! 요즘은 정직과 진실이 외면 받는 세상이로구나!"

곧 죽어도 자신이 잘못했다고는 말 안 하는 게 비류연다운 점이었다.

"망할 녀석! 사부에 대한 공경심과 경외심을 가지라고 그렇게 일렀거늘……. 사부에 대한 존경과 사랑은 신앙과 같아야 한다고 내가 누누이 일렀잖느냐!"

신념에 가득 찬 목소리로 사부가 말했다.

"내 오늘 공경심이라고는 눈곱만치도 없는 네 녀석에게 사문의 명예와 긍지가 뭔지, 또 그것을 수호한다는 것은 어떠한 것인지 알려주마. 이 망할 것아! 그 얇은 귓구멍 후벼 파고 똑똑히 듣거라!"

근엄하고 준엄하며 위압적인 목소리로 사부가 말했다. 꽤나 화가 난 모양이었다. 이럴 때 반항하면 매번 결과가 좋지 않았다. 사부가 진심이 되면 무섭다는 것을 오랜 제자 생활을 통해 익히 잘 알고 있는 비류연이었다.

사부가 천천히 입을 열었다.

"어떤 나라의 법률도 나의 것은 아니다. 나는 어떠한 규정과 규칙에도 얽매이지 않고 속박 당하지도 않는다. 세상 사람들이 억지로 틀을 만들어 놓고, 세 치 혀로 꾸미고 다듬어 놓은 허식 가득한 도덕과 예절에도 구애받지 않는다. 나는 오로지 내 눈과 귀로 보고 들으며, 자신의 마음이 명하는 데로 말하고 행동한다."

잠시 말을 멈춘 사부는 비류연이 자신의 말을 경청하는지 힐끔 보고는 다시 말을 이었다.

"남이 틀리다 말한다 해도 바른 것이 틀린 것이 되지는 않는다. 그 반대도 마찬가지다. 남의 잣대로 자신의 가치를 재고, 그 속에 휩쓸려 들어가는 그런 어리석은 대중들의 광대놀음에 동참하지 마라. 우리는 오직 자신의 마음이 제시하는 진리의 잣대에 충실하기만 하면 된다."

"우리요?"

"그래! 너와 나! 그래서 우리! 비뢰문의 제자라면 의당 그렇게 생각하고 행동해야 한다. 그러니 이름에 대한 책임은 질 줄 알아야 하지."

"이름이요?"

"그래 이름! 내가 아직껏 기억하고 너에게 전해줄 것은 단 하나 뿐이다."

사부의 전신에서 보이지 않는 위엄이 아지랑이처럼 피어올랐다. 갑자기 사부가 거인이라도 된 듯 했다.

"비뢰(飛雷)란 이름은 아무도 사용하지 못한다는 것. 이건 그가 그 누구라 해도 마찬가지다. 그 이름을 쓸 수 있는 것은 우리 비뢰문의 후예뿐이니라."

"그럼 뢰(雷)자는요?"

"뢰 자라고? 흐흠……"

사부는 약간 고민하는 듯 했다.

"그 이름을 사용하려면 허락을 받아야 한다. 무능한 자는 그 누구도 뢰의 이름을 쓰지 못하지. 세상엔 너무나 많은 어중이떠중이 허접들이 뢰(雷)의 이름을 마구 가져다가 자기 명호 앞에 붙인다. 가소로운 일이지. 실력도 없는 주제에 감히 곁멋에 휩싸여 뢰(雷)의 이름을 남발하니 말이야! 그런 어리석은 자들에게는 주제를 가르쳐 주어라. 그 이름은 너 따위가 쓸 이름이 아니라고 말이다."

"그럼 전(電)자는요?"

집요한데가 있는 비류연이었다. 힐끗 사부의 시선이 비류연을 향했다. 소년은 회피태세를 취하려 했지만 노인 쪽이 더 쾌속했다.

딱! 눈앞에서 불꽃이 한번 튀었다.

"마찬가지다, 마찬가지! 시험을 통과하지 않은 자에게 뇌전(雷電)의 이름을 쓸 자격이 없다. 암, 그렇구 말구."

사부는 여기에 한 마디 더 덧붙였다.

"명예(名譽)란 이름에 대한 예의라 할 수 있다. 그러므로 이름을 더럽히는 것이 바로 명예를 더럽히는 것이다. 그러므로 넌 우리 비뢰문의 이름을 지키기 위해 긍지를 지니고 최선을 다해야 한다. 너는 우리의 이름이 남에게 더럽혀지는 것을 참을 수 있겠느냐?"

"그런 걸 어떻게 참아요?"

물론 그런 염병할 일은 참을 수도 없고, 참아서도 안 된다. 그런 걸 참는 건 정신 건강에 무척이나 해로운 일임은 그는 오래 전부터 익히 잘 알고 있었다. 세상을 행복하게 사는데 아무런 도움이 되지 않는 것이다.

"그러니 너도 명심해라!"

"네, 사부!"

결의가 느껴지는 단호한 목소리로 비류연이 대답했다. 시답지 않은 농담이나 하며 평소의 놀기 좋아하던 모습이 아니었다.

"님!"

사부가 악을 썼다.

"네! 님!"

비류연이 즉각 대답했다. 이번에는 '사부'라는 말이 어디론가 도망가고 없었다. 또 다시 천벌을 준비하며 사부의 주먹이 서서히 위로 들려졌다. 비류연은 슬금슬금 도망갈 자세를 취하며 서서히 앉은 바위에서 살짝 엉덩이를 뗐다.

그러나 사부의 주먹은 날아오지 않았다. 그 순간 낚싯대 끝이 움찔하며 휘청거렸던 것이다. 기다리고 기다리던 입질이었다.

항상 제멋대로이고, 제자도 마음껏 부려먹는 사부지만 이 명예라는 부분에 대해서만은 상당히 엄격했던 것으로 기억한다.

귀에 못이 박힌다고 하던가? 이런 상황이 되면 하기 싫어도 연상작용 때문에 머리 속이 시끄러워지기 때문에 어쩔 수 없이 해야만 하는 경우가 많다. 비류연은 그 정도까지는 아니었고, 자신의 문파와 자신의 이름이 더럽혀지는 것을 잠자코 용서할 만큼 마음씨가 곱지가 못했다. 결코 호인은 아니었다.

갈라진 협곡 사이로 빼꼼히 보이는 푸른 하늘 위에 높게 걸린 구름 조각들이 강한 서풍을 타고 힘찬 말처럼 달리고 있었다.

"해야 할 일은 해야겠지!"

무미건조한 목소리로 그는 조용히 말했다.

염도의 크나큰 실수

"건곤합벽(乾坤合璧)을 알고 있나?"

동방학이 물었다.

"그…, 그걸 어떻게?"

자신들 이외에 그것을 알고 있는 자가 있다는 사실에 염도는 경악했다.

"뼈아픈 경험이 있으니깐!"

동방학과 공패의 얼굴에 과거에서 지금까지 견디어 온 고통의 그림자가 슬쩍 스치고 지나갔다.

'설마 그 무공을 맞받고도 살아남았단 말인가?'

염도와 빙검은 경악할 수밖에 없었다. 건곤합벽이라고 하면 사부님이 지닌 가장 강력한 위력의 봉인기 중 하나였다. 무쇠로 만들어진 인간이라 해도 그것을 맞받고는 살아남을 수 없다는 게 두 사람의 공통된 의견이었다. 그런데 그 봉인기를 맞받고도 살아남았다고 하니 어찌 그들이 믿을 수 있겠는가!

그러나 사실 이 두 노인도 그 무시무시한 위력의 초식을 정면에서 맞받고 살아남은 것은 아니었다. 이 둘은 백 년 전 천겁혈세 때 천겁령 측에 붙어 정사양도를 휩쓸며 공포를 휘몰고 다녔던 자들이었지만 두 사람 모두 태극신군에게 당한 뼈저린 경험이 있었다. 이 둘은 백 년 전에도 여전히 친구였는데 합공을 하고도 태극신군 무신 혁월린의 좌수도와 우수검을 막지 못했던 것이다. 그때 우수의 검한기와 좌수의 검염기에 당한 상처는 아직도 두 사람의 몸에 생생히 남아 있었다.

솔직히 건곤합벽을 상대하게 되었을 때 그들은 저항을 포기하고 동시에 삶의 희망도 함께 버렸다. 그들의 주인인 '그분'의 도움이 없었다면 그들은 그날 그곳에서 뼈를 묻었어야 했으리라. 그리고 그것을 깨기 위해 함께 노력하기를 어언 백 년. 비록 그 본인은 아니라 해도 그 설욕의 때가 온 것이다.

"자, 건곤합벽을 보여 봐라."

그러나 두 사람은 꿀 먹은 벙어리가 될 수밖에 없었다. 아직 제대로 익히지도 못한 것을 남 앞에서 선보일 수는 없었기 때문이다.

"왜 그러나? 두려운가?"

"그렇지 않소. 난 두려움이란 게 뭔지 모르오."

"그럼 설마…, 아직도 그걸 익히지 못한 건가?"

동방학의 어이없어 하는 반문. 순간 빙검과 염도의 얼굴이 수치심으로 시뻘게졌다.

"사람에게는 여러 가지 각자의 사정이 있는 법. 너무 깊게 캐묻지 마시오. 우리들이 귀하들을 상대한다는 사실에는 변함이 없을 것이오."

빙검의 말에 노인의 눈이 가늘어졌다. 노인의 직감력은 무척이나 뛰어나다고 평가되고 있었다.

"신군(神君)은 어찌 되었나?"

철저하게 감정의 떨림을 억제한 목소리였다. 자신의 동요를 노인은 상대방에게 읽히고 싶지 않았던 것이다.

"무신(武神)이라 칭송되는 분이오. 당신 따위에게 '신군'이라고 함부로 불릴 이름이 아니시오."

빙검이 차갑게 대꾸했다.

"아직도 살아 있나?"

살짝 빙검과 염도를 떠본다. 천겁령의 그림자 안에 있는 그들에게 있어 이것은 엄청나게 중대한 사안이었다.

"이 세상에 그분을 상하게 할 칼이 있다고 생각하시오?"

빙검은 동요하지 않고 빙 둘러 대답했다. 그는 결코 사부님이 살아 계시다는 말은 하지 않았다. 그러나 돌아가셨다는 말도 하지 않았다. 그 말의 진위 여부를 가리기라도 하는 것처럼 쌍마의 칼날 같은 시선이 빙검의 차가운 눈동자를 해부하려고 하는 듯 했다. 하지만 청은발의 검사는 꿈쩍도 하지 않았다.

"……."

쌍마는 침묵으로 대신 답했다. 무신이라 불리는 존재였다. 그 신위는 익히 알고 있었다. 뼈아픈 교훈을 얻은 적도 있었다. 아무리 적대 관계지만 함부로 말하기가 껄끄러운 것은 사실이었다.

그러나 동방학도 보통 인물이 아니었다. 산전수전 다 겪어 온 흑도계의 거물인 것이다. 평소 말을 아끼는 편이지만 말을 해야 할 필요가 있을 때 결코 침묵하는 법은 없었다. 그는 직감적으로 이 줄다리기의 허점이 어딘지를 간파했다. 노인의 날카로운 시선이 염도를 향했다. 노인은 자신이 해야 할 일을 잘 알았다.

동방학이 통렬하게 혀를 차며 말했다.

"쯧쯧쯧, 아직도 숨이 붙어 있다는 말을 하고 싶은 거라면 미안하지만 믿지 못하겠군. 들판에서 객사해 들짐승의 먹이가 되지나 않았으면 다행이겠지. 무덤이 어딘지나 나중에 가르쳐 주게나. 과거의 정리를 생각해 나중에 향이라도 한 대 태워줄 테니. 죄는 미워해도 사람은 미워하지 말라고 했으니 무덤을 파 시체에 매질을 가하거나 토막내는 부관참시(剖棺斬屍)의 형벌은 면해 주도록 하겠네. 그런 걸 당해도 천번만번 마땅한 악적이지만 말이야. 자네들은 우리가 베푸는 온정과 아량에 깊이 감사해야 마땅할 걸세! 되돌려 생각해 보니 말년에 무척이나 불쌍했군 그래. 제대로 된 후계자 하나 남기지 못하고 세상을 뜨다니 말일세. 안 그런가? 반쪽짜리 제자만 달랑 두 명이니 말이야. 혹시 둘이서 한 묶음인건가?"

하나하나가 사람의 심리를 자극하는 극단적인 언어들뿐이었다. 노인의 빈정대는 듯한 말 한마디 한마디가 염도와 빙검의 가슴을 후벼 팠다. 특히 마지막 일격은 치명적일 정도였다. 마침내 참다못한 염도의 분노가 폭발하고 말았다.

"닥쳐라! 이 망할 놈의 늙은이야! 돌아가신 사부님을 더 이상 모욕하지 마라! 갈기갈기 찢어 죽여 버릴 테다!"

"염도!"

빙검의 입에서 비명과도 같은 외침이 터져 나왔다. 순간 염도의 얼굴이 순식간에 핼쑥해졌다. 자신이 얼마만큼 끔찍한 실수를 저질렀는지를 깨달은 것이다.

"이런 바보, 멍청이!"

염도는 그런 말을 들어도 반박할 말이 없었다.

"크큭…, 크큭……."

형체가 남지 않도록 찢어 죽이겠다는 무시무시한 협박이었지만 동방학의 잿빛 입가에 득의의 미소가 떠올랐다. 그는 벅차오르는 기쁨을 주체하지 못하고 있었다.

"크으하하하! 크하하하! 으하하하!"

노인의 삐쩍 마른 몸에서 나오는 것이라고는 도저히 생각할 수 없는 희열에 들뜬 커다란 웃음소리가 협곡 안에 낭랑하게 울려 퍼졌다. 협곡이 우르르 진동했다. 몇몇 관도들은 참지 못하고 귀를 틀어막았다.

"드디어, 드디어 그 무신 혁월린이 죽었단 말인가? 그자 때문에 여태껏 숨도 제대로 못 쉬고 살았거늘……. 이제야 세상의 빛을 바라보며 기분 좋게 걸을 수 있겠구나. 그분께서 나서지 않는 이상 무신을 막을 자가 없어 걱정했었는데…, 알려줘서 고맙구나. 정말 고마워!"

빙검의 얼굴이 처절한 정도로 심각하게 굳어졌다. 그것은 필사의 각오를 결의한 자의 얼굴이었다. 염도는 스스로의 실수에 놀라 충격을 받은 상태였다.

저 망할 입이 방정이라고 빙검은 생각했다. 절대로 흘러나가서는 안될 비밀이었다. 지금까지 천겁령이 본격적으로 모습을 드러내지 않고 비밀스런 활동을 계속해 온 건 무신 혁월린과 무신마 갈중혁의 그림자가 강호에 크게 드리워져 있었기 때문이었다. 만일 두 개의 무게추 중 하나인 무신이 죽었다면, 그 그림자의 색이 엷어짐은 두말할 것도 없었다.

정신적 공황 상태에서 겨우 돌아 온 염도가 좀 떨어져 있는 남궁상을 보며 외쳤다.

"상, 주작단과 함께 결계를 펼쳐라! 그 누구도 들여보내지 마라. 그리고 어떤 희생을 치러서라도 저 두 사람을 결코 내보내서는 안 된다."

"예? 옛!"

남궁상은 무슨 영문인지 모르는 듯한 얼굴이었지만 일단 명령에 따랐다. 주작단이 일제히 산개하며 두 노인의 주위를 신속하게 빙 둘러쌌다. 그들의 손에 들린 병기가 은은하게 빛을 발했다. 그러나 아직도 대다수의 관도들은 사태가 어찌 돌아가는지 파악을 못하고 있었다.

그러자 염도가 또다시 큰소리로 외쳤다.

"다른 놈들은 지금 손놓고 뭣들 하나? 어디 불구경 났냐? 죽고 싶지 않으면 냉큼 움직여! 꾸물거리는 놈은 특별훈련과정 50회 반복이다."

염도의 불호령에 손놓고 있던 관도들이 부랴부랴 몸을 움직였다. 희한하게도 그들은 아직 무슨 일이 벌어졌는지 정확히 모르는 듯 했다. 왜 저렇게 야단법석 호들갑인지 모르겠다는 표정이 역력했다. 오십 명 가까이 되는 대 인원에게 포위당했는데도 두 노인의 안색은 마치 산책이라도 나온 것처럼 평온했다.

"절대 저자들을 살려 보내서는 안돼!"

일그러진 빙검의 얼굴은 처절할 정도였다.

"알겠나, 이 바보야! 자네가 한 일은 자네가 매듭을 짓게. 우리가 협공이라는 빌어먹을 짓을 해서라도 저자들을 살려 보낼 수는 없어!"

죽기보다 하기 싫은 협공까지 꺼내는 것으로 보아 그가 얼마나 이 일을 중대하게 여기는지를 잘 대변해주고 있었다. 천겁령의 숨통을 트여 주는 일을 스스로 자진해서 할 수는 없었다. 무신과 무신마는 지난 백 년 동안 천겁령의 움직임을 제한하는 무게 추이자, 족쇄였던 것이다. 죽은 사부님에게 면목이 서지 않는 일이었다.

평정심은 온데간데없이 날아가 버리고 없었다. 심장까지도 차갑게 얼려져 있을 거라는 빙검이 이처럼 다급하고 당황한 표정을 짓는 것은 처음이었다. 그만큼 사안은 다급한 것이었다.

"우리 두 사람을 죽인다고 일이 해결되겠나? 저 위에서 매복하고 있는 사람들은 귀머거리가 아니라네. 노부의 목소리가 자랑할 만큼 그리 큰 편은 아니지만 저들이 듣지 못했을 정도는 아니라고 생각하네만, 이미 늦은 것 같지 않나?"

깔보는 투가 역력한 동방학의 비웃는 말에 염도의 얼굴이 핼쑥해졌다. 달리는 수레를 멈추기에는 이미 늦었는지도 모른다. 그러나 옆에 있는 빙검은 얼굴색 하나 변하지 않았다. 그의 얼굴은 결코 패배자의 얼굴이 아니었다.

"그런 일은 없을 거요. 방금 전 당신의 도발에 넘어간 이 사고력 전무의 성급한 인간이 바보 같은 말을 내뱉을 때, 불안한 낌새를 느끼고 우리 주위 방원 삼장 내에 나의 기(氣)로 방음막(防音膜)을 쳤으니 말이오. 이 성질 급한 인간의 입을 짓뭉개서라도 막지 못한 것이 천

추의 한이지만……. 그러니 저 절벽 위는 물론이고, 지금 결계를 치고 있는 아이들도 무슨 일이 일어났는지 아는 이는 없을 거요."

"뭐라고!"

"어…, 어느새!"

두 노인이 각기 다른 경악성을 터트렸다. 설마 빙검이 그 혼잡한 와중에 그런 술수를 부렸을 줄은 미처 예상치 못했던 것이다.

"잘 했다, 철수야!"

염도는 자신의 입에서 무의식중에 옛날 한때 친근했던 시절에 그를 부르던 이름이 튀어나오자 그만 놀라고 말았다. 지난 20년간 한번도 부른 적이 없는 호칭으로 부르다니 정신이 나갈 정도로 어지간히 기뻤던 모양이었다.

"내가 자네들을 무시한 것은 사과하겠네. 하지만 자네들만의 힘으로 우리를 감당할 수 있겠나? 설마 이 애송이 무리들을 믿고 있는 것은 아닐 테지?"

빙검의 반격은 동방학의 예상을 뛰어넘는 것이었다.

"그건 해보지 않으면 모르는 거요!"

빙검이 무뚝뚝하게 대답했다. 지금 빙검과 염도의 전신에서 무시무시한 기백이 파도처럼 뿜어져 나왔다. 이 둘의 눈동자에는 결사의 각오가 새겨져 있었다.

이쯤 되면 아무리 비뢰쌍마라 해도 소홀히 할 수가 없었다. 맞대응이라도 하듯 두 노인의 전신에서도 검은 살기가 뭉클뭉클 피어올랐다. 고수들의 싸움은 으레 그러하듯 먼저 기세 싸움으로 시작되었다. 살기와 살의가 밀고 당기는 가운데 그들 사이로 무형의 소용돌이가 형성되었다. 초고수들만이 뿜어낼 수 있다는 무형지기(無形之氣)가 부딪치면 때때로 이런 현상이 일어난다. 이것은 내공의 싸움이라기 보다 정신력의 싸움에 더 가까웠다.

이 무형의 기류에 휩쓸리면 보통사람들은 죽음을 피할 수 없었다. 눈빛만으로 사람을 상하게 한다는 어기상인(御氣傷人)의 신묘한 경지도 모두 이 무형지기의 힘으로 가능해지는 것이기 때문이다. 그만큼 강력한 무형지기가 격렬히 교차하는 이 중심에 뛰어든다는 것은 무인으로서 가장 확실한 자살방법 중 하나였다.

그런데 이 무형지기의 소용돌이 한가운데를 아침 산책이라도 하듯 태연하게 걸어 들어온 이가 있었다. 물론 상식적으로 말도 안 되는 일이었다. 그러나 비상식이 상식을 삼켜버렸는지 그 남자는 이 폭발할 듯한 기의 압력 속에서도 아무렇지도 않은 모양이었다.

"여기서 잠깐! 그만 멈추죠."

가장 황당한 방법으로 이들의 대립을 중단시킨 이는 바로 비류연이었다.

비류연과 비뢰쌍마와의 결전
- 이름을 가질 자격

"이보게, 자네 뭐 하는 건가? 그들은 감히 자네가 상대할 수 있는 자들이 아니야!
어서 이리 돌아오게! 저 하늘에 걸린 해가 채 지기도 전에 관에 그렇게 들어가고
싶은가?"

비류연의 돌발적인 행동에 놀란 취영검 신유성이 다급하게 뜯어
말렸다. 그의 눈에 비류연의 행동은 무모 그 자체로 비춰졌던 것이
다. 저 두 노인장과 잠깐 상의할 일이 있어 좀 가보겠다고 말하는데
그가 어찌 맨 정신을 가진 인간으로서 비류연의 정신 상태를 의심하
지 않을 수 있겠는가. 그러나 비류연은 막무가내였다.

"이보게, 모용휘! 자네는 친구가 아닌가? 어서 말려보게!"

취영검 신유성이 다급하게 말했다. 그러나 모용휘는 조용히 고개
를 가로저었다. 그는 이미 알고 있었던 것이다. 그것이 어떤 무모한
행동이라 할지라도 한 번 움직인 그를 되돌릴 수는 없다는 사실을.

"그런다고 들을 사람이 아닙니다."

그의 대답은 확신에 차 있었다. 그는 지금껏 저 친구가 일단 결정

한 일을 번복하는 모습을 본 적이 단 한 번도 없었다. 모용휘의 시선이 비류연을 향했다. 그의 눈동자는 혼란스러운 그의 내심이 표출이라도 되는지 미미하게 떨렸다.

'무모함이라 불리는 용기라도 좋다! 과연 나도 저 친구처럼 저렇게 저들 앞에 망설임 없이 당당하게 설 수 있을까?'

이 수려한 용모의 청년은 곧 고개를 저었다. 그건 너무나 힘든 일이었다.

"홍, 주제도 모르는 것이! 네 까짓 게 나서서 뭘 할 수 있단 말이냐?"

가까운 곳에서 다른 관도들과 함께 결계를 펼치고 있던 마하령이 분을 이기지 못하고 소리쳤다. 왜 자신이 지금 이렇게 분노하고 있는지 그녀 자신조차 혼란스러웠다. 당랑거철(螳螂拒轍)! 철 수레를 가로막는 사마귀처럼 그냥 죽어버리면 편하지 않는가!

"야! 이 멍청아! 어서 돌아와! 네놈이 그렇게 대단해!"

마하령의 앙칼진 외침에도 비류연은 아랑곳하지 않고, 유유히 손을 흔들며 검진의 중심으로 걸어갔다. 그가 하려는 짓은 명백했다.

"너무 무모하군!"

용천명은 그의 행동 양식을 도무지 이해할 수가 없었다. 왜 마하령이 저렇게 열을 내는지도 그에게 의문이긴 마찬가지였다. 저 자는 도대체 무슨 신념으로 움직이는 걸까? 보통의 실력이 아니라는 것은 이미 짐작하고 있지만 그것도 상대 나름인 것이다. 저들은 백 년 전 천겁혈세 때 헤아릴 수 없는 공포를 뿌리고 다녔던 마두들이었다.

용천명이 보기에 비류연은 기름으로 목욕을 한 다음 섶을 지고 불구덩이로 뛰어드는 부나방이었다. 여러 사람들의 회의 어린 시선에도 불구하고 비류연은 걸음을 멈추지 않았다.

'안 돼! 저 사람들은 너무 위험한 사람들이야!'

나예린은 저 노인들이 얼마나 위험한 인물인지 한눈에 알아볼 수 있었다. 두 노인이 뿜어내고 있는 사방을 짓누르는 위압감은 장난이 아니었다. 그런데도 그 사실을 아는지 모르는지 비류연은 겁도 없이 그 위험천만한 자들에게로 다가가고 있었다.

'류연, 제발……'

그녀의 마음 한 구석에서 지금 불안의 씨가 그 싹을 틔웠다. 자신이 한 남자 때문에 불안해지리라고는 미처 예상치 못한 나예린이었다. 왜 심장이 옥죄어 오는 듯이 답답해지는 건지 나예린은 여전히 이해할 수가 없었다. 어쩌면 인정하고 싶지 않은지도 모르지만……

그녀가 근심과 불안을 경험하고 있을 때 마침내 비류연은 네 사람이 대치하고 있는 중앙으로 점점 더 가까이 다가갔다. 검진의 중심에서 소용돌이치는 살기는 5장 넘게 떨어진 이곳까지 아주 잘 전해져 오고 있었다.

"너무 걱정하지 말아요."

어느새 다가온 은설란이 그녀의 등을 가볍게 두드리며 격려했다. 그녀도 다행히 이 혼란의 와중에서 다친 곳이 없는 모양이었다. 바람이 숨을 죽이고 잠잠한 밤의 고요한 호수 같은 시선이 은설란을 향했다.

"제가 지금 걱정하고 있는 듯이 보이나요?"

은설란은 생긋이 웃었다.

"네! 아주, 아주 걱정하고 있는 것 같은데요? 예린은 평소에 감정 변화가 거의 없어서 조그만 눈썰미만 있어도 금방 눈치 챌 수 있답니다."

그제서야 나예린은 비로소 자신이 지금 그의 안위에 대한 걱정으로 안절부절 못하고 있기 때문에 명경지수(明鏡止水)와 같은 마음이 깨어졌음을 알았다.

"괜찮을 거예요. 큰 걱정 말아요. 내가 보기에 그는 결코 쉽게 죽을 사람 같이 보이지는 않으니까요. 오늘 이 자리가 그의 무덤이 되는 일은 아마 없을 거예요. 저에게는 그렇게 느껴져요. 함부로 먼저 죽어서 여자를 울리는 남자는 사상 최악! 최저거든요!"

강한 신념이 담긴 단호한 목소리였다.

"전 별로 울거나 그럴 생각은……."

그러나 은설란의 눈과 마주친 나예린은 입을 다물어야 했다. 그녀의 눈동자 안에 흐르는 슬픔의 강과 그 물줄기가 모여 이룬 비탄의 호수가 얼마나 깊은지 봐 버렸기 때문이다. 그리고 두 사람은 곧 더 이상 다른 곳에 신경을 쓸 수가 없었다. 나예린과 은설란은 비류연이 무턱대고 폭풍우치는 무형지기의 한가운데로 뛰어드는 것을 보고 너무 놀라 하마터면 기절할 뻔했기 때문이다.

이것이 조금 전까지 있었던 이야기였다.

"…, 넌 누구냐?"

자신이 느낀 경악을 드러내지 않으려고 애쓰며 동방학이 말했다. 이 소년(그들 기준으로 보자면 비류연은 단지 어린 소년에 불과했다)의 놀라운 등장에 모두들 어느새 무형지기를 거둬들이고 있었다.

"싸우는 중에 방해를 해서 미안한데요……."

비류연은 그렇게 서두를 시작했지만 전혀 미안한 표정이 아니었다. 미안한 마음을 가슴 속에 품고 있는 사람은 저렇게 뻔뻔하면서도 당당해지지 않는다.

"어쨌든 저도 일단은 사문과 사부라는 걸 가지고 있는 처지라서요."

"그런 거 없는 사람도 있냐?"

커다란 도를 어깨에 걸친 채 공패가 신경질적으로 외쳤다. 이런 애송이에게 격전을 방해받다니 체면 문제였다.

"참 시끄러운 할아버지네요. 그냥 끝까지 들어요."

염도와 빙검이 보기에 비류연은 공패의 화를 돋우고 싶어 안달 난 사람 같았다.

"시, 시끄러운 하, 할아버지?"

공패는 분노를 뛰어넘어 허탈할 지경이었다. 할아버지라니…, 백이십년이 넘도록 한번도 들어보지 못한 생소한 칭호였다.

"그 처지라는 것 때문에 사문의 계율(戒律)을 집행해야 하니 이해해 주시기 바랍니다."

"무슨 계율 말인가?"

동방학이 흥미롭다는 표정으로 물었다. 그러나 비류연은 대답하는 대신 질문했다.

"명호가 섬뢰마검이시라구요?"

"그렇다!"

"둘이 한 쌍으로 비뢰쌍마라고 한다죠?"

비류연의 질문은 상당히 귀에 거슬리는 어투였다.

"그…, 그렇다."

동방학의 제지 때문에 공패는 용케 폭발하지 않았다.

"천지간에 가장 빠르고 강한 힘인 뇌(雷)의 이름을 그 앞에 붙이려면 그만큼의 실력이 있어야 한다는 겁니다. 즉, 누구든 뇌의 이름을 쓰려면 저의 허락을 받아야 한다는 거죠. 그런데 그 이름이 비뢰라면 좀 안 되겠네요. 저희는 두 자 모두 허락해 주는 경우는 없거든요."

"참으로 광오하구나!"

"뭐 보통이죠."

여전히 비류연은 태연하기만 했다.

"그런데 너에게 과연 그런 자격이 있단 말이냐?"

일검에 목을 따는 대신 계속 말을 주고받는 것을 보면 동방학도 이 느닷없는 불청객에게 흥미가 있는 모양이었다. 이 어린 꼬맹이가 얼마나 황당한 이유 때문에 자신들의 대결 중간에 목숨을 걸고(물론 본인은 전혀 그렇게 생각하고 있지 않은 듯 했지만) 뛰어들었는지 호기심이 일었던 것이다. 반대로 공패의 흥미는 저 나불거리는 혀를 한시라도 빨리 저며 내는 것뿐인 모양이었다.

"걱정 마세요. 저희 문파는 융통성이 아주 많기 때문에 무조건적으로 안 된다고는 하지 않거든요."

"그래서 지금 나를 감히 시험하겠다는 거냐? 나 섬뢰마검 동방학을?"

"아니죠. 심사하겠다는 거죠."

같은 말이었다. 그러나 후자 쪽이 위에서 아래를 본다는 느낌이 더 강했다. 비류연은 계속해서 말을 이었다.

"아참, 그리고 과거에 쌓아 놓은 명성은 애석하게도 이번 시험에서는 별로 도움이 안돼요. 가산점도 없구요. 물론 학연이나 지연 같은 연줄이나 뭐 그런 것도 당연히 도움이 안 될 겁니다. 그리고 뇌물은 으음…, 좀 고민되는 문제네요. 그건 액수를 봐서 나중에 따지도록 하죠."

곧 죽어도 안 받는다는 말은 하지 않았다.

"허허……."

저 터무니없는 광오함은 도대체 어디에서 끝도 없이 나오는 건지 이제는 황당함을 넘어 불가사의할 지경이었다.

'진짜 할 건가 본데?'

'그런가 보군.'

염도의 소곤거림에 빙검이 살짝 고개를 끄덕였다. 아무래도 어린 사부는 진심인 모양이었다. 그런데 그 진심이란 것이 많은 사람에게 보여 봤자 좋을 것이 없다는 게 두 사람의 공통된 의견이었다.

염도가 큰 소리로 외쳤다.

"주작단을 제외한 천무학관의 모든 관도는 뒤로 돌아 결계 외부로부터 올 공격에 대비하라! 뒤로 돌아!"

주작단을 제외한 대부분의 관도들이 염도의 명령에 뒤돌아섰다. 그러나 모든 사람이 다 이 명령에 따른 것은 아니었다.

섬뢰마검 동방학은 자신의 눈앞에서 생생히 벌어지고 있는 한편의 광대놀음 같은 어이없는 상황에 한동안 할 말을 잃고 묵묵히 쳐다봐야만 했다.

'이제 나의 이름도 세월의 강물에 휩쓸려 가버렸나?'

세월의 무상함이 이토록 허망하게 다가올 줄은 짐작도 못했다. 그러나 진짜 이 꼬마는 자신과 싸워 볼 심산인 모양이었다. 게다가 전혀 긴장하는 기색도 없었다. 자신의 패배를 생각지 않을 만큼 자신감에 가득 차 있는 것이다.

"정말 패기가 넘치는구나! 감탄했다. 너의 나이에 그 정도 패기와 그만큼의 기량을 지닌 이는 드물 것이다. 내 눈으로 보고도 믿어지지 않을 정도로 뛰어난 실력이구나."

"아까도 말했다시피 보통이죠."

"하지만 너무 자만이 심하구나. 그리해서 어찌 험한 강호와 그 지독한 인생을 항해할 수 있겠느냐? 겸손은 모든 것의 보도(寶刀)라는 것을 모르느냐? 겸손은 훌륭한 항해사고 강력한 우군이며 멋진 신병이기(神兵利器)이지. 너는 이 겸손의 덕목을 좀더 배울 필요가 있는 것 같구나. 내가 이 좋은 평생의 친구를 너에게 소개시켜 주고 싶구나."

"사양하겠습니다. 마음은 고마우나 필요 없습니다."

"허허, 겸손은 강력한 우군이지만 교만은 가장 무서운 적이라는 사실을 모르느냐?"

"모릅니다. 물론 알고 싶지도 않고요."

"하하하, 좋은 패기다. 젊은이가 그래야지. 허허…, 그러나 이 일을 어쩐다?"

"무슨 문제라도 있습니까?"

"아냐, 아냐! 별 문제는 아니고 단지 조그마한 일인데 자네에게 그

겸손이란 걸 가르쳐 주고 싶어 안달이 난 사람이 있다는 거지."

남의노인이 정색하며 말한다. 그의 안광이 번갯불처럼 번뜩였다.

"쯧쯧, 글쎄 말이다. 자기 자신의 일에만 신경 쓰기에도 벅찬 이 마당에 남의 일에까지 신경을 쓰다니 시간이 남아도는 사람인가 보다."

"그래서 그 사람이 누구인가요?"

비류연이 묻는다. 별로 꼭 알고 싶을 만큼 궁금한 건 아니었다. 그러나 그렇게 물어주는 게 노인에 대한 예의일 것 같았다.

"그 시간이 한량한 사람은 바로 노부 본인일세!"

노인이 싸늘하게 미소지었다.

"그다지 놀랍지도 않군요."

"쯧쯧, 겸손은 평생의 친구라니깐 그러네!"

"그건 저를 이기고 나서 해도 늦지 않죠."

"그럼 어디 시험 방식에 대해 들어볼까?"

"어이, 학! 진짜 할 셈인가?"

놀란 목소리로 공패가 물었다. 당연했다. 지금은 저런 미친 애송이 놈을 상대로 장난치고 놀 시간 따위가 없었던 것이다. 그런데도 동방학은 이 비상식적인 애송이가 재미있는 모양이었다. 도대체 어느 부분에서 흥미를 느꼈는지 모르지만 좋은 취미는 아니라는 생각이 들었다.

"백 년 동안 은거했더니 별별 날파리가 다 꼬이는군."

공패의 목소리에는 짜증이 가득했다.

"걱정 말게. 그냥 단순한 유흥거리니깐 말일세."

"할아버지께서는 뢰(雷)의 어느 얼굴을 추구하고 계시죠?"

"나는 빛을 뒤쫓는 쾌(快)를 추구한다!"

노인의 대답에 비류연은 만족스러운 듯 고개를 끄덕였다.

"그래서 성취는 있으셨나요?"

동방학의 입가에 가소롭다는 미소가 번졌다.

"허허, 누군가에게 또다시 그런 질문을 듣게 될 줄이야. 오래 살다 보니 별 신기한 경험도 다 하게 되는군. 이제까지 그 누구와의 겨룸 에서도 느리다고 느낀 적이 없었다."

"그렇다면 노인장께서 장담하는 그 빠름이 과연 뢰에 견줄 수 있는 지 보여 주실까요? 저의 쾌로 노인장의 쾌를 맞상대해 드리죠."

"건방지구나!"

"보통이죠."

보통이란 말이 너무 자주 소년의 입에 의해 왜곡되는 것 같다고 동 방학은 생각했다. 잡스런 생각이었다.

"늙은이의 호기심 때문에 궁금해서 묻는 건데? 지금 네가 무슨 말을 하는지 알고나 하는 소리냐?"

"충분할 만큼요!"

망설임 없는 대답이었다. 도대체 저 녀석은 무얼 믿고 저리도 오만 불손(傲慢不遜) 광오하단 말인가? 상대의 장점으로 상대를 공격하겠 다고 예고하다니! 도대체 얼마만한 자신감이 있어야 가능한 일일까?

대공자를 제외하고는 저런 나이에 저런 배짱을 가진 사람은 처음 이었다. 용인가? 아니면 지렁이(土龍)인가? 대답은 곧 나올 것이다.

"정히 죽음이 소원이라면 보여주마."

"그건 두고 봐야죠."

비류연이 싱긋 웃었다.

찰칵!

그의 오른팔과 오른다리에서 두 개의 묵룡환이 풀려져 나와 땅바닥에 떨어졌다.

쿵!

"이 동전이 떨어지는 걸로 신호를 삼죠!"

비류연이 주머니에서 동전을 하나 꺼내 염도에게 건네주었다. 쾌를 겨루는 가장 단순하면서도 정확한 방법이었다. 동방학은 어이가 없었다. 비류연의 행동은 그의 빠름에 대한 정면 도전이었던 것이다. 흥미와 재미만으로 용서해 주기에는 너무나 버르장머리가 없었다.

"그렇게까지 확실히 죽고 싶은 게냐?"

"죽는 쪽이 어느 쪽일지는 동전이 땅에 떨어져 봐야 아는 것이죠. 아직 동전은 던져지지 않았습니다. 너무 섣부른 단정은 피하는 게 좋지 않을까요?"

동방학은 기가 막혀 이미 대꾸할 힘도 나지 않았다. '벌써 나의 위상이 시간의 강물에 휩쓸려 가버린 모양이구나!'라는 생각마저 들었다.

"그냥 자결하는 게 시간도 절약하고 더 좋지 않겠느냐?"

비류연은 그저 싱긋이 웃기만 할 뿐이었다.

"그럼 이제 던지죠!"

염도가 고개를 끄덕였다.

'팅-!'하는 소리와 함께 동전이 하늘로 솟아올랐다. 주위를 둘러싸고 있던 모든 사람들의 시선이 그 하나의 동전을 향해 쏠렸다.

……탕!

마침내 동전이 바닥에 떨어졌다. 두 사람이 동시에 움직였다. 그 순간 빛과 생사가 한 순간 한 자리에서 교차했다.

주위에서 웅성거리는 소란스러움이 일었다. 아무도 이들의 초식 교환을 제대로 본 사람이 없었던 것이다. 다들 서로의 시력을 확인해 보느라 정신이 없었다.

"봤나?"

"못 봤네!"

염도의 질문에 빙검은 고개를 가로저었다.

"허허허허! 허허허허! 크하하하!"

돌연 침묵하던 동방학의 입에서 광소가 터져 나왔다. 그는 목청이 터져나갈 듯 미친 듯이 웃어 재꼈다. 노인의 광소가 한 순간 거짓말처럼 뚝 멎었다.

"…, 시험 결과는 어땠나?"

노인이 무표정한 얼굴로 물었다. 두 사람은 어느새 상대의 자리에 서 있었다.

"그 정도 빠르기면 쓸만하군요."

투두둑!

비류연의 앞섶이 열십자 모양으로 잘려나갔다. 자신의 가슴을 묵묵히 바라보며 비류연이 말했다.

"두 번의 변화가 아니라 그냥 한 번이면 좋았을 것을, 아쉽군요."

"그런가? 내가 그동안 잘못 생각했던 모양이로군."

동방학은 고소를 머금었다.

"합격인가?"

비류연이 고개를 끄덕였다.

"당신의 명호에 들어간 뇌의 이름을 인정하죠."

"고맙군. 이제 염라대왕 앞에 가서 당당히 별호를 댈 수 있게 되었군, 그래."

주룩!

그의 미간에서 핏줄기가 한줄기 붉은 선을 그리며 새어나오더니 서서히 콧날을 타고 마른 볼을 지나 턱에 이르러 그의 수염을 붉게 물들이기 시작했다.

"방금 그 초식의 이름이 무엇인가?"

"섬뢰(閃雷)!"

"허허, 과연! 나의 이름으로 날 깨트렸다는 이야긴가? 더할 나위 없는 완벽한 패배로군. 최고의 속도에 죽게 되어…, 영광…, 이네."

힘겹게 말을 마친 동방학의 몸이 그대로 앞으로 고꾸라졌다. 백 년 전 이름을 떨치던(그것이 비록 흉명이라 할지라도) 검의 고수가 오늘 이 자리에서 그 생을 마감한 것이다. 빙검은 같은 검객으로서 마음이 착잡했다. 그리고 계속해서 비류연의 말과 움직임이 머릿속을 떠나지 않았다. 그 자신도 동방학의 위치에 있었다면 비류연의 일초를 막을 수 있었을까? 가능성은 희박했다.

'이대로는 안 돼!'

그는 속으로 소리쳤다. 더욱더 강해지지 않으면 안 된다. 이대로는 영원히 제자의 속박에서 벗어날 수가 없었다. 그것만은 죽어도 피하고 싶은 일이었다.

"학(鶴)! 하~악! 이, 이 노옴!"

유일무이한 친구의 죽음에 이미 눈알이 뒤집힌 공패가 톱니 같은 날을 지닌 잔뢰도를 무지막지한 기세로 휘두르며 비류연의 허리를 쓸고 들어왔다. 그는 아직도 동방학의 죽음을 믿을 수가 없었다.

그러나 차가운 지면에 얼굴을 묻은 채 일어날 기미가 없는 동방학은 이미 죽은 자의 모습이었다. 공패는 알 수 있었다. 이미 심장은 그 움직임을 멈추고, 흐르던 피도 멎었음을. 그가 눈뜨는 일은 이제 두 번 다시 없을 거라는 것을.

그러나 비류연은 잘 피했다. 일도가 허리를 훑고, 이도가 머리를 쪼개고 삼도가 목을 땄지만 비류연의 몸은 여전히 사지 멀쩡한 채 건강하기만 했다. 세 개의 잔상이 상대의 눈을 현혹시키는 봉황무(鳳凰舞) 삼첩인(三疊人)이었다.

"정정당당이 뭔지 잘 모르는 할아버지네요. 나이 잡수신 분이 그렇게 막 행동하시면 안 되죠. 주위의 젊은 것들이 어떻게 보겠어요?"

"필요 없다. 죽어라!"

공패가 다시 도를 휘둘렀다.

"당신이 추구하는 것은 뢰(雷)의 어느 얼굴이죠?"

광폭하게 쓸어오는 도기에도 아랑곳 하지 않고 비류연이 질문했다. 그러나 대답은 돌아오지 않았다. 공패는 대답대신 폭발적인 힘으로 도를 휘두를 뿐이었다. 그의 도가 한번 휘둘러질 때마다 지진이라도 난 듯 땅이 울렸다.

그러나 아무리 강한 초식이라도 맞지 않으면 아무짝에 쓸모가 없었다. 비류연은 여전히 종이 한 장 차이로 얄미울 만큼 약삭빠르게 공패의 도를 피해내고 있었다.

"다시 한번 묻죠. 당신이 추구하는 것은 뢰(雷)의 어느 면이죠?"

공패의 폭풍 같은 공격을 요리조리 피해내면서도 말을 할 만한 여유가 있는 모양이었다.

그러자 공패가 미친 사람처럼 외쳤다.

"네놈을 일격에 가루로 만들어 버릴 수 있는 강함이다. 극강이다."

그러자 비류연이 고개를 끄덕이며 말했다.

"그렇다면 그 자격을 시험해보죠."

그렇게 말하고서는 비류연은 한참이나 더 공패의 도를 이리저리 괴물 같은 움직임으로 피해 나갔다. 때로는 얼굴을, 때로는 어깨를, 때로는 좌우 허리를 노리며 종횡무진 도기가 짓쳐들어왔다. 그러나 비류연은 반격하지 않는다. 그의 오른쪽 손은 계속해서 아래로 축 늘어져 있었다.

"이건 좀 준비 시간이 필요하다구요. 제발 얌전하게 기다려 주시면 안 돼요?"

자신의 목을 노리고 횡으로 날아드는 도를 피하며 비류연이 항의했다. 눈알 뒤집힌 공패의 귀에 비류연의 청원이 들릴 리가 없었다.

비류연은 그 후로도 일곱 초식을 더 피해야만 했다. 이제 공패의 밑천도 슬슬 그 바닥을 드러내려 하고 있었다. 너무 강맹함에 치중한 공패의 '잔뢰삼십육패(殘雷三十六覇)'로는 비류연의 재빠른 다리와 연체동물을 능가하는 유연한 회피 능력을 쫓아갈 수 없었던 것이다.

그 여파 때문에 둘러싼 포위망을 점점 넓어질 정도의 강맹한 무공이지만 맞지 않으면 소용없는 것이다. 마침내 공패는 자신의 절기 중 최후 초식인 잔뢰번천지(殘雷飜天地)를 시전 할 준비 자세를 갖추었다. 그것은 그가 가진 무공 중 가장 패도적이고, 위력적인 초식이었다.

그 순간 축 늘어져 있던 비류연의 오른손이 서서히 움직였다.

비뢰도(飛雷刀) 오의(奧義) 검기(劍氣)

굉천광뢰(轟天狂雷)의 장(章)

굉뢰(宏雷)

비류연의 소매가 펄럭이며 그 그림자로부터 조그마한 은빛 물방울이 하나 튀어나왔다. 그것은 새벽 풀잎 위의 이슬만큼이나 작아보였다. 그리고 지루할 만큼 느렸다. 엄청나게 강해보이는 어마어마한 이름에 비해 그 결과물은 어처구니없을 정도로 조그마했지만, 그런 만큼 작고 아름다웠다.

공패의 눈이 휘둥그레졌다. 하마터면 전신의 맥이 탁 풀려 도를 놓칠 뻔했다. 곧 그의 동굴처럼 깊고 커다란 콧구멍에서 코웃음이 터져나왔다. 피할 생각도 들지 않았다. 다만 이런 중대한 순간에 장난을 치는 비류연이 마음에 들지 않을 뿐이었다.

스으윽!

별빛의 눈물처럼 빛나는 작은 은빛 방울이 답답할 정도로 느리게 공패를 향해 다가갔다. 강과 패를 겨루기에 그 가는 은빛 물방울은 너무 미약해 보였다. 이미 준비 자세에 있던 공패가 도를 들어 이 은 빛 방울과 비류연을 동시에 두 조각 낼 기세로 강하게 내리쳤다.

　마치 태산이 무너지는 듯한 거대한 힘을 지닌 일격이었다. 마침내 잔뢰삼십육패의 최후초식인 잔뢰번천지가 시전된 것이다.

　콰콰콰콰콰! 쾅!

　은구슬 같은 물방울에 상어처럼 사나운 이빨을 지닌 거도가 부딪 쳤는데 천지가 진동하는 듯한 굉음이 울려 퍼졌다. 이런 일이 벌어질 것이라고 그 누가 감히 예상할 수 있었겠는가!

　염도와 빙검은 휘둥그렇게 떠진 두 눈으로 똑똑히 볼 수 있었다. 거도와 부딪친 은빛 물방울 주위로 사방의 모든 것을 삼켜버릴 듯한 소용돌이가 일고 있었다. 안간힘을 쓰며 그것을 막고 있는 핏발선 공 패의 찡그려진 얼굴이 안쓰러울 정도였다.

　자신의 도를 때리는 엄청난 무게감에 공패도 믿겨지지 않는지 연 신 자신의 손아귀와 도를 내려다보고 있었다. 천명을 넘게 베고도 상 한 적이 없던 날에 쩌쩌쩍 거미줄 같은 미세한 금이 가기 시작했다.

　그러나 이것은 시작에 불과했다.

　쾅쾅쾅쾅쾅!

　수십 가닥의 백뢰가 은빛 방울을 중심으로 맹수처럼 튀어나와 공 패의 전신을 채찍질하듯 유린했던 것이다. 쇠망치가 휘둘려진 듯한 거센 충격에 내장이 뒤집히고 뼈가 부러졌다. 거구의 공패가 대여섯 걸음이나 연신 뒤로 물러났다.

　챙강!

　은빛 소용돌이와 백뢰의 세례에 휘말려 금이 가있던 공패의 애도가 마침내 더 이상 견디지 못하고 깨어졌다. 햇빛을 받아 비늘처럼 반짝이는 조각들이 산산조각 난 거울의 파편처럼 흩어졌다.

"크아아아악!"

공패가 손잡이만 남은 도를 내팽개치며 두 눈을 감싸 쥐고 뒤로 대여섯 발자국 물러났다. 두 눈에서 붉은 피가 흘러내렸다. 조각난 도편 중 일부가 기묘한 각도로 날아가 그의 눈을 찌른 것이다.

"더러운 것만을 본 눈이니 이젠 필요 없겠죠?"

그 모습을 바라보는 비류연의 눈은 겨울의 찬 서리처럼 냉정하기만 했다.

깨어진 수백 개의 도편들이 사납게 할퀴고 지나간 공패의 몰골은 참혹할 정도였다. 머리는 올올이 풀어져 사형장의 죄수처럼 산발이 되었고, 얼굴 여기저기에도 도편이 남겨놓은 붉은 상처들이 여럿 새겨져 있었다. 옷은 이미 여기저기가 찢기고 베어져 너덜너덜했고, 드러난 살 여기저기에서 피가 배어나왔다.

게다가 몇 개의 도편이 허벅지를 관통하고 지나간 듯 무릎을 꿇고 일어설 줄을 몰랐다. 그리고 그의 두 눈에서는 눈물대신 피가 흐르고 있었다.

백 년 전 수많은 공포를 뿌리고 악행을 저지르던 비뢰쌍마가 한명은 소년의 손에 죽고, 다른 한 명은 이런 굴욕적인 몰골이 된 채 바닥에 무릎을 꿇고 있다니 아무도 못 믿을 이야기였다. 저승의 판관 같은 눈으로 비류연이 공패를 바라보았다. 이제 공패의 생사판결은 오로지 비류연의 손에 달린 것이다.

"죽여야 하오!"

빙검이 외쳤다.

"무림 전체를 위해서라도 그 자를 절대 살려 보내서는 안 되오. 그 비밀은 절대 엄수되어야만 하오!"

빙검의 목소리는 간절하기까지 했다. 비류연은 잠시 망설였다. 원래 이럴 예정은 없었던 것이다. 두 눈은 이미 잃었으니 오른팔 하나 정도로 용서해 줄까 생각했던 것이다. 만약 공패가 나예린에게 어떤 마음을 품었는지 알았더라면 비류연의 이런 고민은 애초에 없었을 것이다. 살아야 할 가치가 없는 자를 살려둘 만큼 비류연은 자비로운 성격의 소유자가 아니었던 것이다.

게다가 원래 이 의식은 죽음으로 연결되어서는 그 의미가 쇠퇴하게 되어 있었다.

당사자가 덜컥 죽어버린다면 누가 그들이 명호를 포기했다는 것을 알겠는가? 강호에 그것이 알려지지 않는 이상, 그들의 이름은 지금처럼 그대로 계속될 것이 아닌가.

"어쩌지……."

고민되는 문제였다.

비류연이 잠시 한 사람의 생사에 대해 고민하고 있을 때, 비류연의 발 앞으로 검은 물체 하나가 요란한 소리를 내며 떨어졌다. 그것은 검고 둥근 공처럼 생겼는데 비류연은 저것과 똑같은 물건을 예전에 환마동 안에서도 본 적이 있었다.

치지지지직!

심지가 타는 소리가 들리고 연기도 나는데 심지가 없는 것을 보니 특수 제작된 뇌탄(雷彈)이 분명했다. 게다가 언제 터질지도 모르는.

"뇌탄이다, 피해!"

순식간에 사람들이 뇌탄으로부터 멀어졌다. 만일 저것이 염마뢰 정도의 위력이 있다면 자칫 잘못하면 이곳에서 매몰될 수도 있었던 것이다.

콰콰콰쾅!

이윽고 요란한 폭음이 울려 퍼졌다. 하지만 귀청을 찢는 듯한 폭음 만이 요란했지 눈에 띄는 그 어떤 파괴력도 없었다. 대신 희뿌연 연막 만이 뭉게뭉게 터져 나왔다.

"이런 속았다! 이건 속임수야!"

빙검이 외쳤다. 생각해 보면 간단한 이야기였다. 다시 생각해 봐도 그 뇌탄은 공패에게 너무 가까웠다. 아무리 천겁령이 그 끝을 알 수 없을 만큼 깊고 방대한 조직이라 해도 공패 정도의 인물을 장기판의 졸처럼 버릴 리가 없었다. 그런데 그 뇌탄은 공패가 그 폭발력에 휩쓸려 충분히 가루가 될 수 있을 정도로 가까웠다.

"제길!"

염도도 욕을 퍼부으며 달려갔다. 그를 이대로 살려 보내서는 안 된 다. 천겁령에게 무신의 죽음을 알릴 수는 없었다. 그건 너무 위험천 만한 일이었다. 뭉게뭉게 피어오르는 연막으로 망설임 없이 뛰어들 며 염도는 공패에 있었던 장소를 대충 가늠했다. 사람의 기척이 느껴 졌다. 분명 공패였다.

염도는 회심의 미소를 지으며 정확하게 그곳을 향해 도를 휘둘렀다. 그 다리로는 회피하지 못할 것이 분명했다.

챙!

그러나 염도의 시도는 실패로 돌아가고 말았다. 전신을 시뻘건 적의로 감싼 혈의복면인이 공패의 앞을 가로막고 그의 도를 제지했던 것이다.

'고수!'

염도는 한눈에 상대의 실력을 파악할 수 있었다. 다시 달려들려던 염도를 혈의인이 왼손을 들어 제지했다.

"멈추는 게 좋을 거요!"

나지막하지만 강한 힘이 담긴 목소리였다.

"미친! 내가 네놈 말 따위를 들을 것······."

말하는 동시에 한 발을 내딛던 염도는 '쐐에에엑'하는 날카로운 소리에 퍼뜩 놀라며 뒤로 물러났다.

픽! 픽! 픽! 픽! 픽! 픽!

방금 염도가 서 있던 자리에 나란히 6개의 흑색창이 깊숙이 박혀 있었다. 그 속도는 어지간한 화살보다 빨랐고, 위력은 비교도 할 수 없을 정도였다.

"그러기에 내가 뭐랬소? 멈추는 게 좋을 거라고 경고하지 않았소."

정체불명의 혈의인이 다시 말했다.

"홍, 가소롭군! 이 따위 장난감으로 본인의 앞을 막을 수 있다고 생각했느냐? 그렇다면 그게 얼마만한 오산인지 이 몸이 직접 교육을 시켜주마."

염도의 도에서 붉은 검염기가 이글거렸다. 지금 그는 마치 불꽃의 사자(獅子)처럼 늠름하고 기백이 넘치는 모습이었다.

그러자 혈의인이 말했다.

"다시 한번 경고하오. 더 이상 경거망동을 하지 마시오. 방금 전 것은 이 분을 구하기 위한 가짜였지만 내 부하들이 저 위에서 불붙여 던져버리고 싶어 하는 것은 진짜이니 말이오."

염도뿐만 아니라, 여차하면 뛰어들 준비를 하고 있던 빙검의 몸이 흠칫 굳어졌다. 그렇게 된다면 가장 곤란한 일이 벌어지고 만다.

"누가 그런 속임수 따위를 믿을 것 같나!"

염도가 버럭 고함질렀다.

"속임수? 천무학관 환마동에서 터진 건 그럼 장난감 폭죽이었던 모양이군."

"그…, 그걸 어떻게……."

"그런 간단한 건 굳이 묻지 않아도 답을 알리라 생각되오만. 자, 이제 생각이 바뀌셨소? 우리는 아직 7할의 전력이 남아 있소. 정면으로 상대하고 싶다면 언제든지 상대해 주리다. 그러나 여기서 더 이상 손을 쓰지 않는다면 우리도 이만 물러나겠소. 당신들에게 더 이상 손가락 하나 까딱하지 않고……."

"이 천겁 나부랭이들이……."

염도의 거친 입에서 욕지거리가 터져 나왔다.

"으음."

빙검은 침음성을 흘렸다. 양자택일이라는 선택의 기로에 내몰리고만 것이다. 그러나 그는 지금 어느 쪽도 선택할 수 없는 실정이었다. 그때였다.

"그럼 그렇게 하도록 해요. 사람이 자기 하고 싶은 일을 하면서 살아야죠! 그렇지 않나요?"

염도와 빙검, 그리고 혈의인의 경악한 시선이 한 남자를 향했다. 청년 같기도 하고, 개구쟁이 소년 같기도 한 남자가 씨익 웃었다.

"꼬마야, 너는 누구냐? 건방지게 여기는 네가 끼어들 자리가 아니다."

적혈은 멀리 떨어져 있었을 뿐만 아니라 퇴각 준비로 정신이 없었고, 더더군다나 안개와 흙먼지가 방해가 되어 동방학과 공패가 쓰러진 이유를 아직 정확히 모르고 있었다. 만일 알았다면 절대 이런 경거망동을 했을 리가 없다.

비류연이 한쪽으로 손가락질을 하며 대답했다.

"일단 저기 그 덩치 큰 할아버지에게 빚이 남아 있는 사람이라고 해 두죠."

적혈에게는 백 년이 지나도 이해가 가지 않을 법한 소개였다.

"나는 아직 그 노인네에게 빚이 남아 있어 이대로 보낼 수 없군요. 당신들 전원이 공격하고 싶으면 공격해요."

"그, 그런 걸 마음대로 정하면……."

항의하려던 빙검의 말을 비류연은 도중에 잘랐다. 아무래도 진심인 것 같았다.

"피가 강이 되어 흐르고, 시체가 쌓여 산을 이루더라도 당신들 모두를 제물로 삼아서라도 남겨진 빚을 회수하지 못한다는 것은 체면 문제라서요."

"…, 말도 안 되는 배짱이로군!"

혈의인이 침음성을 흘리며 말했다.

"칭찬으로 받아들이죠."

비류연의 입가에 짙은 미소가 걸렸다.

[안 됩니다. 너무 위험합니다. 오늘은 저대로 그대로 보냅시다. 다음에 다시 기회가 있을 겁니다.]

빙검이 애걸하다시피 말했다. 이번만큼은 염도도 빙검의 손을 거들었다. 견원지간인 이 두 사람에게는 가뭄에 홍수 날 만큼 드문 일이었다. 비류연의 너무나 어이없는 막무가내 행동 때문에 절대로 공패를 살려 보내서는 안 된다는 그 사실마저도 던져버리고 말았다. 그만큼 사태가 막중하다는 이야기였다.

비류연은 영 못마땅한 표정이었다. 이대로 공패를 보내는 게 찜찜한 모양이었다.

그러나 두 사람의 제자가 저리도 애걸하는데 사부로서 거절하기도 마땅치 않았다. 이래서 달린 혹이 발목 잡는다는 이야기가 있는 모양이다. 잠시 공패를 바라보던 비류연은 아무 말도 없이 뒤로 돌아섰다.

기다렸다는 듯이 빙검과 염도가 전면으로 나섰다. 비류연이 억지를 부리고 생떼를 쓰지 않아 무척 다행이라고 안도의 한숨을 내쉬며 생각했다.

대표단 전체의 목숨을 담보로 모험을 할 수는 없었다. 그리고 약간 과장한 면이 있어도 그의 말을 8할 이상이 사실임이 분명했다. 중대한 비밀을 알고 있는 공패를 저대로 그냥 돌려보낸다는 것은 뼈아픈 일이었지만 지금은 관도들의 안전을 최우선으로 생각할 때였다.

"좋소. 더 이상 그대들에게 손을 대지 않겠소. 이만 가보시오."

빙검이 이를 악물며 말했다.

"고맙군."

"당신의 이름은?"

잠시 머뭇거리던 적혈이 대답했다.

"내 이름은 적혈! 우린 다시 만날 거요."

"다시 안 만나는 게 좋을 거요. 그날이 당신의 마지막이 될 테니까!"

피어오르는 연막 속을 향해 빙검이 외쳤다. 공패를 들쳐 업은 적혈은 대표단의 눈앞에서 연기처럼 사라졌다. 그 빈자리를 바라보며 빙검은 작게 중얼거렸다.

"적혈…, 결코 비뢰쌍마에 비해 떨어지는 실력의 소유자가 아니었다."

과연 저들의 실질적인 정체와 근거지는 어디인가? 그것은 아직도 풀리지 않은 수수께끼였다.

그리고 오늘 저지른 중대한 실수가 얼마나 큰 반발이 되어 돌아올지 여기 있는 이들 중 그 누구도 예상치 못하고 있었다.

비사마군의 말로
- 세 가지 질문

격렬했던 싸움은 일단락되었지만 아직 그 뒷수습은 여러 가지가 남아있었다.
땅에 깊숙이 파묻혀 있는 한 노인에 대한 처리도 그 안에 속하는 것이었다.

어지간히 경황이 없었는지 아니면 발견하지 못했는지 그들은 쓰러져 있는 모사령을 데려가지 않았다. 하긴 사지는 흙 속에 묻혀있고 얼굴만 빼꼼히 드러낸 채 기절해 있으니 못 알아 볼만도 했다. 그 조그만 얼굴조차도 이상한 물질이 전체를 뒤덮고 있었다. 게다가 무너진 나무들도 그를 숨기는 데 한 몫을 했다. 그렇게 해서 모사령은 적진의 한가운데에 남겨진 신세가 되고 말았다.

한 마디로 그는 버림받은 것이다.

"으음…, 여기가 어디지?"

웅성거리는 소란스러움에 모사령이 겨우 눈을 떴다. 서서히 모사령의 얇은 눈꺼풀이 들려졌다. 따가운 햇살과 함께 한 사람의 인영이 그의 시야 안으로 들어 왔다. 길게 자란 앞머리에 가려진 얼굴. 그것이 자신을 이 모양 요 꼴로 만들어 놓은 바로 그 장본인의 것이라는 것을 깨닫자 벼락 맞은 듯 정신이 번쩍 들었다.

그는 한 그루의 큰 나무에 기대어 앉혀져 있었는데 수십 개의 시선이 그를 빙 둘러싸고 있었다. 염도, 빙검, 주작단과 나예린, 그리고 몇 명의 친구들이 그 시선의 주인이었다. 자신이 지금 최악의 상황에 처해있다는 사실을 깨달은 뱀눈의 모사령은 다급한 마음에 몸을 움직여 보려고 했지만 납덩이라도 얹어놓은 듯 손가락 하나 까딱할 수 없었다.

"윽…, 윽윽, 익, 이익……."

아무리 용을 써보려 해도 물 먹은 솜뭉치처럼 몸에 힘이 하나도 들어가지 않았다.

"움직이려 해도 소용없어요. 전신의 마혈(痲穴)을 모두 제압해 놓았거든요. 아마 입만 움직일 수 있을 겁니다."

형식적으로 정중한 목소리로 비류연이 말했다.

"날 어쩔 셈이냐? 죽일 셈이냐?"

으르렁거리는 목소리로 모사령이 외쳤다.

"그건 두고 보면 알 일입니다. 그러나 당신이 지은 죄는 죽음으로 속죄될 만큼 가벼운 거라고 여겨지지는 않는군요. 당신은 제 소중한 것을 함부로 파괴하려고 했거든요."

어조의 기복이 없는 무감정한 목소리로 비류연이 대답했다.

"죽이려면 어서 죽여라!"

그러자 비류연이 싱긋 웃었다.

"죽여라, 죽여라, 죽여라. 무서운 말만 하시는 분이로군요. 하지만 걱정 마세요. 그렇게 죽음을 열렬히 바라지 않으셔도 사람이라면 누구나 자신이 지은 죄에 대한 대가를 치러야 하니까요. 그러니 내기를 하죠!"

"내기?"

사로잡혀 있는 모사령으로서는 이해할 수 없는 말이었다.

"그래요. 내기를 해서 당신이 이기면 당신의 신체를 자유롭게 풀어주죠."

"정말이냐?"

"전 제가 한 번 내뱉은 말에는 절대적으로 책임을 지죠. 걱정 말아요."

[그, 그건.]

염도가 그것만은 절대 안 된다고 하려고 했지만 비류연은 손을 들어 그것을 제지했다.

[하지만 이자를 심문해 배후를 캐내지 않으면 안 됩니다.]

[모른 척하면 되잖아요. 그리고 심문한다고 말할 사람 같지도 않은걸요. 저렇게 뱀처럼 야비하게 생겼어도 그 정도 기개는 있을 것 같은데요?]

[확실히 그럴지도 모르지만, 하지만……]

그래도 그런 걸 함부로 정하면 안 된다고 계속 애원했지만 비류연은 막무가내였다.

"그래서 내기 방법은?"

"아주 간단한 내기죠!"

비류연은 자신의 허리춤에서 대나무 통을 꺼내 그 안으로부터 주섬주섬 무언가를 꺼내들었다.

"헉!"

주위의 모두가 경악성을 터트리며 놀라 자빠졌다. 몇몇 여자들은 안색이 창백하게 변했다. 비류연의 손에 들린 것은 두 마리의 청홍쌍각사였다. 양손에 두 마리의 뱀을 든 채 싱긋 웃으며 말했다.

"내기 규칙은 간단해요. 제 손에 들린 이 두 마리의 뱀을 땅바닥에 놓았을 때 그 뱀이 누구에게로 가는가로 승부를 결정짓죠."

"네…, 네놈. 제 정신이냐?"

"물론이죠!"

단호한 목소리로 고개를 끄덕였다. 그러나 그렇게 생각하는 사람은 아무래도 비류연 자신뿐인 것 같았다. 염도와 주작단을 포함한 그 주위에 있는 사람들은 아무래도 모사령의 의견에 손을 들어주고 싶어 죽겠다는 표정이었다.

저 청홍쌍각사라는 뱀이 어떤 뱀인가? 비사마군 모사령과 함께 백 년을 넘게 살아온 뱀들인 것이다. 더 이상 설명이 필요한가? 애초에 승부가 결정되어 있는 이런 내기를 제의하는 비류연의 의도를 이해할 수가 없었다.

"그 대신 이 내기가 당신에게 명백히 유리한 조건인 만큼 이쪽에서도 조건이 있어요."

저쪽이 유리한 줄 알긴 아는 모양이었다. 그러면서도 저런 짓을 한단 말인가?

"뭔가?"

경계의 표정을 풀지 않은 채 모사령이 물었다.

"만일 내가 이기면 우리 쪽이 하는 세 가지 질문에 대답해 주는 걸로요. 어때요?"

잠시 심각한 얼굴로 침묵하던 모사령은 이윽고 고개를 끄덕였다. 무척 위험한 조건이었다. 그러나 이런 내기에 자신이 질 리가 없었다.

"좋다. 나 비사신군 모사령의 명예를 걸고 맹세하마. 만일 이 내기에서 노부가 지면 너의 그 조건을 수락하마."

"화끈해서 좋군요! 좋아요, 좋아! 그래야 재미있죠."

비류연은 무척이나 기쁜 듯 박수를 쳤다.

[이제 불만 없겠죠?]

염도는 어쩔 수 없다는 얼굴로 고개를 끄덕였다. 하지만 그런 조건이면 뭐하나? 이길 가능성이 쥐꼬리만큼이라도 있어야지. 염도는 그냥 맘 편하게 포기해 버리기로 했다.

"그럼 시작할까요?"

"언제든지!"

자신의 승리를 12할 확신하며 모사령이 응대했다. 비류연이 두 손을 위로 들어올리자 그의 눈이 청홍쌍각사의 눈과 마주쳤다. 이 두 마리의 미물들은 경계어린 눈초리로 비류연을 쳐다보았다. '도대체 무슨 꿍꿍이가 있는 거냐?'라고 묻는 듯한 눈초리였다.

한번 화끈하게 당한 교훈이 있어서인지 함부로 반항할 생각은 애당초 포기한 듯 했다. 청홍쌍각사를 바라보는 비류연의 눈이 서서히 새벽의 황금빛으로 물들기 시작했다. 그 신비롭기까지 한 광경을 직접 볼 수 있는 것은 지금 이 두 마리의 미물들뿐이었다. 조용하지만 차분하고 힘 있는 말이 비류연의 입에서 천천히 흘러나왔다.

"자! 이제 너희들은 어느 쪽이든 한쪽을 선택해야 할 때가 왔다. 가고 싶은 곳을 정해라. 원하는 곳으로 가게 해주마!"

순간 인간처럼 서로를 바라본 청홍쌍각사는 서슴지 않고 원주인에게로 고개를 돌렸다. 그러나 비류연의 말은 아직 끝나지 않았다. 다시금 두 마리의 고개가 강제되기라도 하듯 돌려졌다.

"아참! 주인과 함께 죽기를 원한다면 그것도 좋겠지. 충견비(忠犬碑)처럼 충사비(忠蛇碑)라도 세워줄지 모르니깐. 하지만 잊지 마라. 저쪽에 가면 너희들의 앞날은 오로지 뱀탕이 될 운명뿐이라는 것을! 뱀은 정력에 좋다고 하니 군침 흘리는 녀석들이 꽤 많이 있거든. 죽어서 다른 이의 행복을 위한 밑거름이 되는 것도 좋은 일이지만. 자 어떻게 할 테냐?"

인간의 말을 알아들었음인가? 확실히 영물은 영물이었다. 비류연의 손에서 풀려난 두 마리의 뱀은 두 사람의 정 가운데서 갈팡질팡 망설이기 시작했다. 고민을 하고 있는 모습이 역력했다.

"자! 이제 너희들의 판단으로 너희들의 운명을 결정해라!"

비류연이 외쳤다. 그가 내뱉은 지금의 말에는 언령의 힘이 깃들어 있는 듯 엄청난 권위가 느껴져 감히 누구도 거역할 마음을 품지 못할 것만 같았다. 그들은 선택의 갈림길에 섰다. 두 마리는 곧 결단을 내려졌다.

스르륵!

비사마군을 향해 기어가는 척하던 두 마리의 청홍쌍각사가 갑자기 방향을 선회했다.

"이…, 이럴 수가!"

자신에게 꼬리치며 올 것을 추호도 의심치 않고 있던 모사령의 눈이 찢어질 듯 부릅떠졌다. 그가 버젓이 보고 있는 눈앞에서 두 마리의 청홍쌍각사는 살갑게 꼬리까지 흔들며 비류연에게로 향했다.

비류연이 크게 웃었다.

"하하하하! 의리보다는 목숨! 정(情)보다는 자신의 이익이라…….
미물들의 삶도 타락한 인간의 삶과 그리 다를 바 없군요."

모사령은 비류연의 시선이 저 높은 곳에서 자신을 내려다보고 있다고 느꼈다. 그것은 곧 자신이 그에게 완전히 패배를 시인했다는 것과 동일한 의미를 지니고 있었다. 청홍쌍각사는 뿔 달린 이마로 비류연의 양쪽 신발을 부비부비 비볐다. 아무래도 재롱까지 부리는 모양이었다. 그 가증스런 모습은 모사령에게 삶의 희망마저 앗아가 버렸다. 비류연의 시선이 다시 한순간에 오십 년은 더 폭삭 늙은 듯한 모사령을 향했다.

"이런, 이렇게 된 걸 어쩌죠? 당신도 보다시피 이 녀석들이 좋다고 절 찾아온 거예요. 대자연의 의지를 일개 개인의 의지가 꺾어서는 안 되겠죠?"

비사마군의 참담함과 비통, 그리고 절망감은 감히 필설로 형용할 수 없을 정도였다. 아니, 이제 부끄러워 비사마군이라는 이름도 쓸 수가 없는 처지가 되었다.

"내, 내가…, 져, 졌다!"

비사마군을 바라보는 비류연의 입가에 해맑은 미소가 어렸다. 그러나 그 미소는 모사령을 나락으로 밀어 떨어뜨리는 그런 미소였다.

"허허허허. 허허허허허, 허허허허허……."

허망함이 짙게 깔린 힘없는 목소리가 노인의 헤벌려진 이빨 사이로 새어 나왔다. 오늘로서 비사마군 모사령의 무림인으로서의 생명은 그 끝을 고한 것이다. 그가 재기하는 일은 두 번 다시 없을 것이다. 한 무인의 무림인으로서의 존재 가치 상실! 그것이 바로 비류연이 모사령에게 내리는 죽음보다 가혹한 벌이었다.

헤프게 웃음을 흘리는 노인의 곁에는 반 토막 난 만사혈장이 모래바람과 함께 아무렇게 나뒹굴고 있었다.

"이이이이익!"

염도의 얼굴이 화로 속의 석탄처럼 시뻘개졌다. 반대로 옆에 있는 빙검의 얼굴은 차갑게 굳어 있었다. 그러나 비류연만은 옆에서 재미있다는 듯이 이들을 지켜보고 있었다.

"이 망할 영감탱이! 죽여 버릴 테다!"

얼굴을 벌겋게 달군 채 씨근덕거리는 염도의 입에서 마구 폭언이 튀어나왔다. 이 빨간 머리의 중년 사내는 벌레라도 씹어 먹었는지 얼굴을 사정없이 찡그리고 있었다. 그렇잖아도 험한 인상이 더욱 더 진화되어 귀신보다 더 험악해졌다.

"어떻게 그딴 게 우리 질문에 대한 답이 될 수 있단 말이야? 그게 말이 되는 소리라고 생각하나? 우린 지금 장난치고 있는 게 아니라고."

분이 풀리지 않는지 염도는 무저항의 노인이라도 상관치 않고 한대 때릴 기세였다. 옆에서 빙검이 간신히 뜯어 말렸다. 벌써 질문이 두 개나 지나갔지만 아무런 소득이 없었다. 두 사람 다 좋은 기분일

리가 없었다. 그걸 아는지 모르는지, 아니면 알면서 일부러 그러는 건지 노인이 말했다.

"그러길래 내가 미리 말하지 않았나? 신중하게 생각해서 질문하라고. 난 미리 경고했네……."

"이, 이건 사기야!"

염도가 분연히 외쳤다.

"사기라고?"

힘없이 축 늘어져 있던 노인의 눈이 일순간에 섬광처럼 빛났다.

"노부의 명예에 따라 대답하고 있는 걸세. 난 진실을 이야기해 주겠다고 했고, 이게 진실일세. 내 대답 안에서 해답을 찾는 것은 자네들의 몫이지. 내 몫은 아닐세."

"이런 능구렁이 같은 영감탱이!"

염도의 얼굴이 분노로 붉으락푸르락하게 변했다.

'완전히 당했다!'

이게 두 사람 모두의 생각이었다.

첫 번째 질문은 염도가 했었다.

"당신의 배후 세력은 어디요?"

대답은 간단했다.

"당연한 걸 물어보는군. 천겁령(天劫靈)일세! 이제 두 개 남았군."

너무 허탈한 대답에 염도가 길길이 날뛴 것은 두말할 필요도 없는 일이었다. 그는 모사령의 아가리를 찢어버리겠다며 격렬히 날뛰었지만 빙검과 비류연의 제지로 다행히 실행에 옮기지는 못했다.

두 번째 질문은 빙검이 했다. 염도보다는 좀더 정보로서의 효용가치가 높은 질문이었다.

"당신들 천겁령의 근거지는 어디요?"

두 번째 대답도 허탈하긴 마찬가지였다.

"당신들이 믿고 있는 거울의 그림자!"

그리고는 한다는 한마디가 '이제 하나 남았군!'이었다. 꾹꾹 누르고 있던 염도의 화가 폭발하는 것도 당연했다. 그딴 게 대답이 될 수 있냐고 염도가 길길이 날뛰자 돌아온 대답은 '될 수 있다'였다.

"뭘 그리 질질 끄나? 이제 하나 남았네. 빨리빨리 질문하게!"

염도의 속을 벅벅 긁는 소리가 아닐 수 없었다. 그러나 앞의 두 전적이 있는 관계로 섣불리 질문할 수가 없었다. 염도와 빙검은 잠시 머리를 맞대고 의논했다. 항상 서로 잡아먹을 듯 으르렁거리던 두 사람이 하나의 의견을 이끌어 내기 위해 머리를 맞대다니 기적이나 다름없는 일이었다. 그것은 내일 해가 서쪽에서 떠도 아무런 하자가 없을 듯한 일이었던 것이다. 마침내 오랜 숙의를 마치고 빙검이 다가왔다. 드디어 마지막에 물을 한 가지를 정한 모양이었다.

모사령을 물끄러미 바라보며 침묵하던 빙검의 입이 마침내 열렸다.

"그럼 마지막 질문이오. 우리의 세 번째 질문은……."

"가게 놔둬도 됩니까?"

짙게 깔린 황혼 속으로 빨려들어 갈 듯 점점 더 멀어져 가는 모사령의 등을 바라보며 염도가 물었다. 저런 거물을 그냥 놓아준다는 게 내심 마음에 걸렸던 것이다. 빙검의 반대는 더 격렬했다. 하지만 약속은 약속! 무인의 명예와 긍지를 위해서라도 지키지 않으면 안 된다.

"괜찮아요. 어차피 저자는 더 이상 무림인이 아니니까요. 방금 전까지 무림인이었던 비사마군은 이 자리에서 죽었어요. 지금 저기 걸어가는 건 그냥 한 명의 힘없는 노인에 불과할 뿐이죠. 앞으로 아무런 해도 끼치지 못할 거예요."

염도와 빙검의 시선이 다시 모사령의 작아지는 그림자를 향했다. 확실히 지금 저쪽에서 비척비척 걸어가는 노인의 걸음걸이는 바람이 불면 휙하고 날아갈 것처럼 위태로웠다. 생명력이 모두 소진된 마치 심지가 다 타버린 양초 같았다. 아마 작은 바람에도 저 불은 곧 꺼져버리고 말리라.

"뭐 이것저것 받았는데 마지막 하나 남은 것까지 받을 수는 없잖아요?"

비류연이 품에서 뭔가를 하나 꺼내며 말했다. 아무래도 아까 전에 기절한 모사령의 신체검사(?)를 할 때 슬쩍, 아니 정정당당하게 압수한 것들 중 하나인 모양이었다.

비류연이 당삼을 불렀다. 당장 당삼이 달려왔다. 비류연은 일언반구도 없이 그의 눈앞에 하나의 물건을 들어올렸다. 그것은 하나의 검은 색 피리였다. 피리의 겉면에는 세심한 솜씨로 뱀과 지네의 문양이 음각되어 있었다.

당삼의 눈이 동그랗게 떠졌다. 호흡이 거칠어지고 흥분으로 손발이 떨렸다. 당삼은 그것이 무엇인지 아주 잘 알고 있었다. 독을 다루는 자에게 있어서, 독의 궁극을 추구하는 자들에게 있어 그것은 무척이나 귀한 보물이었다. 독을 다루는 자에게 독사와 벌레를 마음껏 부릴 수 있도록 만드는 피리가 어찌 천하의 보물이 아닐 수 있겠는가.

검객이 전설의 신검을 얻는 것과 마찬가지의 일이었다.

"이, 이걸 어떻게……."

홍분이 혈관 곳으로 퍼져간다. 이제는 무슨 수를 써도 이 홍분을 주체할 수가 없었다.

"……."

비류연은 여전히 사충적을 코앞에 들이민 채 미동도 하지 않는다. 게다가 눈은 딴 곳을 보고 있었다. 네가 알아서 하라는 듯한 모습이었다.

'아!'

그제서야 당삼은 깨닫는 바가 있었다. 비류연과의 오랜 생활로 그의 눈치도 이미 상당 수준 이상의 경지에 올라 있었다. 예전의 눈치 둔한 당삼이 아니었다. 눈칫밥이란 비류연과의 생활에서 가장 먼저 절대적으로 필요로 되는 덕목이었다. 당삼이 독수리가 토끼를 움켜잡듯 피리를 움켜잡았다. 그리고 외쳤다.

"황금 열 냥입니다!"

"……."

비류연은 미동도 하지 않았다. 사실 이런 보물이 황금 열 냥이면 너무 싼 값이었다. 당삼의 양심도 그것을 잘 알고 있었다. 그러나 일단 열 냥이라 부른 것은 아마 비류연의 영향일 것이다.

"황금 스무 냥입니다."

당삼이 다시 외쳤다. 어느새 황금 열 냥이 올라 있었다. 어마어마한 액수였다. 그러나 그것이 비류연의 마음을 움직일 수 있을까? 다른 곳을 보고 있던 비류연의 시선이 당삼을 향했다. 대사형과 시선을 마주친 당삼은 찔끔했다. 찔리는 게 있었던 것이다.

"문혜를 부를까? 아니면 딴 사람이라도?"

너 말고도 여기에 사람이 많다는 의미였다. 그러나 자신에게 황금 스무 냥이 있을 리가 없었다. 가문을 믿고 외치는 배짱이었다. 설사 가문의 돈을 썼다 해도 그 공적은 자신에게 돌아온다. 어쩌면 이 피리의 사용권을 자신이 가질 수도 있다. 그보다 더한 행운은 없다.

"서, 서른 냥입니다. 대사형, 제발 봐주십시오. 더 이상은 당가의 재력으로도 무리입니다."

물론 뒤집으면 더 나온다. 그러나 그런 건 흥정과는 아무 상관없는 것이다. 마침내 비류연이 마지못한 표정으로 잡고 있던 피리의 아래쪽 부분을 놓았다. 사충적을 받아든 당삼의 얼굴은 희열과 환희로 가득 차 있었다. 오늘 의외의 장소에서 의외의 방법으로(이런 방법으로 이렇게 귀한 것을 얻어도 되는가 하는 회의가 일 정도로) 보물을 얻은 것이다. 벅차오르는 감동에 눈물이 흐를 것만 같았다.

'이것만 있으면 사문의 어른들께 인정받는 것은 물론이고, 항상 자신이 누나라고 주장하는 문혜도 날 오라버니라 부르지 않을 수 없을 거야!'

마치 날아갈 듯한 발걸음으로 당삼이 물러가자 비류연은 곧장 당문혜를 불렀다. 이번에 비류연이 꺼내든 것은 한권의 책자였다.

사충음보(蛇蟲音譜)! 바로 사충적을 불기 위해, 그리고 능수능란하게 다루기 위해 없어서는 안 될 존재였다. 그 앞에서 그녀는 금세 그 가치를 알아보았다. 틀림없는 진품! 소용돌이 같은 흥분이 그녀를 집어삼켰다. 그녀 역시 당가의 직계손이었던 것이다. 그녀는 생각했다.

'이것만 있으면 사문의 어른들께 인정받는 것은 물론이고, 항상 자신이 오라비라고 주장하는 당삼도 날 누님이라 부르지 않을 수 없을 거야!'

당문혜는 먹이를 채는 독수리처럼 책자를 덥석 움켜잡았다. 그리고는 외쳤다.

"황금 열 냥!"

"정말로 끝이 났군."

"그렇군요!"

장홍의 감상에 모용휘가 눈살을 찌푸리며 말했다. 아직도 협곡 여기저기에 피비린내가 가시지 않고 있었다. 대표단 측에도 부상자가 속출했다.

효룡은 겨우 목숨은 건진 것 같았지만, 정신이 든 이후로는 단 한마디도 하지 않고 있었다. 정신을 차린 그의 눈은 마치 죽은 자의 눈처럼 한줌의 생기도 찾아볼 수가 없었다. 그런 효룡을 보고 이진설은 다시 오열을 터트렸다.

그 외에도 십여 명이 화살에 부상당하고, 몇몇은 독사에 물려 중독되었다. 만일 모사령을 닦달해 얻어낸 해독제가 아니었다면 생명이 위험했을 수도 있었다. '바보 얼간이 같은 놈들!'이라는 염도의 불호령이 떨어진 것은 두말할 나위도 없었다. 그러나 이 정도로 성대한 격전을 치르고도 사망자가 없는 게 오히려 기적이라 할 수 있었다.

다들 누적된 피로와 긴장으로 몸도 정신도 엉망진창이었다. 내기에서 져서 거의 얼이 나간 모사령은 약속을 지켰다. 그러나 명쾌한 해답을 알려 주리라 기대했던 세 가지 질문은 더욱더 많은 의문을 그들에게 남겨 놓았다. 애초부터 성실한 대답을 기대한 것은 아니었으므로 그것만으로도 큰 수확이라고 할 수 있었다.

그에게 세 가지 질문을 했던 빙검과 염도는 아까 전부터 계속 침묵으로 일관하고 있었다. 그 분위기가 너무 살벌해 아무도 이들에게 다가가거나 말을 붙이려 하는 이가 없었다.

다시금 안개가 밀려와 이 추악한 광경 위에 하얀 장막을 드리웠다.

사람들이 부상자들을 옮기고 치료하며 장내를 정리하고 있을 때였다.

부스럭!

안개 저편에서 인기척이 있었다.

"누구냐?"

챙!

고약한의 도가 눈부신 속도로 도집을 빠져나왔다.

카캉!

누군가의 검이 그의 도를 막았다.

"하하하, 설마 진심으로 베지는 않겠죠?"

안개 속에서 들려오는 유쾌한 목소리와 함께 인영의 모습이 드러났다. 그 사람의 정체가 밝혀지자 긴장해 있던 사람들은 다시 자신의 일로 돌아갔다.

그러나 고약한만은 진심으로 '베어버릴까?' 하는 참을 수 없는 유혹과 싸우고 있었다. 그러나 그의 이성이 돌출된 충동을 억눌렀다.

"어디 갔다가 이제 오는 건가? 여기 펼쳐진 이 험한 아수라장이 보이지도 않는가?"

두 눈에 쌍심지를 돋우며 고약한이 분노의 일갈을 터트렸다. 미꾸라지 같은 놈! 저 뺀질뺀질한 얼굴을 주먹으로 뭉개 주고 싶은 욕망이 불끈불끈 솟아났다.

"하하하, 고의가 아니었습니다. 개인적인 생리적 욕구야 언제 어느 때든 생길 수 있는 게 아니겠습니까? 게다가 두 손 놓고 있었던 것은 아니었으니까 말이죠."

"이런 모습을 보고도 웃음이 나오나? 자네의 신경은 내가 이해할 수 없는 구조로 이루어져 있는 모양이로군!"

고약한은 이런 참상을 보고도 태연한 늑기한의 면상을 뭉개버릴까 하는 충동을 느낄 정도로 그가 마음에 들지 않았다. 그때 고약한의 눈에 어떤 것이 들어 왔다.

"그 왼손에 들고 있는 건 뭔가?"

"아! 이거요."

그가 팔에는 한 사람이 들려 있었다. 전신을 흑의로 감싼 복면인이었다. 정체는 번거롭게 물어 볼 필요도 없었다.

"살아 있나?"

그 정체불명의 인물들은 시체조차 남기지 않고 깨끗하게 퇴각했다. 실로 암습인으로써 가장 이상적인 퇴각이라 할 만했다. 그것 하나만 봐도 그들이 얼마나 고도로 숙련된 공작원들인지 두려울 정도로 쉽게 알 수 있었다.

때문에 포로라면 무척이나 귀중했다. 훨씬 많은 정보를 얻을 수도 있었을 한 거물은 그 약속이란 것 때문에 이미 놓아줘 버렸던 것이다. 늑기한은 애석하다는 표정으로 고개를 가로저으며 대답했다.

"조금 전까지는요."

지금은 아니라는 이야기였다.

"쳇! 자네 하는 일이 다 그렇지. 그딴 시체 가져다가 어디다가 쓰겠나? 죽은 자는 말을 하지 못한다는 초보적인 이야기도 알지 못하는가? 겨우 그런 헛수고 좀 했다고 자랑하고 싶은 건가?"

일일이 송곳으로 심장을 찌르는 듯한 말투였다. 하지만 응대하는 늑기한도 신경 굵기로 따지면 보통 인간은 아니었다. 그는 아무렇지도 않은 듯한 얼굴로 이야기를 시작했다.

"아까 전에 참 곤란했었죠. 개인적인 볼일을 보러 갔는데 느닷없이 사방에서 화살이 날아오는 게 아니겠습니까. 일은 급한데 무척이나 곤혹스러웠죠. 저도 고생하다가 왔습니다. 정말 이대로 볼일도 못보고 죽는 줄 알았지 뭡니까. 그러다가 일행과 떨어진 걸 알고 급히 이쪽으로 달려오려 했죠. 그런데 하늘에서는 화살이 비처럼 마구 쏟아지죠, 그 다음은 쇠사슬이 떨어져 앞길을 가로막죠, 나중에는 독사 떼들까지 기어 다니지 도저히 오고 싶어도 올 수가 없었죠. 그러다가 이놈을 사로잡게 된 것입니다. 무슨 이유에서인지 어슬렁거리고 있더라구요. 사로잡느라 힘 좀 들었습니다."

그의 말대로 그의 백의는 여기저기가 찢겨진 채 너덜거리고 있었다. 그러나 살갗까지 닿은 상처는 없는 모양이었다.

"그런 것 치고는 상당히 멀쩡하군. 그래? 배설은 시원스럽게 했는가?"

'똥 잘 쌌냐?' 라고 묻지 않고 우회한 것은 고약한답지 않은 일이었다. 자세히 보니 늑기한의 옷은 표면만 베였을 뿐, 핏자국은 그 어디에도 보이지 않았다. 칼침, 화살침, 독사침, 골고루 제대로 맞았으면 하고 바라던 고약한으로서는 무척 실망스런 결과였다.

"실력이 있다고 이야기해 주시는 편이 훨씬 더 듣기 좋겠군요."

"실력이란 게 있었다면 그렇게 너덜해질 정도로 옷자락이 베이지는 않았겠지. 게다가 포로도 그렇게 허무하게 죽게 만들지 않았을 걸세. 난 또 그들이 기습 공격하기 전에 미리 자네에게 알려 준 것인 줄만 알았네. 자네 같은 겁쟁이한테는 무척이나 편리한 일이었겠군!"

고약한의 폭언에 늑기한의 얼굴이 딱딱하게 굳어졌다.

"말씀이 너무 심하시군요. 그리고 보니 고 노사께서는 얼마나 장렬하게 싸우셨는지 그 무용담을 꼭 듣고 싶군요. 혹시나 관도들 뒤에 숨어 계시지나 않았는지 벌써부터 걱정이 됩니다."

"뭐, 뭐라고!"

고약한의 눈에서 불똥이 튀었다.

"그만들 하게! 자네들은 왜 그렇게 붙어만 있으면 싸우나?"

견원지간처럼 서로를 물어뜯으려는 둘을 말린 것은 빙검이었다. 여전히 딱딱하게 굳어진 표정이었지만 그래도 북풍한설이 씽씽 날리던 좀 전보다는 훨씬 나아져 있었다.

이 두 사람도 빙검에게는 감히 거역하지 못했다.

"갈 길이 뭐네! 서두르세!"

빙검이 다시 말했다. 고약한과 늑기한의 시선이 한순간 마주쳤다.

"흥!"

두 사람은 서로가 피차 꼴 보기 싫은 면상을 강하게 외면했다. 그렇게 해서 낙뢰곡의 싸움은 그 끝을 맞이했다. 그러나 일부 사람들에게 그것은 많은 의문만을 남겨주었다.

빙검은 이 싸움이 끝이 아니라 시작일 것 같다는 예감이 강하게 들었다.

"이게 마지막 질문이오. 당신들 천겹우들의 이번 목적은 무엇이오?"

"붉은 꽃이 만개한 화산!"

아직도 모사령의 마지막 대답이 머릿속에서 메아리치며 떠나지를 않았다.

그날 밤은 피부에 서리가 내릴 정도로 추웠다.

차가운 바람에 스치는 별들이 칠흑의 바다 속에 잠긴 채 아물거린다. 평화롭다고 밖에 생각할 수 없는 광경이었다. 한 쪽에는 불꽃의 화분(花粉)을 날리며 모닥불이 타오른다. 낮에 있었던 피 비린내 나는 결전이 한바탕 꿈처럼 느껴졌다.

그러나 여기저기서 들려오는 신음소리가 그것이 현실이었음을 단편적으로 알려줄 뿐이었다. 결국 가까운 마을까지 가지 못하고 노숙을 하게 된 이들이었다. 다행이란 점은 시급을 다투는 중환자가 없다는 정도일까…….

그러나 낮의 일도 있고, 그들의 형색으로 보아 순순히 물러났다는 것도 믿을 수 없는 처지이기에 경계를 늦출 수도 없었다.

부상자 치료를 위한 물은 부상당하지 않은 남자 관도들이 근처 개

울가까지 가서 퍼왔다. 모두들 경공이 출중하기에 오래 걸리지는 않았다. 여행 중이라 나무와 철사를 엮어 만든 번듯한 물통은 없었지만, 대신 특수하게 만든 얇고 커다란 물주머니가 있어 물을 긷는데 큰 어려움은 없었다.

문제는 물을 끓여야 한다는 것이었다. 이런 여행에 무쇠 솥이 있을 리가 없었다. 그 해결책은 나름대로 무식한 방법이었다. 이 물 끓이는 문제에 대해 사람들이 머리를 싸매고 고민하고 있자 비류연이 아무 말도 없이 한쪽 바위로 걸어갔다. 밥공기를 엎어놓은 듯한 형태의 둥근 바위였는데 높이는 허리 정도에 면적은 상당히 넓었다.

톡톡! 손가락으로 두드려 경도를 측정해 본 비류연은 고개를 끄덕이는 것을 보니 마음에 드는 모양이었다. 비류연의 행동에는 망설임이 없었다.

번쩍! 은빛 섬광이 짧게 빛났다. 모두들 이런저런 일들로 분주했기 때문에 방금 무슨 일이 일어났는지 아무도 보지 못했다. 단 한 사람, 나예린을 제외하고는.

그들이 본 것은 '스르릉' 소리를 내며 단면을 타고 흘러내리는 커다란 반구형의 바위뿐이었다. 비류연은 밑의 것을 버리고 위의 것을 취했다. 어떤 무기로 어떤 수법을 썼는지 잘려진 단면이 거울처럼 매끄럽다.

그 깨끗한 솜씨에 다가온 빙검이 감탄했다. 지금 여기 모여 있는 대표단에게 이 정도 바위를 자르는 일은 결코 자랑거리가 되지 못했다. 그것은 손을 들거나 발로 걷는 것과 마찬가지로 간단한 일이었던 것이다. 하지만 이 정도로 깔끔하고 매끄러운 솜씨를 지닌 이는 이들

중에서도 손가락에 꼽을 정도에 불과할 것이다. 게다가 도검도 없는데 도대체 뭘로? 알면 알수록 더욱더 불가사의한 인간이었다.

비류연이 말했다.

"파세요!"

빙검은 지금 비류연이 원하는 바가 무엇인지 잘 이해했다. 어둠을 밝히는 별과 같은 빛을 한 순간 반짝이며 빙루가 뽑혀 나왔다. 그의 시선이 거울처럼 매끈한 바위 단면의 중심을 향했다.

스윽!

빙검의 검이 그림처럼 깨끗한 호를 그리며 움직였다. 바위를 두부처럼 도려내는 것이 마치 신기루 같은 검법이었다. 그러자 그 안에서 훌륭한 돌 냄비가 탄생됐다. 마술처럼 파여진 냄비의 두께는 무척 얇았다. 그만큼 빙검의 검기가 놀랍도록 뛰어나다는 반증이었다.

사람들이 빙검의 솜씨에 경탄하며(비류연의 실력은 이때 주목을 받지 못했기에 감탄의 대상이 될 수 없었다) 그 위에 길어 온 물을 붓고 장작을 모아 불을 땠다.

모닥불이 타닥타닥 콩 볶는 소리를 내며 작은 반딧불처럼 밤의 어둠을 밝혔다.

"효룡은 어떠냐?"

염도가 다가와 환자를 돌보는데 여념이 없는 당삼에게 물었다.

"네, 생명에는 지장이 없습니다. 다만……."

의원으로서 가장 뛰어난 능력을 지닌 당삼이 말했다. 모든 무림인들은 기본적인 응급조치를 할 만큼의 의료 지식이 있지만, 당가의 자식은 좀더 본격적인 의원과정을 배운다. 독과 약은 떨어질래야 떨어질 수 없는 관계이기 때문이다.

그는 지금 대사형으로부터 받은 재미있는 물건을 한시라도 빨리 연구해 보고 싶은 생각에 사로잡혀 안달이 나 있었다. 그러나 지금은 부상자 치료가 최우선이었다.

"다만 뭐냐?"

"아무래도 섬뢰마검의 검기에 정신이 타격을 입은 것 같습니다. 아직 눈에 초점이 돌아오지 않고 있습니다. 마치 백치 같다고나 할까요. 물론 일시적인 현상이긴 합니다만, 회복되는데 시간이 걸릴 것 같습니다."

"무리도 아니지. 그만한 고수의 검기를 그 정도로 가까이 쐬었으니……."

검기가 조금만 더 깊었어도 완전 백치가 되어버렸을 수도 있었다.

"이 소저의 간호가 극진합니다."

이진설은 그 때 이후로 침식도 잊은 채 효룡을 돌보며, 그의 곁을 한 발자국도 떨어지지 않고 있었다. 다른 것은 전혀 눈에 들어오지 않는지 오로지 효룡에게만 집착하고 있었다. 광기마저 느껴지는 광경이었다.

보기에 너무 딱해 보여 독고령이 좀 쉬었다 하라고, 잘못하면 네 몸이 먼저 망가진다고 충고했지만 그녀는 듣지 않았다. 그저 효룡의 수발에만 전념할 뿐이었다.

"한 남자를 위해 과연 저렇게까지 마음을 쏟을 수 있는 것일까?"

이진설의 그런 모습은 나예린에게 있어서 무척이나 충격이었던 모양이었다. 나예린은 이진설을 자신으로 바꾸어 보았다. 그녀는 곧 고개를 가로저었다.

솔직히 지금 그녀의 눈앞에 있는 광경은 그녀로서는 이해 불가능한 광경이었다. 그러나 그녀의 가슴 한구석에서는 그것이 이해가 간다고 말하고 있었다. 어느 쪽이 맞는지 그녀 자신도 알 수 없었다. 혼란스러울 뿐이었다. 갑자기 비류연의 모습이 뇌리 속에 떠오른다.

'또!'

왜 요즘 들어 자주 그가 떠오르는 걸까? 이유가 무엇인지는 그녀 자신도 모른다. 점점 더 그가 자신의 마음 속에 차지하는 비중이 늘어나는 것만 같았다. 그러나 그것이 늘어나면 늘어날수록 그녀의 마음 반대편에서 생성되는 미지에 대한 두려움도 점점 더 증폭되어 갔다.

'설마⋯⋯.'

그녀는 곧 자신의 생각을 인정치 않고 부정해 버렸다. 자신의 심연 깊은 곳에서 자라난 그 조그만 감정은 선뜻 받아들이기에 너무나 두려운 감정이었던 것이다. 무의식중에 시선이 비류연을 좇는다. 그는 모닥불의 한쪽 곁에서 염도와 빙검을 상대로 뭔가 이야기를 나누고 있었다. 듣고 있는 두 중년인 쪽의 얼굴이 더 심각했다.

'설마 그가 저런 부상을 당할 일은 없겠지⋯⋯.'

왠지 근거를 댈 수 없는 믿음이었지만 문득 그런 생각이 들었다. 하지만 후일 나예린은 비류연이 만능이자 불사신이 아니라는 사실을 깨달아야만 했다. 뼈아픈 대가를 치르며⋯⋯.

멍멍이 가출사건

"아부지! 아부지!"
아이 하나가 쪼르륵 달려가 아버지의 바지를 잡아끌었다. 두 눈망울에 물방울
이 일렁이는 게 영 심상치가 않았다.

.

"왜? 무슨 일이냐?"
"큰일 났어요! 큰일 났어요. 우리 집 노구(老狗)가 가출했어요."
"뭣이라! 아니, 그놈이 복날도 다 지났는데 웬 가출? 내년이 지놈 차
례인 줄 눈치를 챈 건가. 다 늙은 놈이 암놈이랑 바람났을 리는 없을
테고…, 끄으응!"
사내의 고민은 허리 춤이 풀려질 정도의 거센 잡아당김으로 인해
깨어지고 말았다.
"아부지! 아부지!"
다시 아이가 아비의 바지를 잡아당겼다. 아부지가 외쳤다.
"고만 잡아 당겨라. 이눔아! 왜 그렇게 달라붙어? 아비 바지가랭이
벗겨지겠다."

아부지란 불린 사내는 심드렁한 표정으로 아들의 말에 들었다.

"노구, 노구, 노구! 어서 가서 얼른 노구 찾아줘요!"

"지 맘대로 가출한 놈을 내가 무슨 수로 찾아! 지나가다 어느 배고픈 거지의 냄비에라도 들어갔겠지."

아들의 움켜진 손을 떼 내며 사내가 말했다.

"으아아앙, 노구! 빨랑 노구 찾아줘요!"

울먹이며 부탁하는 아들의 청을 거절할 수 없는지 사내는 쩔쩔 맸다.

"알았다, 알았어! 알았으니깐 제발 고만 좀 울어! 내 바지는 걸레가 아냐, 이눔아!"

하는 수 없이 아버지는 아들을 위해 노구 수색 작전을 벌여야만 했다. 그러나 마을을 아무리 샅샅이 뒤져도 노구의 행방은 묘연하기만 했다. 이곳저곳 탐문을 하다가 수상하게 보이는 무림인들을 만났지만 남자는 곧 자신의 생각을 부정했다.

'설마 저렇게 번듯하게 차려 입은 사람들이 그런 일을 했으려고……. 선두에 선 저 백의노인을 봐! 정말 고상하고 위엄이 넘치게 생겼잖아? 절대 그런 일을 했을 리가 없지. 암 그렇구 말고.'

게다가 다들 몸에 병장기 하나씩을 걸치고 있었다. 평범한 촌부인 남자에게 입이라도 벙긋할 용기가 있을 리가 없었다. 남자가 목격한 일단의 무림인들은 잔뜩 굳은 얼굴로 마을을 빠져나갔다. 남자는 호기심에 잠시 지켜보다가 다시 노구 수색에 나섰다.

마을에서 조금 떨어진 조그만 공터. 근엄한 얼굴로 빙검이 말했다.

"이걸로 될까요?"

"어떻게든 될 거예요."

비류연이 대답했다.

"쳇! 좀더 많았으면 좋았을 텐데…, 겨우 한 마리라니!"

애석하기 짝이 없다는 투로 염도가 말했다.

"냄비는요?"

"벌써 노학이 구해 왔습니다."

"양념은?"

"산산이가 구해오겠답니다."

"음!"

비류연은 무척 만족스럽다는 듯이 고개를 끄덕였다.

"피도 보충되고 부족한 양기도 채워지고, 게다가 맛도 좋고! 역시 환자들에게는 이게 최고죠!"

환히 웃으며 엄지손가락을 치켜세운다. 염도도 빙검도 그 의견에 이의는 없는 모양이었다.

"오랜 만의 영양보충이 되겠군요."

염도는 벌써부터 입안에 군침이 도는 게 기대가 대단한 모양이었다. 이미 건량은 지겨워질 대로 지겨워져 있었다. 따뜻한 국물이 있는 쫄깃쫄깃한 것이 먹고 싶은 희망에 부푼 것도 이해하지 못할 바는 아니었다.

"아까 전에 그 개 잡는 깔끔한 솜씨, 정말 훌륭했어요."

"과찬…, 입니다."

빙검이 대답했다. 아무래도 먹거리 포획은 빙검의 공적인 모양이었다. 한쪽은 요리 준비로 부산했다. 적당한 크기의 돌을 둘러 받침대를 만들고 그 위에 솥을 걸었다. 그 밑에 모아 온 마른 장작을 넣어 불을 붙였다. 일의 대부분은 주작단이 맡아 했는데 한두 번 해 본 솜씨가 아닌 듯 움직임이 일사분란하고 능숙했다.

딱딱! 부싯돌 부딪치는 소리와 함께 드디어 장작에 불이 붙었다. 물 끓는 시간이 아득하니 길게만 느껴졌다.

이 작은 집성촌을 벗어나 고개 하나만 넘으면 이제 화산파의 영역에 들어서게 되는 것이다. 이제 목적지는 바로 코앞이었다.

흑도연합 무림맹 흑천맹 맹주집무실.

흑천맹주 갈중천은 눈앞에 놓인 두 개의 보고서를 살펴보고 있는 중이었다. 척 보기에도 태산 같은 거봉의 위엄이 풍겨져 나오는 사람이었다. 숯처럼 검고 강인한 두 눈썹 밑에 위치한 두 눈은 만 번을 단련한 명도처럼 날카로운 빛을 담고 있었다. 지금 그 두 가닥의 예기가 방금 지급으로 보고된 보고서 위를 샅샅이 훑어 내리고 있었다.

그 중 하나는 마천각의 대표단이 화산에 거의 도착해 이제 곧 화산파의 안전 영역 안으로 들어간다는 사실이었다. 그러나 그의 시선이 그 부분을 지나 아래로 내려가 대표단이 화산까지 가는 동안 미리 방비는 했지만 습격을 당해 사상자가 있었다는 부분을 읽어 내릴 때는 치솟아 오르는 분노에 눈썹이 위로 솟구쳤다. 그리고 마지막 '추적은 실패'라는 문구를 읽었을 때 그의 인상은 걷잡을 수 없이 심하게 일그러졌다.

그는 잠시 눈을 감고 의자에 기댄 채 짧은 침묵에 빠져들었다.

언제나 되어야 이들의 꼬투리를 잡을 수 있을 것인가? 몰래 추적자를 보냈음에도 불구하고 이번에도 또다시 실패였다. 주의하고 또 주의하며 완전을 기한다고 했음에도 마찬가지였다. 번뇌가 담긴 깊은 한숨이 폐부 깊숙한 곳에서 내쉬어져 나왔다.

또 하나의 보고서는 화산으로 가는 길목에 위치한 한 산에서 폭발음과 함께 타오르는 섬광이 목격되었으며, 그 후 그 산은 산불이 나서 사흘 밤 나흘 낮이나 타올랐다는 정보였다.

"군의 화약창이라도 터진 건가? 아니면 화기 실험하다가 실수로 산에 불이 붙은 건가?"

화탄은 강호에서 사용이 금지된 물건이었다. 게다가 화약은 군의 최고기밀에 속하는 사안이었다. 나라의 엄중한 관리 하에 놓여 매우 조심스럽게 취급되고 있기 때문에 함부로 반출되는 일은 없었다. 특기할 만한 일은 없었지만 그렇다고 해서 결코 소홀히 대할 수도 없는 부분이었다. 게다가 그 위치가 하필이면 화산으로 가는 길목이라는 점도 영 마음에 들지 않았다. 좀더 자세하게 조사를 시켜볼 필요가 있을지도 모른다는 생각을 하며 그는 다음 번 보고서를 집어 들었다.

바로 그때 집무실 문이 거칠게 열리며 밖에서 한 명의 중년인이 헐레벌떡 뛰어 들어왔다. 불청객은 아니었다. 그 남자는 흑천맹의 최고 두뇌집단인 흑천뇌(黑天腦) 소속 일급 군사 문숙이었다.

갈중천의 미간이 살짝 접혔다.

"좀 더 조용하게 들어올 수 없나? 문 떨어져 나가겠네."

그러나 얼마나 화급하게 들어왔는지 흑천맹주 갈중천의 말조차도 그는 들리지 않는 모양이었다. 지금 중년인은 제대로 말을 할 수 있을 정도로 헉헉거리며 숨을 고르는데 온 신경을 집중시키고 있었다. 중년인은 자신의 무례를 사과할 생각조차 하지 못한 채 다급하게 외쳤다.

"매, 맹주님. 크, 크, 큰일, 큰일 났습니다! 헉헉헉!"

얼마나 긴박한 일이길래 저리도 호들갑을 떨며 혼비백산한 모습인 것인가? 기분이 상한 갈중천의 눈살이 확 찌푸려졌다.

"왜 그리 호들갑인가?"

눈살이 찌푸려지는 게 당연했다. 남 위에 서는 자는 다른 자들과 같이 쉽게 동요하면 안 되었다. 항상 냉정한 시선으로 사태를 올곧게 바라보아야 하는 것이다. 지휘부가 우왕좌왕 당황하면 그 조직은 단순한 오합지졸이 될 뿐이었다.

그는 항상 이런 교훈을 자신을 보좌하는 수뇌부들에게 주지 시켜 오고 있었다. 그런데도 이런 당황하는 모습을 보여 주니 그의 불쾌지수가 높아지는 게 당연했다. 그러나 그 앞에 쓰러질 듯 무릎 꿇은 군사는 그 사실은 어찌되어도 좋은 모양이었다.

갈중천은 그처럼 사색이 되어 당황하는 군사는 처음 보는 것 같았다. 무엇이 철벽 빙하 같던 그를 동요시킬 수 있단 말인가?

"숨만 헐떡이지 말고 제대로 말해 보게. 그렇지 않으면 내가 무슨 일인 줄 어떻게 알겠나?"

그제서야 겨우 숨을 고른 남자는 급히 보고를 하기 시작했다.

"뭐, 뭐라고!"

갈중천은 경악성을 터트리며 자리에서 벌떡 일어났다. '콰당' 소리와 함께 자단목 의자가 뒤로 벌렁 넘어 갔다. 갈중천은 지금 자신의 귀를 의심하고 있었다.

"지금 뭐라고 했나? 다시 한번 말해 보게!"

한 번 더 묻는 것으로 보아 갈중천이 얼마나 경악해 하는지 쉽게 알 수 있었다. 다시 묻는다고 해서 내용이 바뀌는 것은 아니지만 명령을 받은 군사는 자신이 했던 말을 반복했다.

"네, 다시 보고 드립니다. 태, 태, 태상맹주님께서 실종되셨습니다."

"실종?"

갈중천의 반응은 격렬하기보다는 어이없다는 반응이었다.

"네! 시, 실종입니다."

"원 사람이 농담도……."

'가려서 해야지.'라는 말은 굳이 붙이지 않았다.

"사실입니다."

"그런 바보 같은!"

쾅!

쩌적!

비싼 탁자가 오늘 또 하나 그 생을 마감했다. 군사는 조용히 마음속으로 방금 화풀이용이라는 거룩한 목적으로 장렬히 희생된 탁자의 목숨 값을 매겨보았다.

'또 쓸데없는데 지출을 하게 되었군.'

재정 조언자로서 그는 무척 탐탁치 않았지만, 씨근덕거리는 맹주를 향해 그런 위험한 충고는 하고 싶지 않았다.

"도대체 어디로, 어디로 가셨단 말인가? 이런 일은 이제껏 한번도 없었던 일이거늘……."

그의 아버지이지만 아버지라고 부르기도 힘든 존재였다. 그가 흑천맹의 맹주임에도 불구하고, 무신마 갈중혁은 그에 있어 그런 존재였다. 무슨 나쁜 일을 당했다고는 생각되지 않았다. 그를 해꼬지할 능력을 일신상에 지니고 있는 이는 현 강호에 없다고 해도 과언이 아니었다.

그의 아버지는 유일한 지기이자 무이(無二)한 경쟁자였던 무신 혁월린이 40년 전 홀연 실종된 후 20년 가까이 상심에 빠져 있었다. 그리고 20년 전 어느 날 갑자기 우울한 얼굴로 술을 마시며 슬퍼했다.

오늘 무(武)를 논할 상대를 영원히 잃었다고. 아버지의 슬픔을 그는 도저히 이해할 수가 없었다.

"주위의 시달림이 싫어 몰래 은거하신 걸 겁니다. 혁신이 없는 이상 누가 그분에게 해를 입힐 수 있겠습니까?"

쓸데없는 걱정이라고 갈중천은 생각했다. 병마 따위가 그 몸을 정복할 수 있을 리가 없었다. 무력은 두말할 필요도 없었다. 자신의 아버지와 동등한 능력을 가진 자에게 허무한 죽음 따위가 찾아올 리 없다고 그는 믿었다. 그러나 그의 아버지는 고개를 가로저었다.

"아니다. 이제 다시는 그를 만나 술잔을 나누지 못할 듯한 예감이 드는구나. 나는 느낄 수 있다. 그가 이 세상에 없다는 사실을……."

확신에 가득 찬 목소리였다. 그러나 여전히 갈중천은 그 말을 믿지 않았다. 아무리 하늘같은 아버지의 말이었지만 신용이 가질 않았던 것이다.

"그냥 감일 뿐! 확인되지 않은 사실입니다. 아버님께서 이렇게 정정하신데 그분께 별 일이라도 있겠습니까. 심려 놓으십시오."

"……."

흑도의 하늘은 침묵한 채 대답하지 않았다. 그리고 그날 아버지는 흑천맹주 자리에서 물러나 은거를 시작했다. 같은 날 그는 흑천맹의 맹주가 되었다.

그가 알기로는 그 날 이후, 아버지 갈중혁이 자신의 은거지에서 나온 적은 한 번도 없는 걸로 알고 있었다. 그런데 20년만의 외출이 아무런 통고나 기별도 없이 이루어지다니……. 설마 그런 일이야 없겠지만 불안의 그림자가 짙어지는 것만은 어쩔 수가 없었다.

"그런데 자네 지금 여기서 뭐하고 있나?"

상념에 잠시 빠져 있던 갈중천의 시선이 군사를 향했다.

"예에?"

군사가 찔끔하며 대답했다.

"빨리 안 찾으러 가고 여기서 멀뚱멀뚱 인형처럼 왜 서 있는 거냐고 묻는 걸세!"

범 같은 두 눈에서 비수처럼 예리한 섬광이 번뜩이며 노성이 터져 나왔다.

"당장 사람을 풀어 아버님의 행방을 탐문하도록!"

"예, 옙!"

갈중천의 일갈에 군사가 부랴부랴 달려 나갔다. 흑천맹주는 혀를 차며 그 허둥대는 모습을 바라보았다.

"정말 가출이라도 하신건가?"

이 질문에 대답해 주는 사람은 아무도 없었다.

마천각(魔天閣) 심처(深處)

대공자는 자신이 들고 있던 보고서를 갈기갈기 찢어버렸다. 하얀 꽃잎처럼 찢어진 종이가 허공중에 날렸다. 섬뢰마검 동방학 사망, 잔뢰마도 공패 중상, 비사신군 모사령 행방불명. 그 외 혈쇄, 혈창, 혈궁이 사망했다.

뼈아픈 손실이었다. 그리고 전혀 예상치 못했던 타격이기도 했다. 치사한은 이마를 바닥에 찧으며 송구스럽다는 듯 벌벌 떨고 있었지만 대공자는 그곳으로 눈길 한번 주지 않았다.

그러나 대공자가 다른 한 장의 보고서를 받았을 때 그의 분노는 순식간에 환희로 탈바꿈 했다. 한빙지옥처럼 차갑고 냉정하던 대공자의 입에서 대소가 터져 나온 것은 정말 보기 드문 놀라운 광경이었다.

"으하하하! 이 보고가 정녕 사실인가요?"

"그 때문에 공 봉공께서 죽음 직전의 위기까지 몰리셨다고 하니 사실이 분명합니다."

여전히 이마를 돌바닥에 찧은 채 치사한이 대답했다.

"좋아요, 좋아! 이것이 사실이라면 앞의 피해 따위와는 비교할 수 없는 크나큰 보배같은 성과로군요. 그동안 꼭꼭 숨어서 우릴 짓누르던 방해물이 깨끗이 이 세상에서 사라졌다니 말입니다. 이제 어떠한 장애도 우릴 막을 수 없을 겁니다. 그 둘 중 어느 한쪽만 없어도 그것은 없는 것도 마찬가지니까요."

"그⋯, 그렇습니다. 이제 그분의 앞길을 막을 수 있는 자는 이 강호에 존재하지 않습니다. 참으로 기쁜 일이 아닐 수 없습니다."

"그러나 아직 눈엣가시들은 많이 남아 있지요. 치 군사!"

대공자가 부드럽게 치사한을 불렀다. 화는 이미 거의 다 풀린 모양이었다.

"예! 하명하십시오."

차갑게 빛나는 얼음 칼날 같은 눈동자가 깊은 어둠 속을 날카롭게 응시했다.

"준비를! 직접 화산으로 가겠습니다."

"존명!"

치사한이 더할 나위 없이 공손한 자세로 부복하며 대답했다.

마침내 그가 직접 움직이기로 결정한 것이다.

화산파의 영역
- 매화검선 유환권

"대사형!"
주작단원이자 화산파의 일대 제자인 조천우가 비류연을 불렀다.
"?"

태평할 정도로 느릿느릿하게 비류연의 시선이 한 남자에게로 돌아갔다. 비류연은 잠시 동안 침묵한 채 조천우를 지긋이 바라보았다.
"……."

조천우의 인상이 살짝 찡그려졌다. 저 생면부지의 사람을 쳐다보는 듯한 대사형의 시선이 내심 못마땅했던 것이다. 마치 오늘 처음 보는 사람처럼 대하는 저 시큰둥한 태도는 무엇이란 말인가?

기나긴 시간이 힘겹게 침묵을 실어 날랐다.

"…, 너 누구냐?"

마침내 비류연의 입이 열렸다. 그러나 떨어진 건 청천벽력이었다.

"네엣?"

경악과 충격에 조천우의 눈이 달걀처럼 휘둥그레졌다. 비류연은 그 모습에 고개를 갸우뚱했다.

"……."

휘이이이잉!

다시 긴 침묵이 흘렀다. 자신의 존재를 무시당한 조천우는 말뚝처럼 자리에 붙박인 채 멍하니 비류연을 바라보고만 있었다. 한참이 지나고서야 무표정하던 비류연의 입가에 엷은 웃음이 맺혔다.

"하하하하, 농담이야 농담! 그래, 화산파의 제자이며 주작단의 일원이자 내 사제인 조천우군! 무슨 일인가?"

왠지 보이지 않는 제3의 누군가에게 자신을 설명하는 듯한 어조라 납득할 수는 없었지만 조천우는 애써 인내심을 발휘해 참기로 했다.

곧 자신을 추스른 조천우가 말했다.

"이, 이제 곧 화산파의 영역입니다."

"흠, 그렇군."

"그렇지요."

"그래."

그걸로 두 사람의 대화는 막을 내렸다.

휘이이이잉!

산들바람이 그들 사이를 살랑이며 스쳐 지나갔다.

화산파(華山派) 연화봉 중턱 제3 연무장(練武場)

"휴우-."

화산파 제자 이경영은 화산파 절기인 이십사수 매화 검법을 일초부터 마지막 이십사초까지 쉬지 않고 검을 휘두른 다음 검집에 갈무리 했다. 기초 훈련 과정을 지나 처음으로 진산절기인 매화 검법 이십사수를 사사 받은 이후 칠년 동안 하루도 쉬지 않고 똑같이 반복해 온 검법이었다. 하지만 아직도 최후 사초식은 제대로 풀려나오지 않았다.

'언제나 되어야 묘경에 들 수 있는 건가?'

백날 휘둘러 봐도 무엇이 잘못 되었는지 도저히 알 수가 없었다. 그런데도 사부님과 사숙님들은 한결같이 잘못을 지적했다. 그러나 알지 못하는 것을 고칠 수 있을 리가 없었다.

이경영은 벌써 3번째 낙방의 고배를 마셨다. 이번이 4수째였다. 이번에도 실패하면 천무학관의 꿈은 접어야할지도 몰랐다.

2년 전 자신이 떨어진 대신에 사제인 윤준호가 붙은 것을 보고 얼마나 놀랐던가. 그날 그는 머리 속을 하얗게 태우는 질투의 불꽃에 미쳐버리는 줄 알았다. 그래서 그는 길길이 분노했다.

그는 절대 인정할 수 없었다. 그런 울보 겁쟁이가 자신 대신에 천무학관의 관도가 된다는 사실을 말이다. 태사부의 후의(厚意)가 없었으면 그런 거짓말은 일어나지도 않았을 것이다. 그 생각은 지금도 변함이 없었다.

그 후 그는 절치부심 다시 한번의 입관 시험을 더 치렀지만 결과는 보는 대로였다. 또 다시 어이없게 떨어져 지금 이렇게 연무장에서 미친 듯이 검이나 휘두르는 처량한 신세가 된 것이다. 아직도 그는 왜 자신 대신에 윤준호가 뽑혔는지 이해가 되지 않았다. 꾹꾹 눌러놓았던 감정이 과거의 쓴 기억과 함께 되살아나자 갑자기 화가 치밀었다.

"젠장! 망할! 썩을!"

명문의 제자로서 차마 내뱉기 힘든 말도 이런 꿀꿀한 기분 상황 하에서는 거침이 없었다. 검도의 길은 멀기만 했다.

"이 사형, 이 사형(師兄)!"

이때 봄바람처럼 싱그러운 목소리가 저편 멀리서 들려왔다. 암울했던 그의 마음을 단번에 밝게 만들어 주는 봄의 훈풍 같은 목소리였다. 소리가 점점 더 가까워졌다. 무척이나 귀엽고 발랄해 보이는 생명력이 가득 넘치는 소녀였다. 이제 막 꽃망울을 터트리기 전의 꽃봉우리 같았다. 곧 저 꽃망울이 터지며 아름다움의 향기를 사방에 흘릴 것이 분명했다. 소녀의 이름은 그의 사매로 이름은 소유경이었다. 그녀는 그 귀엽고 깜찍함 때문에 현재 사문 어른들의 귀여움을 독차지하고 있었다.

소녀는 현재 올해 천무학관 입관 시험을 준비하고 있기도 했다. 그러나 동년배 중에서 매화 검법에 대한 이해도가 가장 뛰어났기에 장로들 중 누구도 그녀의 낙방을 예견하는 이는 없었다. 4수생인 자신과는 대접 자체가 달랐다.

어느새 소녀는 그의 옆에 다가와 있었다.

"이 사형! 소식 들으셨어요?"

"무슨 소식 말이냐?"

"천무학관 화산규약지회 대표단에 조천우 사형이 뽑혔데요!"

"당연하지! 조 사형이 안 뽑히면 누가 뽑히겠느냐!"

이경영은 기쁜 듯 고개를 끄덕였다. 화산일웅이라 칭해지기도 하는 조천우는 이경영의 우상이기도 했다. 같은 남자라도 반할 만큼의 기개와 빼어난 검기의 소유자였다.

"그리고 또 한 명의 화산파 제자가 뽑혔다고 했는데……."

"호, 혹시 정 사저냐?"

다급하게 되묻는 그의 눈동자가 순식간에 열망으로 차올랐다. 정 사저란 화산일선녀 정하경을 칭하는 말이었다. 그녀는 조천우와는 다른 의미에서 그의 동경의 대상이기도 했던 것이다.

"아니에요. 분명히 남자라고 들었는데……."

금세 이경영의 어깨가 축 늘어졌다. 얼굴에는 노골적일 정도로 실망스런 기색이 역력했다. 만일 정 사저였다면 이번 기회에 먼발치에서나마 얼굴이라도 볼 수 있었을지도 모른다는 얄팍한 기대 심리를 품었었던 것이리라.

"그런데 누굴까요?"

"글쎄다. 곧, 알게 되겠지."

그러나 대꾸하는 그의 목소리에는 예전 같은 열정이나 호기심은 이미 사라져버린 이후였다. 그때 또 한 명의 후보가 남자라는 말을 들은 그때부터…….

어린 사매 앞에서 속 보이는 행동이었다. 그러나 이경영도 소유경도 나머지 한 사람의 대표가 그 울보 겁쟁이로 정평이 나 있는 윤준호일 것이라고는 꿈에도 생각지 못하고 있었다.

화산(華山) 연화봉(蓮花峰)
화산파(華山派) 상궁(上宮) 대회의실 섭매전(葉梅殿)

이곳에는 지금 화산파 장문인을 필두로 한 12명의 장로들이 모여 회의를 하고 있었다. 회의의 주제는 이제 곧 화산파의 영역으로 들어

온다고 연락이 온 화산지회 대표단을 어떻게 환영하는가 하는 것에 관한 것이었다.

지난 백 년간 그 일은 매번 화산파의 소임이라고 단단히 굳어져 있었던 것이다. 화산파도 이 일을 영예로 알고 항상 성심성의껏 수행했다. 때문에 올해도 그 대접에 감히 소홀할 수가 없는 것이다.

이미 대표단 환영에 대한 이야기는 어느 정도 마무리되어 있었다. 남은 것은 노인들의 한담 정도로 치부될 정도의 사소한 일이었지만, 아무래도 이들은 그것에 더욱 관심이 많은 모양이었다.

"하지만…, 보고 싶군요."

장문인이 별 대수롭지 않은 화제라도 입에 올리는 것처럼, 딴청을 피우며 말했다.

"그렇죠. 한번 보고 싶죠."

그러자 이에 동조하기라도 하듯 검련 장로가 고개를 끄덕였다. 그는 제자들에게 검을 가르치는 입장이었다. 특히 타류의 검법에 대한 관심이 클 수밖에 없었다. 비록 내색하고 있지는 않지만 이번 일에 대해 누구보다 안달이 나 있는 사람이 바로 그였다.

"으음……."

잔잔한 호수 위에 풀어놓은 물감처럼 감정이 번져 나갔다. 이번 대표단 일행의 구성이 무척이나 이 노인들의 흥미를 자극하고 있었다.

천하오검수 중 일인인 빙검이 대표단을 이끌고 있다는 사실이 알려진 것이 사건의 발달이었다. 이들은 검의 길을 함께 걷는 자로서 그의 검기를 한번 견식해 보고 싶었던 것이다. 그 마음이 이들의 마음 한 구석에 똬리를 튼 채 사라질 생각을 하지 않았다. 이런 욕심이 전혀 없었다고 한다면 그것은 거짓을 고하는 행위가 될 것이다.

한 문파의 장로쯤 되면 큰일이 없는 한 사문을 비우는 일이 극히 드물었다. 그러다 보니 세상의 소식과는 아득히 멀어질 수밖에 없었다. 강한 검객이 나타났다는 소문이 강호 전체에 파다하게 퍼져도 직접 눈으로 볼 수 있는 기회란 하늘의 별따기 같은 것이다. 물론 구대문파 중 하나에 검문(劍門)으로 이름 높은 화산파인지라 자신의 실력을 뽐내고 싶어 하는 자들이 매번 줄을 잇고 있기는 했다. 하지만 대부분이 어중이떠중이로 그중 제대로 된 실력을 갖춘 자는 백의 하나 정도에 불과했다. 즉 진품을 보기가 그만큼 어렵다는 이야기였다.

세상도 살만큼 살다보니 흥미로운 것보다 지루하고 권태로운 것이 점점 더 늘어난다. 게다가 수십 년씩 똑같은 일정에 따라 반복적인 생활을 무한 반복하다 보면 아무리 수행에 몸 바치고 있는 입장이지만 하품과 함께 흐르는 눈물에 익사하고 만다.

그럴 때면 사문의 것이 아닌 다른 것에 관심이 쏠리기 마련, 어린아이처럼 흥밋거리를 찾아 나서게 되는 것이다.

그런데 그 흥밋거리가 천하오검수 중 일좌인 검호(劍豪)라면 금상첨화(錦上添花)라 할 수 있었다.

이들 중에는 사실 예전에 빙검과 한번 검을 겨뤄봤던 사람들도 있었다. 그러나 그에게서 승리를 빼앗아 온 사람은 아무도 없었다. 아쉬운 석패가 그 결과였다.

때문에 더욱더 발전되었을 것이 분명한 그의 검기를 견식하고 싶은 것이다. 기회가 된다면 이번을 설욕의 기회로 삼는 것도 좋으리라. 어찌 생각해도 남는 장사였다. 회의실에 모인 모든 이들이 두 눈을 감은 채 진지하게 고개를 끄덕였다. 구미가 당기는 일임을 그들은 부정할 수가 없었다.

"그럼 이견이 없다면 빙검 관 노사께 다같이 한 번 가서 시연을 부탁해 보는 것으로 하겠습니다. 화산파의 검술을 향상시키기 위해서 말입니다."

말은 이렇게 하지만 장문인도 사실은 순수하게 빙검의 검기가 보고 싶은 것이다. 그의 의견에 적극적으로 동의한다는 듯 장로들이 고개를 끄덕였다.

"자, 그럼 그 이야기는 그렇게 정해진 것으로 알겠습니다. 그리고 이번 화산규약지회 대표단 말인데 설마 준호 그 아이가 대표단에 뽑혔다니 믿겨지지 않는 일입니다. 조사님들의 보살핌이 없었다면 도저히 일어나기 불가능한 기적이라고 여겨집니다."

그러자 다른 장로 한 명이 말했다

"그렇습니다. 그렇게 심약한 아이가 이런 큰일을 이루어 내다니 일대의 쾌거라 할 수 있지요."

동조의 끄덕거림이 전해졌다. 장문인의 시선이 한쪽을 향했다. 한 노인이 그곳에서 조용히 눈을 감은 채 숙면을 취하고 있었다. 그러나 장문인의 눈에 노여움 같은 것은 떠오르지 않았다. 지금 이 화산에서 저기 숙면을 취하며 앉아 있는 노인보다 높은 배분을 지닌 사람은 단한 명도 없었다. 저래 보여도 현 화산파의 최고 어른인 것이다.

물론 개인적인 마음으로는 낮잠은 회의실 말고 처소에 돌아가서서 하셨으면 하는 바람이 있었지만, 차마 그것을 강요할 수는 없었다. 노인 앞에서는 장문인 자신도 귀여운 어린애에 불과했던 것이다.

이 노인이 바로 화산검의 최고봉(最高峰)이자, 천하오검수의 수좌(首座)인 매화검선(梅花劍仙) 유환권 바로 그 사람이었기 때문이다.

그 사실만으로 모든 것은 납득되었다.

한낮의 햇살 속에 계속해서 꿈나라를 헤맬 것 같던 노인이 눈을 뜬 것도 바로 이때였다.

"이제, 끝났는가?"

잠에서 깨어난 노인이 아직 잠이 덜 깬 듯한 조용한 목소리로 말했다.

"다 끝났습니다!"

12장로 중 한 명이 대답했다.

"으하암, 과연 언제나 이 섭매전은 따뜻해서 좋단 말이야. 여기선 항상 맛있는 낮잠을 잘 수 있지. 나같이 힘없는 늙은이에게 참으로 고마운 호사가 아닐 수 없다네. 자네들은 그렇게 생각하지 않나?"

이 질문에 대답할 만큼 어리석은 자는 이곳에 없었다. 다들 들어도 못들은 척하는 현명한 대처로 이 난관을 타계했다. 여기 있는 이유가 회의에 참석하기 위해서라기보다 낮잠을 자기 위해서라고 말하는 듯한 모습이었다. 그러나 누구도 노인의 말에 토를 달거나 반박하는 사람은 없었다. 이미 다들 이 노인의 괴벽이나 기행에는 익숙해져 있었던 것이다.

"그럼 이야기가 어느 정도 마무리가 된 듯하니 이 늙은이는 이만 가 보겠네!"

노인의 숙면을 방해할 수 없었던 것처럼 이 노인이 가고자 하는 것을 말릴 수 있는 사람도 이곳에는 없었다. 그렇다고 해서 이 노인이 자신의 신분과 권위만을 믿고 함부로 전횡을 일삼거나 하는 법은 결코 없었다. 만일 그랬다면 노인이 지금 이 위치까지 오르지도 못했을 것이다.

이 노인이 억지에 가까운 부탁(거의 명령에 가까운)을 한 것은 2년 전 윤준호를 천무학관에 입관시킬 때 그때뿐이었다.

"태사숙님, 어디 가십니까?"

검련 장로가 일어나며 물었다. 겉으로 보기에는 나이 차가 얼마나 지 않을 것 같은데도 백발이 성성한 검련 장로에게 태사숙이라 불리는 유환권이었다.

"잠시 산책 좀 나갔다 오겠네. 며칠 걸릴지도 모르니 찾지 말게나."

며칠씩이나 자리를 비운다는 것은 드문 일이었지만, 유환권의 눈은 캐묻는 것을 허용하지 않고 있었다.

"그럼 수고들 하게나!"

나른한 햇살이 비치는 한낮의 회의실도 좋지만, 탁 트인 화산의 기경이 펼쳐져 있는 문밖도 좋았다. 시원한 바람이 나른한 노인의 육신에 힘을 불어 넣어 주었다. 가을의 남풍에 몸을 내맡긴 노인의 입가에 한줄기 미소가 맺혔다.

"설마 그 아이가 여기까지 해낼 줄이야."

비록 회의 중에 눈꺼풀을 닫고 자고는 있었지만 들어야 할 이야기는 모두 들은 터였다. 특히 윤준호의 얘기가 나왔을 때 노인은 체면도 잊고 벌떡 일어나 만세를 부를 뻔 했다. 그만큼 그가 귀여워했던 윤준호의 일은 장문인과 장로들뿐만 아니라 노인 본인으로서도 의외의 일이었던 것이다.

2년 전 화산을 떠나 천무학관으로 갈 때만 해도 심약하고 겁많은 아이였다. 그 성격 때문에 주위의 괴롭힘도 많이 당했으리라. 이미 오래 전부터 그 아이에게 천부적인 재능이 있다는 것을 눈치 챘지만, 매화 과민증이라는 천부(?)적인 약점이 그 보석 같은 재능을 무용지물로 만들어 놓고 있었다. 물론 여린 마음도 큰 걸림돌이었다.

그런데 2년 전 돌연 검을 휘두르다 검향지경(劍香之境)에 든 윤준호를 보고 얼마나 놀랐는지 모른다. 노인은 자신의 눈과 코를 의심했지만 그 독특한 향은 틀림없었다. 유환권이 억지를 써서라도 윤준호를 천무학관으로 보내기로 결심한 것도 바로 그날이었다. 한 아이에 대한 이유 없는 편애라고 얼마나 비난을 받았던가? 비록 배분과 위치가 있어 그 앞에다 대고 손가락질 하지는 않았지만 장로들의 불만은 익히 아는 바였다. 그러나 노인은 자신의 의지를 굽히지 않고 끝까지 관철시켰다. 장로들도 어쩔 수 없이 따를 수밖에 없었다.

천무학관에 가서도 그 심약한 성격 때문에 많이 고생하리라 여겼는데 인연이 있었는지 그 어려운 화산규약지회 대표 선발 시험에 합격하는 쾌거를 올렸다고 한다. 그동안 수면 밑을 흐리던 의혹의 시선들을 말끔히 처리해 준 것이다.(물론 완전히 일소된 것은 아니지만.)

주위의 눈총에도 불구하고 친손자처럼 윤준호를 귀여워하던 이 노인으로서는 감개무량할 수밖에 없었다. 아이가 늠름하게(?) 성장해 그런 의혹의 시선들을 말끔히 처리해 준 것이다.

'내 장난감을 가지고 놀 녀석이 나타났는지도 모르지.'

그 동안의 수행이 성과가 있었는지 일년 전 오늘 그는 검을 통한 명상 속에서 하나의 깨우침을 얻었다. 지난 일년은 그 깨달음을 정리하고 다듬기 위한 시간이었다 해도 과언이 아니었다.

그리고 일년 후, 한 권의 책이 완성됐다.

원래 무공의 전수란 비급이 2라면 사부의 가르침이 8이다. 비단 기술뿐만 아니라 오의라 불리는 기술의 핵은 모두 구전(口傳)으로 전해지는 것이 대부분이다. 이 구전을 책으로 옮긴다면 열권의 책이 있다 한들 그 안에 모두 담기가 불가능하다.

그렇다면 왜 비급이란 것이 필요한 것일까?

인간은 종종 뭔가를 잘 잊어버린다. 비급이란 사람의 머리 속에서 기술과 기억을 끄집어 내기 위한 일종의 도구이다. 인간은 망각의 동물이기 때문에 때로는 비급이라는 번거로운 작업의 귀찮음을 감수해야 하는 것이다. 또한 내가 안다 해서 남도 안다고 할 수 없기 때문에, 그 격차를 줄이기 위해서 비급을 만드는 것이다.

즉, 대부분의 무공은 비급만으로는 그것이 아무리 절세의 무공이라 불리는 것이라 해도 터득이 불가능한 것이다. 비급으로 그나마 가장 잘 전할 수 있는 것은 내공심법 정도일 것이다. 그렇지 않으면 문장 속에 깨달음을 담을 수 있는 천재가 기술했던가.

그러나 비급에도 여러 가지 유용한 점들이 있다. 특히 이미 어느 정도의 체계적인 바탕이 깔려 있을 경우, 그 가르침에 대한 연장선상의 이론서는 본인에게 형용할 수 없을 만큼의 도움을 주기도 하기 때문이다. 어쨌든 일생의 깨달음이 담긴 것이다. 아무에게나 전수해 줄 수는 없다. 우선 그릇이 되지 않으면 안 되는 것이다.

그런데 막상 비급이란 것을 써놓고 주위를 둘러보니 마땅히 전해 줄 녀석이 없었다. 장문인은 너무 늙었다. 같은 급수인 장로들도 마찬가지였다. 젊은 피에게 이를 전하고 싶었다. 그러나 아무나 이걸

본다고 깨우침을 얻을 수 있는 것은 아니다. 그리고 비급만으로 그 깨달음을 전한다는 것도 불가능했다. 그러자 사문의 후계자가 아닌 별도로 자신의 후계자를 갖고 싶다는 순수한 욕심이 생겼다. 고개를 들어 위를 바라보자 가을 하늘은 여전히 높고 푸르렀으며, 구름은 하얗고 햇빛은 따사로우며 바람은 자유로웠다.

"어디 그동안 얼마나 성장했는지 한번 시험해 볼까?"

백이십 살이 훨씬 넘은 이 노인은 문득 자신이 첫사랑에 빠진 사춘기 소년이라도 된 것이 아닌가 하는 생각에 피식 실소를 터트리고 말았다. 무척이나 마음이 쾌활하고 기대감에 가슴이 두근거렸다. 마음에서 우러러 나오는 미소를 지으며 노인이 자신이 가야 할 곳, 가 보고 싶은 곳으로 발걸음을 옮겼다. 축지법이라도 쓰는지 노인의 몸이 순식간에 상궁으로부터 멀어져 쭉쭉 아래로 내려갔다. 어지간히 마음이 급한 모양이었다.

섬서성(陝西省) 화음현(華陰縣).

중원오악(中原五嶽)의 하나인 화산(華山)이 위치한 지역이다.

그 안에 자리한 거대한 시진(市塵), 이곳은 실제로 화산의 그림자가 아침 저녁으로 드리워지는 곳이었다. 그리고 화산에 닿기 전에 위치한 가장 큰 마을이기도 했다. 성벽만 없다 뿐이지 화산파의 그늘 속에 차곡차곡 성장한 그 거대함은 일개 성(城)에 필적할 정도였다.

낙뢰곡의 큰 싸움 이후 그들은 별다른 방해 없이 수월하게 이곳까지 도착할 수 있었다. 부상자들 때문에 조금 행보가 늦어지기는 했지만 크게 일정에 차질을 줄 정도는 아니었다. 여기서부터는 화산파

의 앞마당이기 때문에 사방 곳곳에 화산파의 이목이 퍼져 있어 천겁
우는 물론이고 흑도 세력마저도 눈 씻고 찾아도 찾아볼 수 없는 곳
이었다.

조천우를 앞세운 천무학관 대표단들은 매화객잔이라는 간판이 붙
어있는 이 마을 제일 큰 객잔 앞에 와 있었다.

"이곳입니다."

"으음, 수고했다."

빙검이 만족스러운 듯 고개를 끄덕였다. 그들이 묵기로 되어 있는
숙소는 이곳 지리를 손바닥 보듯 알고 있는 조천우가 있었기에 조금
도 헤매지 않고 올 수 있었다.

화산파 바로 앞에 위치한 도시에서 가장 큰 주루의 소유주는 누구
일까? 아마 백이면 백, 화산파 제자의 주루일 것이다. 아니면 그들과
직접적인 관계가 있던가.

이곳뿐만이 아니다. 다른 대문파가 위치한 곳도 모두 마찬가지였
다. 그 문파에서 가장 가까이에 위치한 마을의 가장 큰 이익 집단은
백이면 백, 이들 문파와 연관을 지니고 있다. 객잔뿐만 아니라 표국,
주루 심지어는 기루까지 관련된 경우도 있다.

그들은 사문의 비호를 받으며 그 성세와 세력을 넓혀 나간다. 어디
감히 뒷골목 무뢰배 따위가 그들에게 삥을 뜯을 수 있겠으며, 상납금
을 요구할 수 있겠는가. 목숨이 여벌로 서너 개나 된다면 모를까, 어
불성설이었다.

고풍스럽게 꾸며진 간판의 모퉁이를 보니 화산파의 독문 문양인
매화 모양이 작게 새겨져 있었다. 이곳이 화산파의 비호를 받는다는

것을 의미하는 상징이었다. 하긴, 이름부터가 매화객잔이니 얼마나 적나라하게 화산파와의 관계를 광고하고 있는지 잘 알 수 있었다.

역시 이곳의 주인 또한 공식대로 화산파의 은혜를 입은 속가제자였다. 세상을 살아가는데 연줄과 배경이 얼마나 중요한가를 보여주는 직접적인 예라고 할 수 있었다.

"들어가지!"

빙검이 말했다. 앞으로 그들은 이곳에서 며칠 묵어갈 예정이었다.

"어서 오십시오. 화산 제일의 명소인 매화객잔에 잘 오셨습니다. 저희 매화객잔은 항상 손님 여러분들의 편의를 위해 불철주야 노력하고 있습니다."

막 발걸음을 옮겨 안으로 들어가려 하는데, 이들이 범상치 않은 무리인 것을 눈치 챘는지 총관이 급히 달려 나와 인사한다. 투철한 직업 정신 탓인지 서론이 좀 긴 감이 없잖아 있었다.

"어디에서 오셨습니까?"

긴 서론이 끝나자 그제서야 손님을 여지껏 밖에 세워두었다는 것을 기억한 모양이었다.

"검과 용이 춤추는 곳에서 왔네!"

검룡(劍龍)은 천무학관의 상징이었다. 빙검의 대답에 총관의 눈이 화등잔 만하게 크게 떠졌다. 그리고는 떨리는 목소리로 되물었다.

"지금 가시고자 하는 곳은 어디십니까?"

망설이지 않고 다시 빙검이 대답했다.

"매화가 지지 않는 곳!"

"자, 잠시만 기다리십시오. 곧 주인님께 아뢰도록 하겠습니다. 일단

들어가시지요.”

문답이 끝나자 총관은 부리나케 몸을 돌려 안으로 뛰어 들어갔다. 그리고는 밖에까지 들릴 정도의 큰 목소리로 외쳤다. 이미 화산파의 기별이 들어간 것이 분명했다.

“오늘 영업은 끝이다. 남은 손님들은 모두 돌려보내도록!”

그리고는 2층으로 이어진 계단으로 황급히 달려 올라가며 외쳤다.

“등(燈)을 일제히 밝혀라. 귀빈께서 왕림하셨다. 모두들 나와 극진히 영접하라!”

빙검을 위시한 대표단들은 왕후장상에 부럽지 않은 요란한 대우를 받으며 안으로 들어갔다. 안에서 식사를 하던 손님들은 영문도 제대로 알지 못한 채, 정중한 사과의 말을 들으며 객잔 밖으로 나서야만 했다. 여기저기서 불평불만이 터져 나왔지만 사죄의 의미로 음식값을 치르지 않아도 된다는 말에 곧 수그러들었다. 객잔의 각 방에 묵고 있는 손님들도 마찬가지였다. 곧 가까운 객잔이 수배되었고, 그들의 짐은 일사분란하게 그 쪽으로 옮겨졌다. 그러나 이들 역시 지금까지의 숙박비를 치르지 않아도 된다는 말에 불만불평을 삼켜 버렸다.

곧 문이 닫히고 ‘영업 종료’를 알리는 팻말이 내걸렸다. 지나가던 사람들이 그 팻말을 보고는 고개를 갸우뚱거렸다. 12시진 낮과 밤을 잊고 해와 달과 더불어 휴일도 영업하던 매화객잔에 ‘영업 종료’의 팻말이 걸렸다는 사실은 누가 봐도 이상한 일이었던 것이다.

몇몇 호기심이 동한 사람들이 매화객잔에 접근했지만 그 내막에 대해서는 일언반구도 듣지 못한 채 정중하게 쫓겨나고 말았다.

다른 천무학관 대표들은 모두 식당으로 향했지만 모용휘가 제일

먼저 달려간 곳은 욕탕이었다. 아마 그동안 자신의 몸에 쌓였던 먼지를 참을 수 없었던 것이리라. 그러나 평소의 그도 남들이 보기에는 과연 저게 오랫동안 여행을 한 자가 맞는가? 하는 의심이 들 정도로 깔끔하고 깨끗했다. 그가 즐겨 입는 백의에는 무슨 조화가 부려져 있는지 때도 끼지 않았다. 참 불가사의한 일이었지만 누구도 거기에 대해서 알려고 하는 사람은 없었다.

곧 산해진미가 그들의 탁자 앞으로 줄줄이 이어져 나왔다. 술도 나왔다. 빙검과 염도는 오늘만큼은 술 마시는 것을 허용했다. 계속 해서 이어져 나오는 갖가지 미주(美酒)를 본 염도의 눈에 기광이 번뜩였다. 그동안 굶주렸던 술 벌레가 그의 뱃속에서 요동치고 있음이 분명했다.

화산 도착을 알리는 성대한 축하연은 한밤이 깊어가도록 그칠 줄 모르고 오랫동안 계속되었다.

비류연을 비롯한 대표단들은 오래간만에 기름진 음식으로 배를 채우고, 따뜻한 욕조에서 묵은 때를 씻어낸 뒤 폭신한 침대에서 잠을 청할 수 있게 되었다. 밤이 깊어가고 달이 점점 기울어감에 따라 쌓였던 피로가 폭신한 이불 속으로 풀려나갔다.

다음날!

비류연은 나들이를 가기로 했다. 계획을 들어보니 내일까지 출발할 예정이 없다는 이야기를 듣고서 마을 구경을 결정한 것이다. 일단 최우선적으로 나예린을 끌어들이는데 성공했다. 이 미녀는 그동안 빚을 졌다고 생각해서인지 거절하지 않고 비류연의 제안을 쉽게 받아 들였다. 모든 남자 관도들의 부러움을 한 몸에 살만한 일이었다. 나예린이 간다고 나서자 이 의외의 결정을 들은 독고령이 보호자 자격으로 가세했다. 이에 홍미를 느낀 은설란도 함께 했다. 이들 3명이 모이자 그 미모 때문에 주위가 황금빛 안개라도 깔린 듯 환해졌다.

그 외에 장홍과 모용휘, 남궁상, 윤준호가 이 행운의 나들이에 동참했다. 그리고 효룡도 끼어 있었다. 하지만 그는 그날 이후로 말수가 현저히 줄어들어 있었다. 일상생활에는 별 지장이 없는 듯하지만 현재 대화상대로서는 절대적으로 부적격이었다. 게다가 아직도 머리는 제대로 묶지 않는 산발이었고, 수염도 듬성듬성 정리되지 않은 채 자라 있었다. 그래도 손질할 생각을 전혀 하지 않고 있어 무척이나 추레한 모습이었다. 때문에 과거의 활달했던 그 모습은 찾아 볼래야 찾아 볼 수가 없어 보는 이를 안타깝게 했다. 다만 이마에 새로 난 날카로운 뇌인(雷刃) 모양의 상처만이 눈에 띌 뿐이었다.

그리고 그 곁에는 항상 이진설이 붙어 있었다. 물론 지금도 마찬가지였다. 가히 지극정성이라 할 만했다.

은설란의 걱정도 이만 저만이 아니었지만 내색하지는 않았다. 오늘은 그걸 잊고 기분 좋게 놀기로 했다. 효룡에게도 기분 전환이 되리라. 낙뢰곡 이후 화산으로의 여정을 서두른 그들에게 이처럼 번화한 시가지는 오래간만이었던 것이다.

은설란과 나예린은 예상되는 소란을 피하기 위해 면사로 얼굴의 반을 가렸다. 그러나 선천적으로 빛나는 그 우아한 자태는 그런 얇은 천 쪼가리 따위로 숨길 수 있을 리가 없었다. 그래도 최악의 상황만은 피할 수 있기 때문에 선택의 여지가 없었다.

게다가 스스로 잘 인식하지 못하고 있지만 독고령과 이진설의 미모 또한 대단한 것이어서 면사를 가리지 않은 이 둘만의 미모로도 사람들의 시선을 끌기에 충분한 것이었다. 때문에 길을 걸을 때마다 사람들의 주목을 끄는 것은 피할 수가 없었다. 아무래도 그것은 그녀들에게 숙명적으로 따라다니는 업인 것 같았다.

　많은 이들이 가던 길도 다시 되돌아서서 쫓아와 몇 번이고 몇 번이고 이 선녀들을 힐끗힐끗 훔쳐보았지만, 그 중 한 명인 외눈의 선녀가 내뿜는 무시무시한 서슬 퍼런 살기에 감히 딴 마음을 품지 못했다.

화산지회 안목품평회

행동력이 빼어난 건 돈 냄새를 잘 맡은 것인지, 아니면 호기심 때문인지 무림최고의 행사인 화산지회가 열릴 봉우리 앞은 벌써부터 벌 떼처럼 모여든 인파로 인해 인산인해를 이루고 있었다.

이 많은 사람들이 어디에 있다가 나타났는지 신기할 지경이었다.

특히 시진의 가장 큰 광장은 이른 아침부터 수많은 무리의 사람들이 각양각색의 차림들을 하고, 복작복작 거리며 몰려 있었다. 당연한 수순으로 그곳은 시끌벅적했다.

예로부터 인간이란 족속은 두 명 이상 모이면 입을 쉬는 게 예의가 아니라고 생각하는 듯 했다. 그러니 한두 명도 아니고 셀 수 없을 정도의 인간들이 모였으니 자연히 소란스러울 수밖에 없었다. 지나치지 않다면 그것은 활기 찬 것이 될 것이나, 조금 더 시끄러워진다면 소음덩어리가 되고 말 것이다.

특히 광장 동쪽이 집중적으로 소란스러웠다. 군중들이 가장 많이 밀집되어 있는 그곳은 소음과 잡음, 시끌벅적한 말소리로 어지러울 정도로 요란스럽기 짝이 없었다. 무엇이 이 많은 사람들을 이토록 끌어들이는가?

비류연은 자연스레 솟구치는 호기심을 감출 필요성을 별달리 느끼지 못한 관계로 서슴없이 그곳으로 발길을 옮겼다. 그러자 일행들이 그 뒤를 따라왔다. 그들 역시 호기심이 일기는 마찬가지였다.

"자, 거십시오. 거세요. 맞으면 천국, 틀리면 지옥! 당신의 운을 한 번 시험해 보는 겁니다."

사회자 한 명이 미리 만들어 놓은 단상 위에서 목청을 한껏 돋워 큰 소리로 외치고 있었다. 그의 한 손에는 여러 뭉치의 종이 쪼가리가 들려 있었다. 천무학관에서 천무쌍귀영이 했던 것과는 비교도 할 수 없을 정도로 거대한 대규모 안목품평회(眼目品評會)였다.

이곳에 밀집한 수많은 군중들이 한눈에 확인하기 용이할 정도로 흑판은 거대했다. 정면에서 보기에 오른쪽은 천무학관, 왼쪽은 마천각 진영인 듯 했다. 그리고 위에서부터 몇몇 이름들이 적혀있었다. 물론 빈곳도 당연히 있었다. 그러나 이 빈곳들도 곧 채워질 것이다. 현재 몇몇 곳을 제외한 나머지 곳들이 비어 있는 것은 아직까지 정확히 누가 출전할지 정확한 정보가 들어오지 않았기 때문이다.

현재 여기에 이름이 올려져 있는 이들은 이번 화산지회에서 절대로 빠질 수 없는 유명인들이었다. 그들의 출전은 도박사들에게 당연한 일이었던 것이다. 이들이 빠지면 이야기가 되지 않는다. 그만큼 현재 단 위에 올려진 이름의 소유자들은 그만큼의 쟁쟁한 명성을 이미 강호에 뿌려두고 있다는 이야기였다. 그 이름들 옆에는 각각 숫자로 배당이 적혀있었다.

용천명, 마하령, 청혼, 신유성 그리고 모용휘 등의 이름이 이미 올려져 있었다. 가장 젊은 나이임에도 쟁쟁한 이름의 선배들과 어깨를 나란히 하다니 과연 칠절신검 모용휘라 할만했다.

그중 가장 높은 지지율을 차지하고 있는 이는 과거의 전적 때문인지 취영검 신유성이었다. 다른 누구보다도 현재 그의 지지율이 앞서 있었다. 그 뒤를 바짝 추격하고 있는 이는 용천명이었다.

잠시 천무학관 쪽을 살펴보던 비류연이 왼쪽으로 시선을 돌렸다. 마천각 측에도 몇 개의 이름이 올라와 있었다. 비류연은 그것을 유심히 바라보았다. 흑판에 올려진 여러 개의 이름 중 가장 많은 지지율(당연히 배당은 낮았다)을 받고 있는 이름으로 자연 시선이 흘러갔다. 그 이름은 바로 오비완(吳碑腕)이었다.

"오비완? 저 사람이 누구야?"

"아니, 자네 철완도(鐵腕刀) 오비완도 모른다 말인가?"

장홍이 놀라서 되물었다.

"응, 몰라."

맥이 빠질 정도로 너무나 간단한 대답이 돌아왔다.

"마천각 출신의 이십대 젊은 층에서 가장 유명한 도객이라네. 특히 그 완력은 굵직한 철봉을 한여름 더위에 늘어진 엿가락처럼 장난스럽게 다룰 정도로 엄청나다고 전해지지. 그 힘이 얼마나 강하면 '손아귀가 찢어지고 싶다거나 자기 칼에 맞아 죽고 싶지 않으면 오비완의 일도를 정면에서 받는 어리석은 우를 범하지 말라!'라는 말까지 전해지겠나. 아직 나이가 삼십도 채 되지 않았는데 그 명성을 강호에 떨친 게 벌써 10년도 전이라네. 그리고 전번 화산규약지회 4강이기도 하지."

즉, 그만큼 우승 확률이 높다는 것이리라.

그리고 그 밑을 '안낙긴(安落緊)', '지두(至斗)' 등의 이름이 있었다. 물론 비류연으로서는 당연히 생전 처음 듣는 이름이었으나 다른 이들에게는 그렇지 않은 듯 했다.

장홍이 한숨을 내쉬며 저기 저 안낙긴이 지금 강호에서 절풍검(切風劍)이라는 이름으로 불리고 있는 유명한 젊은 검객이라고 부연 설명해 주었다. 그에게 걸린 돈도 상당한 것이었다. 그리고 그들 위로는 한 명이 더 있었다. 그곳에는 '비(飛)'라고 단 한자만 적혀있을 뿐이었다.

'누굴까?'

약간의 호기심이 일었지만, 계속 생각하기를 그만 두었다. 잠시 지켜보던 비류연은 한쪽에 있는 접수원에게로 다가가 조용한 목소리로 무언가를 소곤거렸다. 그리고는 가죽 주머니 하나를 내밀었다. 그 안을 확인해 본 접수원의 눈이 휘둥그레졌다. 그 접수원은 놀란 표정을 지우지 못한 채 주머니 안과 비류연을 번갈아 확인하더니 부랴부랴 무엇인가를 써서 비류연에게로 건네 주었다. 그리고는 진행자 중 한 사람을 급히 불렀다. 접수원의 말을 전해 들은 진행자도 표정을 보니 마찬가지로 무척이나 놀란 모양이었다.

비류연은 접수원으로부터 받은 종이를 품안에 갈무리하고 아무 일도 없었다는 듯이 돌아왔다.

"방금 그게 뭐였죠?"

자신의 곁으로 다가와 묻는 나예린의 질문에 비류연은 싱긋 웃으며 대답했다.

"일종의 선행 투자죠."

이윽고 진행자 중 한 명이 백묵으로 배당판 오른쪽 천무학관 측 빈 공간에 비류연이란 이름 석자를 적어 넣었다. 그리고 그 옆에 적힌 숫자는 놀랄 만한 것이었다. 웅성거림이 파문이 되어 군중 전체에게 퍼져 나갔다. 비류연은 조용히 미소지으며 그 모습을 지켜보기만 했다.

비류연이 노인을 만난 것은 만남이란 인연이 늘 그렇듯 우연이었다. 적어도 비류연은 그렇게 생각했다. 그만큼 이 노인과의 만남은 별다르지 않고 지극히 평범했다. 우연히 길을 가다가 마주친 것과 진배없으니 거기에 다른 의미를 부여한다는 것 자체가 우스운 일이었다.

이 노인도 안목품평회에서 자신의 행운을 시험해 보러 온 모양이었다.

"이보게, 통 큰 젊은이!"

먼저 말을 건 것은 노인 쪽이었다.

"할아버지께서 절 부르셨나요?"

빙그레 웃으며 비류연이 돌아보았다. 그곳에는 무척이나 평범해 보이는 노인이 한 명 서 있었다. 노인의 머리카락과 짧지 않은 수염은 새벽녘의 미명(未明)처럼 회색빛이었고, 키는 크지 않았으며 체구는 왜소했다. 그리고 작은 몸 위에 걸친 옷은 머리카락 색과 비슷한 빛바랜 잿빛 장삼이었다. 그리고 한 손에는 이름모를 나무로 깎아 만든 작은 지팡이가 들려있었다.

일견 평범해 보이면서도 왠지 평범해 보이지 않는 노인이었는데, 쉽게 나이를 짐작할 수 없는 눈을 지니고 있었다. 그림자 진 눈가에 자리한 두 개의 검은 눈동자는 오랜 세월의 지혜가 담겨 있는 듯 도저히 그 깊이를 측량할 수가 없었다.

인간의 금전에 대한 원초적인 욕망이 꿈틀대는 이곳과는 왠지 어울리지 않는 노인이었다.

"젊은이, 아까부터 쭉 지켜보고 있었네만 자네는 특이한 사람에게 돈을 걸더군 그래."

노인이 부드러운 음성으로 말했다.

"특이하다고요?"

노인은 고개를 끄덕였다.

"그렇다네. 노부는 여기서 오랫동안 저 배당판을 지켜보고 있었는데 아직 한번도 '비류연'이란 이름을 가진 사람에게 돈을 거는 사람을 보지 못했다네. 하긴 조금 전 그 이름이 올랐으니 아마 자네가 최초이겠지. 그리고 아마 최후일 거라고 생각하네. 노부는 꽤 귀가 밝다고 나름대로 자부하는 편이네만 그런 명성을 지닌 후기지수는 들어본 적이 없는 듯 하네. 지금이라도 바꾸는 게 어떻겠나? 아직 결정을 번복할 기회가 있다네."

노인이 진정으로 충고하자 비류연이 웃으면서 말했다.

"할아버지, 가장 큰 배당을 받고 싶지 않나요?"

"무슨 좋은 종마라도 알고 있나?"

노인도 비류연의 말에 흥미가 동하는 모양이었다.

"종마라뇨?"

"허허허. 아, 미안하네! 노부가 잠시 착각을 했군 그래. 자네는 가장 우승 확률이 높은 사람을 알고 있나?"

"당연한 걸 물으시네요. 질 것 같았으면 저 이름에 승부를 걸었을 리가 없잖아요? 할아버지도 저 사람에 걸면 절대 돈 잃는 염려는 없을 거예요."

그리고는 서슴없이 자신의 이름을 가리켰다.

"저 사람이 도대체 누군가? 노부도 여기저기서 강호의 흘러가는 소문을 들을 만큼 들었다고 자부하는 처지네만 저런 인재가 있다는 이야기는 아직까지 들은 적이 없었다네!"

"현인은 언제나 은인자중하며 자신을 드러내는 법이 없지요."

비류연의 고아한 대답에 독고령은 기가 차서 말도 제대로 나오지 않았다. 태연하게 자신을 저렇게까지 높일 수 있다는 사실에 그녀는 일말의 경외감마저 느꼈다.

조금만 더 용기를 내서 노력한다면 곧 오른손 검지로 하늘을 가리키고, 왼손 검지로는 땅을 가리킨 다음 큰 목소리로 '천상천하(天上天下) 유아독존(唯我獨尊)'이라고 외칠 것만 같았다. 물론 부처님께는 미안한 노릇이었지만 비류연이라면 충분히 가능한 일이라고 그녀는 확신했다. 나예린은 별 말 없이 그저 조용히 서 있기만 했다.

'역시 함께 오는 게 아니었어!'

독고령은 어찌어찌 하다 동행을 허락한 나예린의 판단을 그때 극구 말리지 않은 자신을 책망했다.

"그렇다면 자네는 저 현인이 누군지 잘 안단 말인가?"

노인은 호기심이 동하는지 집요하게 물고 늘어졌다. 비류연은 고개를 끄덕였다.

"그럼요! 이 세상에서 저보다 그에 대해 잘 아는 사람은 아마 없을 겁니다."

"그러시겠지."

독고령은 냉소적인 어조로 중얼거렸다.

"그건 어째서인가?"

"그건 바로 저 사람이 바로 저이기 때문이죠."

그리고는 싱긋 웃었다. 비류연의 말에 노인은 허리를 접고 심장에 안 좋을 정도로 크게 홍소를 터트렸다.

"으하하하하! 거참 재미있는 친구로군. 자신에 대해 그렇게 금칠을 하며 말하고도 부끄럽지 않나?"

비류연은 단호하게 고개를 저었다.

"진실을 말하는데 부끄러울 것은 없죠!"

그와 동행중인 남궁상과 장홍은 창천을 우러러보며 '하늘이 왜 안 무너지지?', '왜 벼락이 안 떨어질까?'라는 의미가 담긴 표정을 지어 보였다.

하지만 하늘은 서럽도록 맑고 푸르렀다.

"재미있는 친구로군, 정말로 재미있어. 그래, 그 현인님께서는 지금 어디에 머무르고 계시나?"

"매화객잔이란 곳에 머무르고 있죠."

"그런가? 좋은 곳에 머무르고 있군 그래. 오늘 이렇게 만난 것도 인연인 것 같은데 술이나 한 잔 하지 않겠나?"

"좋지요. 술값을 노인장께서 내신다면 절대 사양하지 않겠습니다."

비류연이 정중하게 대답했다. 그답지 않은 사교성이었다.

"하하하, 끝까지 재미있는 친구로군. 물론일세! 숨어 지내는 현인을 만난 기념으로 이 늙은이가 한 잔 사도록 하겠네."

노인의 말 중 비꼬는 기색은 어디에도 없었다. 이 노인은 지금 순수하게 기뻐하고 있는 것이다.

"그런데 저쪽 녹색 옷을 입은 친구는 왜 저렇게 말이 없나? 평소에도 저런가?"

노인이 손가락으로 한쪽을 가리키며 말했다. 그곳에는 효룡이 서 있었다. 이미 이진설이 깨끗이 빨아냈기에 그가 걸친 연녹색 무복에 점점이 묻어있던 혈흔은 흔적도 없이 지워진 이후였다.

장홍이 대신 대답했다.

"아닙니다. 예전에는 쾌활한 친구였는데 얼마 전에 사고를 당해서 그 후로 말을 거의 하지 않습니다."

그 순간 노인의 눈이 순간적으로 흔들렸다. 한 젊은이의 불행이 안쓰러웠던 것일까?

"그래? 나을 수는 있는 건가?"

"예! 무서운 검기에 의해 정신이 충격을 받아 잠시 후유증을 앓고 있는 것뿐입니다. 곧 괜찮아질 겁니다. 여기 있는 이 소녀를 구하기 위해 목숨을 아끼지 않고 몸을 날렸으니 그 용기는 칭찬받아 마땅한 것이지요. 그도 결코 후회하지 않을 것입니다."

장홍이 효룡의 옆에서 그를 부축하며 한시도 떨어지지 않고 있는 이진설을 가리키며 말했다. 이진설은 또다시 그때 그 일이 생각나자 가슴이 뭉클해지고 코끝이 찡해졌다. 벌써 그렁그렁 눈물이 맺혀 금세 흘러내릴 것만 같았다. 지금 그녀의 바람은 한시라도 빨리 효룡이 예전의 모습으로 돌아오는 것, 오직 그것뿐이었다.

"호오? 이 소녀를 말인가?"

노인의 부드러운 시선이 이진설을 향했다.

"네, 그렇습니다."

"사내로서 마땅히 해야 할 일을 했군. 그의 아버지도 절대 그 일에 대해 나무라지 않고 그를 자랑스러워 할 걸세."

"물론이지요. 게다가 곧 가뿐하게 회복될 겁니다."

날카로운 눈빛으로 효룡의 전신을 위에서 아래까지 샅샅이 훑어본 노인은 곧 고개를 끄덕였다.

"암, 그렇고 말고! 그건 그렇고 무척이나 잘 생긴 건장한 청년이로 군. 꾸며 놓으면 훨씬 더 훤칠하겠네 그려. 작은 아가씨, 이 젊은 친구는 곧 예전의 모습으로 돌아올 테니 너무 심려하지 말게나. 이 정도 고난에 쓰러질 관상이 아닐세! 암 아니고, 말고!"

노인의 따뜻한 말에 이진설이 효룡의 손을 꼭 움켜잡았다. 그 모습을 지켜보는 노인의 입가에 엷은 미소가 서렸다.

"자, 그럼 가세나! 오늘 밤은 잠을 잊고, 달과 별을 벗 삼아 진탕 마셔 보세나!"

젊은이가 무색할 정도로 호기롭게 외친 노인은 비류연의 대답도 듣기 전에 지팡이를 짚고 인파 속을 헤치며 성큼성큼 걸어가기 시작했다. 이미 거절하기도 난처한데다가 공짜 술을 대접해 주겠다는데 거절할 비류연도 아니었다.

"그럼 놓치기 전에 어서 가죠."

그리고는 앞장서서 걷기 시작했다. 하는 수 없이 다른 이들도 이에 따랐다. 어느 새 일행을 이끌고 있는 비류연이었다.

남궁상이 비류연에게 의아함을 감추지 못하며 말했다.

"특이하군요. 항상 사람을 내리 깔아 보던 대사형이⋯, 아무리 노인이라지만 저렇게 공손하게 대하다니?"

저 정도가 공손이라면 할 말 없지만 남궁상으로서는 그것마저도 무척이나 생경한 경험이었던 모양이다. 하지만 아무리 그렇다 해도 너무 정직하게 자신의 감정을 드러내는 남궁상이었다.

"저 노인이 그만한 대우를 받을 자격이 있기 때문이다. 넌 정말 모르겠냐? 저 나이든 노인의 껍질 안에 숨겨진 강력한 힘을? 저런 놀라운 인물이 왜 이런 곳에 있는 걸까⋯⋯? 그것도 자신을 숨긴 채? 저 노인은 아마 내가 강호에 나온 이래 만난 사람 중 가장 강한 사람일 거야!"

비류연은 그것을 자연스럽게 알 수 있었다. 아무리 진면목을 숨기려 해도 그의 눈은 속일 수 없었다. 하지만 왜 여기 있는지에 대해서는 비류연으로서도 풀리지 않는 수수께끼였다. 남궁상은 비류연이 누군가에게 이렇게까지 숨김없이 감탄하는 모습은 처음이었다.

"글쎄요? 진짜 그렇게 놀라운 인물인가요? 제가 보기에는 그냥 평범한 노인네 같은 데요."

딱!

"악!"

남궁상의 이마에 알밤이 기다렸다는 듯이 작열했다. 비류연이 딱하다는 듯 혀를 찼다.

"쯧쯧, 궁상아! 궁상아! 언제 철들래? 네 녀석이 저 노인의 진심 어린 일검을 일초만 막아낼 수 있어도 내가 너를 더 이상 궁상이라 부르지 않으마."

남궁상의 눈이 놀랍다는 듯 휘둥그레졌다.

"히엑! 그…, 그 정도로 대단한 사람이란 말입니까? 절대로 그렇게는 안 보이는 데요?"

대사형의 제안은 구미가 당기는 것이었지만 그에게 그걸 실행할 만한 용기는 없었다.

"네가 언제부터 이 대사형의 말에 의심을 품기 시작했느냐? 많이 컸다."

비류연이 다시 한번 주먹을 치켜들자 남궁상은 조건반사적으로 몸을 움츠렸다.

"헉! 아…, 아닙니다. 제가 어찌 감히……."

사색이 된 남궁상이 양손을 사래질 쳤다. 그 뒤에 이어지는 '의심을 품을 수도 있는 거죠, 살다보면!'이라는 말은 무병장수를 위해 그냥 속으로 삼켰다. 그런 진실은 이 세상에서 자신 혼자만 알고 있으면 되는 것이다.

"쯧쯧쯧, 믿음이 부족하구나. 믿음이 부족해! 아직 십년은 더 수련해야겠다."

비류연은 한심하다는 투로 핀잔을 주었다. 그러다 보니 남궁상은 주눅이 들 수밖에 없었다.

'하지만 진짜 아무리 뜯어봐도 그렇게까지 대단한 사람이라고는 보이지 않는데?'

비류연이 말한 숨겨진 강함을 찾아보려고 아무리 눈을 부라려도 그런 낌새 따위는 눈곱만큼도 느껴지지 않았다.

"뭐해! 빨리 안 오고?"

그 외침은 꽤 멀리서 들려왔다. 문득 정신을 차려보니 벌써 비류연 일행은 그를 홀로 시장 한복판에 방치해 둔 채 저 앞 쪽에서 걸어가고 있었다. 남궁상은 부랴부랴 그 뒤를 쫓았다.

중원표국과 중앙표국의 조우
- 견원지간

나들이를 마치고 의외의 동행 한 명과 함께 대로 삼거리의 중앙에 위치한 매화 객잔 앞으로 돌아와 보니 마을 한쪽이 웅성웅성 소란스러웠다.

마을 사람들 중 호기심이 강한 사람들은 이미 그 소란의 중심지로 달려가고 있었다. 자연 비류연 일행의 관심도 그쪽으로 쏠렸다.

그것은 하나의 행렬이었다. 건장한 갈색 말을 탄 무사 몇 명이 긴 행렬을 이끌고 있었다. 그 뒤를 따라오는 여러 대의 짐수레와 그 수레를 보호하듯 감싸며 함께 걸어오는 창검으로 무장한 무인들로 미루어 보아 어느 이름 높은 표국의 표행이 분명했다.

그들은 자신들의 소속과 신분을 알리기 위해 각 수레마다 깃발을 꽂아두고 있었다. 푸른 바탕 위에 연꽃과 검이 수놓아진 연화검기. 비류연과 그 일행은 그 깃발이 어디 표국의 상징인지 익히 잘 알고 있었다.

표행 선두에서 행렬을 이끌며 말을 타고 오고 있는 장대한 체구의 중년인은 중앙표국의 국주 십팔검 장우양이 분명했다.

"좀 늦었군."

지켜보던 비류연이 혼잣말로 중얼거렸다. 그런데 그 때 비류연의 눈이 살짝 찌푸려졌다. 비류연의 고개가 약간 삐뚜름하게 기울어졌다. 장우양과 나란히 말을 달리는 삿갓인은 애초에 그들의 일행에 없었던 사람이었다. 만났다 헤어진 후 일월의 운행이 서른 번도 채 바뀌지 않은지라 확실히 기억하고 있었다.

삿갓의 그림자 속에 흔들리는 은빛 수염으로 미루어 보아 노인이 분명했다. 그리고 언젠가 본 기억이 있는 수염 같았다. 과거의 어디에선가 만난 듯한, 왠지 생면부지가 아닌 듯한 기분이 강하게 들었다.

"누굴까?"

비류연이 한참 기억의 책장을 뒤지며 고민하고 있을 무렵. 그때 다시 한번 웅성거리는 소란스러움이 대로의 반대편에서 일기 시작했다. 그곳은 중앙표국 행렬과 정 반대되는 서쪽대로였다.

게다가 이번 웅성거림은 중앙표국 때보다 훨씬 더 크고 요란스러웠다. 수십 대의 마차바퀴가 지면을 구르는 소리가 파도 소리처럼 은은하게 울렸다. 멀리 들려오는 소리의 두께만으로도 저편에서 다가오는 행렬이 범상치 않음을 느낄 수 있었다.

삼거리의 중심에서 장우양이 오른손을 치켜들자 중앙표국의 표행이 걸음을 늦추었다. 장우양은 뒤따르는 아들과 함께 말을 나란히 한 채 천천히 걸어가며 다가올 무언가를 기다렸다.

이윽고 은은했던 파도 소리가 점점 더 높고 크게 울려 퍼지기 시작했다. 소수의 말발굽 소리와 함께 다수의 사람 발걸음 소리가 들려왔다. 군대의 행진 같은 일사불란한 발걸음 소리는 힘이 넘쳐흘러 사뭇 위협적이었다.

반대편 서쪽 대로에서 인파의 웅성거림을 헤치고 나타난 이들의 행색은 중앙표국과 판에 박은 듯 흡사한 모습이었다. 외견으로 미뤄 보아 마찬가지로 어느 표국의 표행임이 분명했다. 다만 그들은 중앙표국의 표행보다 더욱 화려하고 더욱 더 강대한 위용을 갖추고 있었다.

선두에 선 자는 무척 젊어 보였는데 화려한 금의(錦衣)로 몸을 감싸고, 허리에는 갖은 보석을 박아 넣고 금은으로 상감한 번쩍이는 보검을 찬 채 눈처럼 흰 백마를 타고 있었다.

"저 녀석, 돈 자랑이라도 하고 싶어 안달난 건가?"

비류연은 못마땅한 시선으로 금의청년을 바라보았다.

'돈은 자랑하라고 있는 게 아니라, 힘을 비축하듯 몰래 모으라고 있는 것이다!'라는 지론을 가지고 있는 비류연에게 저런 차림은 사치이자 쓰잘데기 없는 겉치레였던 것이다. 검에 금은보석을 덕지덕지 박아놨다고 해서 검술이 강해지는 것은 절대 아니기 때문이다.

바람에 펄럭이는 그들의 검은 깃발에는 황금빛 황소라는 매우 특별한 상징을 수 놓여 있었다. 검은 바탕에 금실로 수놓은 황금빛 황소는 바로 중원제일표국인 중원표국의 독문표식이었다.

수레를 지키고 있는 표사들은 하나같이 허리가 꼿꼿하고 몸집이 장대하며, 전신에서 기운이 넘쳐 보였다. 도무지 일반적인 표사라고 보기 힘든 기도였다.

"허허허, 저런 사람들을 고작 표사로 쓴다는 것은 인력 낭비에 금력 낭비일 텐데? 얼마나 귀중한 짐들이기에 저런 자들을 표사로 고용한단 말인가?”

회의노인이 도통 이해가 가지 않는다는 듯 중얼거렸다. 그들은 모두가 세상에 나가면 어느 표국에라도 가서 표두급은 쉽게 해 먹을 수 있는 그런 자들이었다. 점점 더 비류연 일행이 묶고 있는 매화객잔을 향해 다가오던 양측 표행이 동시에 멈추었다.

길은 좁고 행렬은 컸다. 즉 두 곳의 행렬이 동시에 지나가기에는 길이 너무 좁다는 사실이었다. 북쪽대로가 남아 있었지만 아무도 그쪽으로는 가고 싶지 않은 모양이었다.

“이제부터 재미있어 지겠군!”

홍미진진한 눈빛으로 미소를 입가에 매단 채 비류연은 앞으로 벌어질 사태에 신경을 집중했다. 이제부터는 두 표국간의 자존심 싸움이었다. 전운이 고조되는 것을 느낀 비류연은 일단 은빛 수염의 노인은 나중에 다시 생각하기로 했다.

일행을 남겨 둔 채 백마를 탄 청년과 그를 보좌하는 듯한 도객 한 명이 함께 걸어 나왔다. 자신의 위치를 결정하듯 그 도객은 청년의 반 마보 뒤에 자리 잡고 있었다.

장우양이 아들을 돌아보며 말했다.

“저쪽이 소국주니 네가 나가거라!”

상대가 소국주인데 국주인 자신이 상대할 수는 없었다. 아무리 중원표국에 비해 세가 작다 해도 이제는 어엿한 중원 4대표국의 하나로 발돋움한 중앙표국이었다. 무시당하거나 스스로의 가치를 평가절하 할 수는 없었다. 물론 이런 행동의 이면에는 일종의 피해 의식도 작용하고 있음을 부정할 수는 없었다.

국주 대신 국주 아들내미가 대신 나서자 중원표국의 후계자 소천표(小天　) 종무윤의 얼굴이 무시당했다는 불쾌감으로 살짝 찡그려졌으나 금세 다시 펴졌다.

"하하하, 오랜만입니다. 종 표두."

마상 위에서 장우강이 중원표국의 소국주 종무윤에게 포권지례를 취하며 말했다. 같은 표국업에 종사하는 국주들의 아들딸들은 상대가 비록 국주의 아들이라 해도 서로를 '소국주'나 '공자' 혹은 '소협'이라 부르지 않고 예외 없이 '표두'라 호칭한다. 지위가 실제 '표두'라기 보다 일종의 상징적 의미이다.

"오랜만입니다, 장 표두. 장 국주님께서도 안녕하신지요? 아버님의 지난 칠순 잔치 이후로 처음인 것 같군요?"

이 소국주에게 장우강은 그저 스쳐 지나가는 바람에 불과했던 모양이다. 장우강의 인사는 건성으로 받는 둥 마는 둥 금세 장우양과 대화를 텄다. 장우강따위는 안중에도 없다는 태도였다.

"그때는 큰 대접을 받았소, 감사하오."

물어오는 말에 답하지 않을 수가 없어 마지못해 대답하고 말았다. 장우강의 얼굴이 석탄을 달궈놓은 듯 벌겋게 달아올랐다. 장우양이 그런 아들을 눈짓으로 제지했다. 역시 자평하기에도 아직은 이 젊은 능구렁이에 비해 모자란 감이 있었다.

아들 장우강은 꼴사납게도 완전히 꿔다 논 보릿자루 신세였다. 이대로는 아예 중원표국의 그림자에서 벗어날 수 없다고 생각한 장우양은 자식 교육에 대한 열정이 불꽃처럼 솟구치는 것을 느끼며, 부족한 아들에게 좀 더 철저하고 엄격한 교육을 시켜야겠다고 남몰래 다짐했다.

"그런데 저분은?"

장우양이 종무윤 옆에 서 있는 훤칠한 키에 단단한 몸을 가지고, 무지막지한 기백을 뿜어내고 있는 무사를 가리켰다. 기세로 미루어 보아 최소한 대표두 이상의 인물이었다. 지적을 받고서야 자신의 실책을 깨달았는지 종무윤은 급히 소개를 한다.

"아! 소개가 늦었군요. 이분은 저희 중원표국의 총표두이신 삭풍도(朔風刀) 송책, 송 표두이십니다."

그제야 장우양이 놀란 표정을 지었다.

"아! 중원표국 팔표(八)의 한 분이신! 명성은 익히 들었소이다."

"과찬이십니다."

송책이 정중하게 답례했다. 하지만 왠지 상당히 무뚝뚝한 목소리였다. 현재 강호 제일의 표국으로 자타에게 공인을 받고 있는 중원표국에는 자국의 모든 표사들(분타국주 포함) 위에 위치하는 여덟 명의 총표두가 있었다. 그 한 사람, 한 사람의 무공이 초일류로 인정받을 정도로 높고 강하다고 정평이 나 있었다. 웬만한 중소표국의 국주보다도 업계 내에서는 훨씬 위상이 높은 사람들이었다.

그들은 소위 말하는 '표사들의 꿈'이라 할 수 있는 그런 존재들이었다. 일단 이들이 표행에 나서면 실패하는 일이 결코 없다할 정도로 (정말인지 아닌지는 차지로 치고) 뛰어난 실력의 소유자들이었다.

'요즘은 특 일급 표행이 아니면 아예 나서지도 않는다고 들었는데, 저 사람까지 나서다니 도대체 무슨 보물단지라도 운반하는 건가?'

장우양은 속이 편하지 않았다. 궁금증이 일었지만 그렇다고 직접 물어볼 수도 없었다. 중원표국과는 표행 속도를 경쟁한 것이지 그 안에 든 물품의 가치로 승부한 것이 아니었다.

또 한 가지 마음에 걸리는 점은 업계의 거물이라 할 수 있는 송책이 아까부터 시종일관 모든 대화를 종무윤에게 일임한 채 보좌관처럼 반 발짝 뒤로 물러나 있다는 사실이었다. 게다가 종무윤이 모든 상황을 주도하는데 대한 어떠한 불만도 찾아볼 수 없었다.

'마음 속으로 감복하고 진정으로 섬길 만큼 이 소국주의 실력이 뛰어나다는 걸까? 아니면 단순한 중원표국의 위광인가?'

그러나 종무윤은 중원팔표 중 한 명을 보좌관처럼 데리고 있어도 조금도 위축됨이 없이 당당했다. 아직 모자란 자신의 아들내미와 자꾸만 비교되는 것은 어쩔 수가 없었다. 방금 전보다 교육에 대한 열의와 열망이 곧 바로 두 배로 급증했다.

잠시 교육열에 들끓고 있던 장우양은 중원표국의 표행을 여기저기 살펴보다가 문득 이상한 점을 발견할 수 있었다. 그의 눈에서 기광이 번득였다.

"허허, 사고가 있었나 봅니다, 그려?"

중원표국의 표행을 자세히 뜯어보니 선두 행렬에는 별 문제가 없는 듯 했지만 뒤로 갈수록 짐수레의 여기저기가 그을려져 있고, 깃발 몇 기도 그 끝자락이 시꺼멓게 타 있었다.

종무윤이 머리를 긁적이며 말했다.

"하하하, 참 곤란했었지요. 갑자기 오는 도중에 큰 산불에 휘말려 버려서 말입니다. 하마터면 표물을 몽땅 날려버릴 뻔했지요. 이 정도 소소한 피해로 끝난 게 얼마나 다행인지 모르겠습니다."

겉으로는 난색을 표하며 웃고 있었지만 그의 속마음은 그렇지 않았다.

'왜? 우리 표물이 몽땅 소실되지 않아 분하시겠소이다.'

겉과는 다른 마음이었지만 그는 젊은이답지 않게 쉽게 속마음을 겉으로 드러내지 않았다. 이미 이 젊은 나이에 겉과 속이 같지 않은 표리부동(表裏不同) 신공을 대성하고 있었던 것이다. 이 무공은 사업을 하는 사람에 있어서는 필수 무공이라 할 수 있었다.

그것은 장우양도 피차일반이었다.

'그래! 왜 그때 몽땅 소실되지 않았단 말인가? 정말 아쉽다, 아쉬워……. 조금만 더 화재가 드셌더라도…….'

하지만 내심과 다르게 나오는 말은 청산유수였다.

"저런, 저런. 그것 참 고행이었겠소. 정말 큰 봉변을 당할 뻔했구려. 조금만 더 노력했으면 알거지가 된 채 길바닥에 주저앉을 수도 있었던 듯 싶소이다, 그려. 허허허허!"

표리부동 신공은 장우양도 만만치 않은 수련의 경지를 보여 주고 있었다. 그러나 마지막 공격은 역시 노련함을 보여주듯 장우양이 더 날카로웠다. 장우양의 능글맞은 말에 종무윤의 한쪽 관자놀이가 가볍게 요동쳤다.

"그것보다 제가 소문으로 듣기로는 오는 도중에 녹림왕과 만났다고 들었습니다. 그 놀라운 소문이 사실인가요?"

장우양은 중원표국의 정보력에 잠시 깜짝 놀랐다. 그때라면 이들도 반대 방향에서 표행 중이라 정보를 얻기가 용이치 않았을 터였기 때문이다.

　"허허허, 그런 일이 있긴 있었소. 그 어·떤·표·국·도 피해갈 수 없다는 녹림왕을 산에서 만나고도 표물의 아무런 피해 없이 빠져나올 수 있었다니 저희 표사들이 그저 자랑스러울 뿐이오. 이제 곧 이 놀라운 업적과 검증받은 신용도를 모르는 강호인은 아무도 없게 될 것이오."

　그 '어떤 표국'에는 물론 중원표국도 포함되어 있었다. 뿐만 아니라 장우양은 그 업적에 대한 공로를 은근히 자기네들 중앙표국만의 힘으로 돌리며 은근히 자랑하였다. 자신의 표국에 대해 자부심이 가득한 이 오만한 소국주에게 그것은 분통터지는 일이 아닐 수 없었다.

　"하하하, 귀 표국이야말로 그 무시무시한 녹림왕에게 걸리고도 무사했으니…, 그야말로 행운이 하늘에 닿았겠군요. 천지신명께 감사해야겠습니다."

　운이 아닌 실력이었으면 어림없으니 까불지 말라는 이야기를 무척 정중하게 돌려 말한 것이다.

　"쯧쯧, 역시 종 표두는 아직 젊은 것 같소. 이 세상은 결과가 중요할 뿐이라오. 속 좁은 자들이 아무리 시끄럽게 재잘재잘 종알종알 떠들어도 우리 중앙표국이 녹림왕과 만나고도 무사히 표물을 운반했다는 사실에는 변함이 없다오."

　"장 국주가 이겼군. 쯧쯧, 잘 드는 좋은 칼 놔두고, 왜 대화로 이야기를 하는 건지……."

비류연의 관전평을 장홍이 받았다.

"과연, 늙은 생강이 맵긴 매운 법인 모양일세."

자신만만하게 말하는 장우양의 입가에 걸린 미소가 종무윤의 눈에
는 비웃음으로 비춰졌다. 굴욕감에 그의 주먹이 파르르 떨렸다. 살기
가 솟구치는 것을 그는 애써 참아야만 했다.

'늙은 너구리!'

'여우같은 놈!'

시선과 시선이 부딪치며 불꽃이 일었다. 아직 싸움의 불길은 전혀
꺼지지 않고 활활 타고 있었다.

"이보게, 자네들은 이 늙은이를 언제까지 이 길거리에 세워 둘 셈인
가?"

좀처럼 두 사람의 불길이 꺼지지 않자 장 국주의 옆에 말을 타고
있던 삿갓을 쓴 노인이 투덜투덜 불평을 터트렸다.

"이, 이런. 죄송합니다. 노 선배님. 면목이 없습니다. 하지만 이 젊
은 친구가 길을 막고 좀처럼 보내 주지 않는군요. 할 수 없이 무례를
범했습니다."

그의 태도를 보니 전신에 진심 어린 공경과 존경의 기색이 완연했
다. 그리고 어찌 보면 벌벌 떠는 게 아닌가 할 정도로 노인을 굉장히
어려워하고 있었다. 그러자 종무윤의 시선이 자연스레 그 노인을 향
했다. 저 늙은 너구리가 저렇게까지 존경을 표하는 노인의 정체가 뭔
지 궁금했던 것이다.

"이보게, 젊은 친구. 거기서 가자미눈 뜨는 거 그만두게나. 눈동자

돌아가겠네. 요즘 젊은 친구들은 날이 갈수록 건방져지는구만. 노인을 공경할 줄도 모르고 말이야. 안 그런가, 장 국주?"

노인이 은근슬쩍 장우양을 부른다.

"맞습니다, 노 선배님. 지당하신 고견이십니다."

마치 기다렸다는 듯이 맞장구를 친다. 왠지 벌레 씹은 듯한 종무윤의 떫은 표정을 보며 장우양은 무척이나 통쾌한지 환하게 웃었다. 마음속으로 노인에 감사를 표하며.

수모에 익숙지 않은 이 젊은이는 수치심에 버럭 고함이라도 지르고 싶었지만, 감히 그럴 수는 없었다. 한 표국의 국주인, 게다가 요즘은 경쟁 운운하며 중원표국의 명성까지 감히 넘보는 간이 부운 장우양이 저렇게까지 존경을 표하는 인물이니 보통 인물일 리가 없었던 것이다.

"뭘 그렇게 멀뚱거리나? 빨리 길을 비키게! 우린 갈 길이 바쁜 사람일세."

노인의 재촉에 종무윤은 벌컥 소리를 지를 뻔 하다가 얼른 삼켜 버렸다. 그리고는 애써 골이 파이는 얼굴 가죽을 강제로 편 다음 억지로 웃으며 말했다.

"핫하…, 저희보다 표행 규모가 작은 장 국주께서 선심을 써서 비켜주시면 훨씬 더 능률적이고 수월하지 않겠습니까?"

언중유골(言中有骨)이라 했던가? 장우양의 귀에는 그 말이 중원표국과는 규모 면에서 상대가 안 되는 중양표국이 당연히 주제를 알고 물러나야 되는 게 아니냐는 말로 들렸다.

"허허허, 정말 요즘 젊은 것들이란 왜 이리도 예의를 모르는 건지……. 쯧쯧쯧, 중원표국 아이들이 언제부터 이렇게 예의를 잃어버렸느냐! 니 할애비인 천표(天) 종무극도 내 앞에서 그렇게까지 버르장머리가 없지는 않았다. 천표가 존장을 대할 때 그렇게 대하도록 가르치더냐?"

"저…, 저희 증조부님을 아십니까?"

턱이 빠질 정도로 입을 쩌억 벌리며 종무윤은 떨리는 목소리로 되물었다.

"응? 증조부였냐? 그 녀석이 지 애비 따라 표행 다닐 때부터 좀 알고 지냈지. 우리 산에도 자주 왔었거든."

이제는 너무 놀라 더 이상 경악할 힘도 없었다.

"노…, 노 선배님께서는……?"

"참 궁금증이 많은 청년이로군. 자네한테 가르쳐 줄 이름은 없네. 나중에 자네 증조부에게 물어보게나."

"저…, 그분께서는 이미 십 년 전에 돌아가셨는데요?"

"아참! 그랬었지. 깜빡 잊었었군, 그래. 그럼 계속해서 까불다가 저세상 가서 물어보면 되지 않겠느냐?"

농담인지 진담인지 헷갈리는 말이었다. 종무윤에게 가까이 다가간 노인이 귓속말로 속삭이듯 말했다.

"사람들은 노부를, …라고 부른다네. 자넨 아마 잘……."

모를 걸이라고 말하려 했는데, 그 전에 반응이 튀어나왔다.

"히에에엑!"

노인의 짧은 속삭임을 들은 종무윤은 혼(魂)의 뿌리가 뽑혀 나가는 게 아닐까 할 정도로 기겁했다. 그대로 기절한 채 뒤로 쓰러져 낙마

하지 않은 것만 해도 기적이었다. 어지간히도 놀랐던 모양이다.

"진짜 누구지?"

비류연은 여전히 긴가민가한 채 고민에 빠져있었다.

"역시, 분명히, 확실하게, 저 할아버지! 어디선가 한번 만나 본 사람 같은데……."

비류연이 작은 목소리로 중얼거렸다. 고민이 점점 더 많아지고 있는 듯 했다.

"전생에서 만난 건 분명 아닌데 말이야…, 그렇다고 내세도 아니고……."

분명 기시감(旣視感)은 아니었다. 확실히 현세의 인연이었다.

"무슨 일 있는가?"

비류연과 마찬가지로 두 표국간의 신경전을 유심히 바라보던 회의 노인이 물었다.

"아, 아무것도 아닙니다. 저 삿갓노인을 어쩐지 예전에 본 적이 있는 듯한 느낌이 들어서요."

"확실히…, 자네가 그런 말이 하니 노부도 저 사람을 어디선가 만나 본 듯한 그런 느낌이 드는군."

그건 노인의 진심이었다. 진짜 예전에 저 삿갓노인을 만나본 적이 있는 것 같은 느낌이 들었던 것이다. 그러나 비류연과 노인의 의혹을 탐구하는 사색은 또 다른 소란 때문에 깨어지고 말았다.

날 매화가면이라 불러라!

두 표국이 대로를 가로막고 으르렁거리고 있을 때 삼거리의 남은 한 쪽 대로
가 또 다시 웅성웅성 소란스러워져 왔다.
"오늘은 여기저기서 소란스러운 날인가 보군요."

소란의 원인은 금방 알 수 있었다. 몇몇 마을 사람들이 '화산파다!
화산파가 왔다!'라고 고래고래 고함을 질렀기 때문이다.

화산파면 엎어지면 코 닿을 데 있는 곳이라 그곳 제자라면 매일 볼
수 있어 희귀하지도 않은데 웬 호들갑이지, 라고 생각했지만 그 행렬
을 보니 충분히 소란을 떨 만도 했다.

"대단한 위세로군. 한 문파가 이동하는구만."

회의노인이 솔직한 감상을 털어놓았다. 그들은 북쪽 대로에서 일
직선으로 걸어왔다. 화산파 장문인을 위시한 열두 명의 장로와 그들
을 수행하는 30여 명의 관도들이 그 길을 통해 걸어왔다. 매화 문양
이 수놓아진 무복을 입은 30여 명의 화산파 제자들은 모두가 다 명문
의 제자답게 창칼 같은 기운을 늠름하게 내뿜고 있었다. 이 중에는

이경영과 소유경도 끼어있었다.

　장문인을 위시해 열두 장로라니, 화산파 전체가 움직인 것과 다름 없는 진용이었다. 선두에 선 백발노인의 얼굴에 새겨진 세월의 고랑에서는 무한한 연륜이 느껴졌고, 세월의 무게에도 굴하지 않는 허리는 반듯 했으며 전신에서는 고아한 기품이 매화 향기처럼 감돌고 있었다.

　저녁 무렵 지평선에 깔린 황혼 같은 자색(紫色) 무복을 걸치고 옥대에는 고색창연한 한 자루 장검을 차고 있는 이 노인이 바로 현 화산파 장문인 풍매검(風梅劍) 양유중이었다.

　사문의 장문인을 본 윤준호가 깜짝 놀라 황망히 인사하러 달려가려 했지만, 그런 그를 비류연이 어깨를 덥석 잡아 말렸다. 조금 더 지켜보자는 의미였다. 윤준호는 어떻게 해도 어깨를 쥔 비류연의 손아귀를 떨쳐버릴 수가 없었기에 잠자코 그가 시키는 대로 할 수밖에 없었다.

　기별을 들었는지 매화객잔의 정문이 열리고 빙검과 염도를 비롯한 천무학관 대표단들이 걸어 나왔다. 화산파 장문인이 직접 왕림한 것을 안 중앙, 중원표국의 사람들 중 말 탄 사람들은 모두 하마했다. 말 위에 건방지게 앉은 채 맞이해도 될 만큼 화산파 장문인은 녹록한 지위가 아니었다. 모두들 최대한의 예의를 다하여 정중하게 포권지례를 취하며 길을 열어주었다.

　화산파 일행이 멈춰서고, 장문인 양유중만이 앞으로 걸어 나왔다. 그러자 빙검과 염도도 함께 걸어 나갔다.

　"허허허, 오랜만이외다. 관 노사!"

먼저 웃으며 가볍게 인사한 쪽은 화산파 장문인이었다.

"오랜만입니다, 양 장문인. 그동안 별래무양 하셨는지요?"

인사를 받은 장문인의 시선이 염도를 향했다.

"이건 정말 오래간 만이로군요, 곽 노사. 한 오 년 만인가요?"

떨떠름한 표정으로 염도가 대답했다.

"오래간 만입니다, 장문인. 별고 없으셨는지요?"

"허허허, 문파 안에 틀어박혀 소일거리나 찾고 있는 이 늙은이에게 무슨 별일이랄 만한 게 있겠소이까."

양유중이 사람 좋게 웃으며 응대했다. 그러자 빙검이 가볍게 웃으며 말했다.

"하하하, 겸손이 지나치시군요. 구파의 수장이신 화산파 장문인의 맡은 바 책임이란 결코 작고 가벼운 것이 아니겠지요. 백도 무림을 양어깨에 떠받치시는데 어찌 그 무게가 작다 할 수 있겠습니까. 그런데 이곳에는 어인 일로 어려운 걸음을 하셨습니까?"

"백도의 장래를 짊어질 동량들이 왔다는데 호기심이 일어나 자제할 수가 있어야지요. 그래서 이렇게 실례를 무릅쓰고 찾아왔소이다."

빙검의 검기를 견식하고 싶다는 말은 지금 당장 하지 않았다. 그건 개인적인 시간에 해야 될 이야기였다.

"하하하, 그렇군요. 잘 오셨습니다. 그럼 안으로 드시지요."

빙검은 더 이상 화산파 장문인을 길에 세워 놓는 것도 예의가 아닌지라 안으로 초대했다. 장문인이 막 승낙의 말을 하려는 그 순간!

"잠깐! 난 아직 보고 싶은 게 있다."

돌연한 외침과 함께 일진광풍(一陣狂風)이 몰아치며 돌풍에 휩싸인

흙먼지들이 분분히 날리며 시계를 어지럽혔다. 이윽고 먼지가 걷히자 화산파 진영을 등지고 한 인영이 홀연히 장내에 나타나 있었다. 자연히 사람들의 시선이 그쪽으로 쏠릴 수밖에 없었다.

감히 화산파 장문인의 앞을 가로막는 이 무례한 불청객의 출현에 분노한 이경영이 성난 외침을 터트렸다.

"무례하다! 감히 대화산파……."

'장문인의 앞길을 가로막으려 드느냐! 목숨으로 사죄하라!'라고 외치려던 이경영은 검련 장로의 과격한 제지에 그만 입을 다물어야 했다.

"우읍…, 우읍…….."

검련 장로를 비롯한 열두 명의 장로들은 이 돌발 사태에 무척이나 당황하고 있음이 역력했다. 하지만 그것은 분노라기보다는 황당함이나 어이없음, 그리고 괴로움에 더 가까웠다. 장문인 양유중은 그 복면인을 보고는 '끄응' 앓는 소리를 내며 '어이쿠 두야!' 하는 모습으로 이마를 짚었다.

화산파 장문인 일행을 맨 등 하나로 떡하니 막고 서 있는 이 배짱 좋은(미친 게 아닌가? 의심될 정도로) 복면인은 색 바랜 자색 무복에 허리에는 역사가 오래된 듯한 고풍스런 장검 한 자루를 차고 있었는데 그 복면만은 급조해서 만든 티가 역력했다.

복면인하면 이제는 치가 떨리는 빙검과 염도였지만 화산파 장문인 앞이라 다짜고짜 검을 휘두르지는 않고 있었다. 게다가 화산파 진영의 분위기도 싱숭생숭 이상하기 짝이 없었다.

"귀하께서는 누구시오? 혼자인 몸으로 보아 급한 용무라도 있는 모양이오만?"

"본인의 이름은 바로……."

그자는 금방 대답하지 않고 말을 질질 끌었다.

"바로?"

더욱 많은 시선이 응집되었다. 뭔가 고민이라도 있는지, 아니면 자기 자신의 이름이라도 잊어 버렸는지 잠시 생각에 잠겨 있던 복면인이 이윽고 가슴을 쭈욱 펴고는 당당하게 외쳤다.

"…본인은 매화가면(梅花假面)이라 하오!"

"커흑!"

그 순간 화산파 장문인 풍매검 양유중이 침투경이라도 한 방 맞은 사람처럼 배를 움켜잡으며 폐부를 쥐어짜는 듯한 소리를 토해냈다.

매화가면!

급조한 티가 역력한 실로 최악의 작명 감각이라 할 수 있었다.

"고수네!"

"고수군!"

동시에 같은 말을 내뱉은 비류연과 노인이 서로를 마주보며 씨익 웃었다.

"저…, 고수…, 인가요?"

조심스레 남궁상이 되물었다가 돌아오는 것은 천벌강림뿐이었다.

딱!

"이걸로 상황은 더욱 재미있게 되었군, 그래!"

비류연의 얼굴에 마치 불구경하는 사람 같은 흥미진진한 표정이 떠올랐다. 잿빛머리 노인도 결코 지지 않았다.

"감히!"

예고도 없이 나타난 복면 불청객의 무례에 분개한 염도가 성큼성큼 발걸음을 옮겨 노인에게로 다가가려 했다. 본때를 보여주려는 것이리라. 하지만 생각과 다르게 그의 발은 지면에 못이라도 박힌 듯 꿈쩍도 하지 않았다.

'어라?'

마음과 반대로 강호 생활에 이골이 난 냉정한 육체는 그 노인에게로 다가가기를 거부하고 있었다. 그제서야 염도는 저 복면인이 실로 상상할 수 없을 정도의 검기를 지닌 고수라는 것을 깨달았다. 저자는 육신이 위험 신호를 감지하고 그에게 정지 신호를 보낼 만큼의 초강자인 것이다. 옆을 지켜보니 빙검도 같은 검객 나부랭이로서 손이 근질근질한 모양이었다. 같은 검객으로서 이미 상대의 기를 읽은 것이다.

"그래서 용무는 무엇입니까?"

"여기에 강한 검객이 있다고 해서 같은 검객 나부랭이로서 한 번 그 검기를 견식 하러 왔다네!"

그 목소리는 단전으로부터 직접 울려나오는 듯한 강하고 힘 있는 목소리였다.

"저…, 저렇게 과격한 방법으로……."

장문인의 목소리는 침통했다.

"지금이라도 늦지 않았으니 말려야 하지 않겠습니까?"

"하지만 이게 좋은 기회일 수도 있지요."

"하지만 아무리 그래도 이건……."

열두 장로들 사이에서 소곤소곤 작은 목소리로 분분한 의견이 난립했다.

"그 강한 검객이란 누구입니까? 사정에 따라서는 상대해 드릴 수도 있습니다."

　빙검은 당연히 그것을 자신이라고 생각한 듯 했다. 틀린 말은 아니었다. 게다가 빙검 자신도 이 웃기는 이름을 지닌 복면검객과 한번 검을 섞어 보고 싶었다. 얼어붙어 있던 검객으로서의 피가 낙뢰곡에서 섬뢰마검에 자극되어 녹아 내렸고, 지금 또 다시 이 복면인에게 자극되어 끓어오르려 하고 있었다.

　섬뢰마검과 대면한 뒤로 아직 더욱더 실력 증진이 필요하다고 느끼고 있었던 빙검이었다. 그 상대로 이 복면인만한 이가 없을 듯싶었다.

　그러나 복면인의 대답은 그의 기대를 산산조각 내는 것이었다.

"저 아이와 한번 정식으로 겨루어 보고 싶네."

　복면인의 손이 한쪽을 가리켰다. 그곳은 바로 비류연이 서 있는 곳이었다.

"에, 저요?"

　비류연이 손가락으로 자신의 얼굴을 가리켰다. 그러자 매화가면은 고개를 가로저었다.

"그럼 저요?"

　뒤를 이어 남궁상이 자신을 가리켰다.

"아니, 자네 말고 그 옆에!"

"저 말입니까?"

　모용휘가 반문했다. 이번에도 그는 고개를 가로저었다.

"아니, 자네도 물론 훌륭하지만 그 옆에 말일세. 거기 약간 키가 작고, 머리가 갈색인 아이 말일세."

머뭇거리던 윤준호가 조심스럽게 손가락을 옮겨 자신을 가리켰다. 그는 하늘이 두 쪽 나도 그 유명한 검객은 자신이 아닐 거라고 단정하고 있었다. 그러나 그의 단정은 잘못된 것이었다. 그제서야 복면인의 고개가 크게 끄덕여졌던 것이다.

"그렇다네. 바로 자네 말일세. 내가 검을 섞어보고 싶은 것은 다른 누구도 아닌 바로 자네일세!"

"히에에에엑!"

경악스런 외침이 윤준호의 입에서 터져 나왔다.

'언제부터 윤준호가 명성 높은 강한 검객이 되었었지?'

금시초문(今時初聞)! 모두의 머리 속에 한결같이 지배하는 생각이었다. 빙검의 심란한 얼굴 표정을 보니 이 일이 그로서도 무척이나 의외이고, 자존심 상하는 일이었던 것이 분명했다.

"뭐해? 지명 받았으면 빨리 나가봐야지."

핏기가 땅속으로 몽땅 빨려나간 듯한 얼굴을 한 윤준호에게 비류연이 아무렇지도 않게 말했다.

"꼬…, 꼭 나가야 되나요? 안 나가도……."

그러자 비류연은 고개를 강하게 가로저었다.

"상대가 저렇게 적극적으로 구애하는데 바람 맞혀서나 몹쓸 짓이지. 어여, 나가봐!"

그렇게 말하고는 윤준호의 등을 떠밀었다. 윤준호가 무의식중에 형성된 사람의 울타리를 벗어나 사건의 현장에 발을 내디뎠다. 등 뒤를 돌아보자 비류연이 빨리 가보라는 듯 손짓을 했다. 돌아가도 다시 내칠 것이 분명했다. 수백은 족히 될 듯한 시선이 그의 한 몸에 꽂혔다. 뒤가 막혔으니 갈 수 있는 곳은 앞뿐이었다.

주춤주춤, 머뭇머뭇 거리며 부끄러움을 타는 소녀처럼 얼굴을 붉히며 걸어 나오는 윤준호를 본 화산파 제자들 사이에서 웅성웅성 소란이 일었다. 이들은 윤준호가 화산에서 얼마나 애물단지였는지 너무도 잘 알고 있었다. 그의 매화 과민증과 2년 전 천무학관 입관 사건은 너무나 유명해 모르는 사람이 없었던 것이다. 그 중에서도 특히 더욱 경악스러워 했던 사람은 바로 이경영과 소유경이었다.

화산파 제자 이경영은 허깨비를 본 사람 마냥 자신의 눈덩이를 세차게 비볐다. 한 번, 두 번, 세 번, 네 번.

눈자위가 벌겋게 익을 정도로 눈을 세차게 비벼 보았지만 현실에서 달라진 점은 아무것도 없었다.

'이…, 이럴 수가! 이런 바보 같은 일이! 어떻게 저 울보 바보 멍청 얼간이가 저 속에 끼어 있을 수 있지?'

경악을 넘어 기겁할 정도였다. 그의 두 눈에는 여전히 불신의 빛이 가득했다. 그러나 그 무리 속에서 걸어 나왔다는 것은 그가 화산규약 지회 대표단으로 뽑혔다는 것을 의미했다.

그러나 곧 그는 자신의 황당한 사고의 비약(飛躍)을 전면적으로 부정했다.

"에이…, 설마! 그럴 리가 없겠지. 그, 그래……. 아마 대표단 시종으로 따라왔을 거야. 암, 그렇고 말고. 설마 하늘이 무너지지도 않고, 땅이 갈라지지도 않았으며 별이 떨어지지도 않았는데 그런 일이 일어날 수는 없지. 핫핫하하하⋯⋯."

화산지회 대표단은 예로부터 시종을 두지 않았지만 그런 건 이경영으로서는 알 바 아니었고 전혀 중요하지도 않은 문제였다. 소유경은 얼이 빠진 듯한 사형 이경영에게는 시선조차 주지 않고 침묵한 채 윤준호를 뚫어지게 바라보았다. 그녀의 맑고 검은 눈동자 속으로 한 줄기 열망이 유성처럼 스쳐 지나갔다.

남들에게 등 떠밀려 나온 뒤로 갈 길이 막히자 배수(背水)의 진(陣)을 친 장수처럼 윤준호는 앞으로 나설 수밖에 없었다.

'어떻케! 어떻케! 어떻케!' (어떻게 해?)

그는 지금이라도 상황이 허락한다면 그냥 도망쳐 버리고 싶었다. 떠오르는 새벽의 태양 앞에서 했던 맹세는 이미 그의 머리 속에서 망각의 물결에 흘러가 버린 모양이었다. 그러나 도망은 용납되지 않았다. 때문에 그는 울며 겨자 먹기로 정체불명의 복면인 앞에 서는 수밖에 없었다.

'어?'

멀리서 볼 때, 처음에는 무척이나 무서운 사람이라 생각했는데 가까이 가서 보니 무척이나 느낌이 친숙했다. 당황해서 어쩔 줄 몰라하는 윤준호에게 복면인은 부드러운 음성으로 물었다.

"무르던 마음은 제련(製鍊)의 망치질에 단단해 졌느냐?"

스승이 제자에게 하는 듯한 질문이었다. 멀리서는 무섭게 들리던 목소리도 그렇게 생각하자 무척이나 자상하게 들렸다.

"아직은 잘 모르겠습니다."

윤준호가 대답했다. 별로 믿음직스럽지 못한 대답이었다.

"잘 모른다라…, 그렇다면 확인해 보면 금방 알게 되겠지."

복면인은 여전히 부드러운 목소리로 말했다.

'어디서 많이 들은 것 같은 느낌인데?'

아련하지만 무척이나 그리움이 드는 느낌이었다. 그러나 눈앞에서 뿜어져 나오는 기운이 너무 강력해 추억을 되짚어 보는 것을 방해하고 있었다.

"도대체 무슨 꿍꿍이이신 걸까?"

화산파 장문인 양유중은 도대체가 납득이 가지 않는다는 표정으로 고개를 가로저었다.

"그럼, 잘 부탁드립니다."

윤준호는 검을 정중앙에 품고 검 끝을 아래로 향하게 한 후, 포권을 취하며 정중히 검례를 취했다.

"음!"

복면인 매화가면은 짧게 대답하며 고개를 끄덕였다. 그리고는 승부 방법을 설명했다.

"그렇게 긴장하지 말게. 난 그냥 자네의 실력이 궁금할 뿐이니깐. 누가 보면 내가 자네를 잡아먹는다고 생각할까 두렵네. 우선 선배 된 도리로 자네에게 십초를 양보해 주겠네. 난 그 후에 공격하지. 만약 자네가 일검이라도 내 옷자락을 건드리면 자네가 승리하는 걸세. 그렇지 못하면……."

조잡한 매화 문양이 이마에 박혀 있는 복면의 뚫린 곳으로부터 예리한 섬광이 번득였다.

"생명을 걸어야 할 걸세!"

찌르는 듯한 날카로운 살기가 윤준호의 전신을 훑고 지나갔다. 정말로 죽일 수도 있다는 무시무시한 살기였다. 듣는 것만으로는 윤준호에게 전적으로 유리한 조건이었다. 그러나 그만큼 복면인은 자신의 실력에 자신이 있다는 이야기와 일맥상통했다.

귀를 기울이고 있던 장문인은 회의적인 표정으로 고개를 가로저었다.

"그건 절대로 불가능해. 현재 저 아이의 실력으로는 절대 이길 수 없어."

그리고 비무가 시작되었다.

윤준호 대 매화가면(梅花假面)

"저런 화려함의 극의에 이른 검기를 견식하기란 정말 오래간 만이군."
빙검이 감탄했다.
"확실히!"
염도가 짧게 대꾸했다.

비뢰쌍마와의 싸움 이후 더욱더 무공에 대한 집념이 강렬해지고
있는 두 사람이었다. 현재의 자신들의 실력으로는 부족함이 느껴졌
던 것이다.

"수줍음이 많은 노인장이로군요. 복면으로 얼굴까지 감추고 구애
하다니 말이에요."

비류연은 잠자코 지켜보다가 어이없다는 투로 한 마디 했다.

"확실히 자네 말대로 일지도 모르겠구만. 저 사람은 옛날부터 그런
면이 없잖아 있었지."

마치 예전부터 알고 있었던 사람처럼 회의노인이 말했다.

"그런가요?"

"그렇다네!"

잠시 노인을 일별한 비류연은 '으음…….' 소리를 내며 다시 두 사람의 비무로 시선을 돌렸다.

처음에는 쾌검으로 승부를 내려 했지만 상대는 가볍게 받아 넘겼다. 자신의 빠르기로는 상대를 제압할 수 없다고 느낀 윤준호는 변식이 많은 초식으로 다시 복면인을 공격하기 시작했다. 그러나 그물처럼 촘촘한 검막은 그의 변초가 파고 들어올 틈을 전혀 남겨두지 않았다. 그 철저한 방어에 윤준호는 절망하며 변초에 의한 공격을 포기했다. 그 다음으로 힘에 중점을 둔 초식으로 상대를 공략하려 했지만 그의 내공으로는 턱없는 일이었다.

벌써 속절없이 칠초나 지나갔다. 매 초식마다 복면인은 아주 손쉽게 윤준호의 검법을 받아 넘겼다. 윤준호의 검초를 흘려내는 복면인의 검기는 놀랄 정도로 미려했다.

윤준호가 아무리 다양한 방법으로 공격해 들어와도 태산이 버티고 선 것처럼 꿈쩍도 하지 않았다. 그 모습이 너무나 자연스러워 저 사람은 눈을 감고도 윤준호의 검을 막아낼 수 있을 것 같다는 엉뚱한 생각마저 들었다. 윤준호가 매 초식마다 이를 악물고 펼쳐내고 있었지만, 중과부적이었다.

그만큼 두 사람의 실력차는 명백했다.

"이대로는 불리하겠죠?"

"그렇겠지."

비류연의 평에 지팡이로 땅바닥을 가볍게 두드리며 노인이 응대했다.

"저 녀석 답지 않게 공격이 자질구레하네요. 정직과 소심을 겸비한 녀석이 변초 변식으로 승기를 잡으려 하다니…, 쯧쯧!"

윤준호도 꽤나 필사적으로 검을 휘두르는 듯 했지만, 복면인의 촘촘한 검세를 도저히 뚫지 못하고 있었다. 게다가 하나에 집중하지 않고, 공격이 너무 잡다했다.

"이대로 지지 않겠나?"

이번에는 노인 쪽이 물었다. 비류연은 고개를 가로저었다.

"아직 아니에요. 아직 전심전력이 아니거든요."

"호오? 전력을 쓰고 있는 게 아니라고?"

"그렇죠."

"하지만 왜? 설마 얕보는 건가? 상대를 얕볼 청년으로는 보이질 않는데……."

노인의 말대로 상대를 얕보는 사람은 저렇게 이를 악물고 덤벼들지는 않는다. 그 말에 비류연은 심드렁하게 대답했다.

"상대보다도 자신을 자주 얕보죠. 자신을 평가절하 하는데 일가견이 있다고나 할까요."

"그렇다면 왜? 저 복면인은 전력을 보존하면서 이길 수 있는 상대가 아니네. 물론 전력을 쓴다 해도 진짜 이길 수는 없겠지만 이 승부에 한해서는 이길 수도 있지. 그런데 왜 전력을 다하지 않는 건가?"

그러자 비류연이 당연하다는 듯 대답했다.

"전력을 안 쓰는 게 아니라 못 쓰는 거죠."

"어이, 이봐! 소심쟁이 준호! 이기고 싶으면 그때의 감각을 되살려

봐!"

지금까지 잠자코 지켜보기만 하던 비류연이 큰 소리로 외치며 충고했다.

'그때의 감각!'

바로 윤준호 자신이 이송을 추적하던 그 두렵고 무서운 십이혈마대의 대원들과 맞서 싸워 이긴 바로 그날, 그때를 가리키는 것이었다.

'그때의 감각, 그때의 감각, 그때의 감각……'

그날 그는 자신의 치명적인 약점도 망각한 채 무아지경 속에서 검을 휘둘렀다. 윤준호는 생명의 궁지에 몰렸던 그때의 감각을 되살려내기 위해 전력으로 머리를 회전시켰다. 그런데 여기에는 한 가지 치명적인 문제가 있었다.

'그런데 그때의 감각이 도대체 어떤 거였지?'

돌이켜 생각하고, 다시 떠올려 보려고 발버둥을 치듯 노력해 보았지만 아무리 기억의 짤틀을 힘껏 쥐어 짜 보아도 한 방울의 성과가 나오지 않았던 것이다. 그는 아직도 그 당시의 기억이 글자 하나 안 써진 새하얀 백지나 다름없었다.

"기…, 기억이 안 나요. 어떻게 하죠?"

볼멘 목소리로 울먹울먹 거리면서 윤준호는 당황해 하는 표정이 역력한 얼굴로 비류연 쪽을 돌아보았다. 비류연은 순간 왼손으로 얼굴을 덮고 하늘을 바라보았다. 머리가 지끈거려 왔지만 그냥 참기로 했다.

"네 녀석 나쁜 머리는 기억하지 못해도 몸은 기억하고 있을 거야. 그러니깐 자신을 믿어! 용기를 가지라고. 그만한 용기가 없다면 그

청강검은 뭐 하러 지니고 있는 건가? 당장에 두 동강 내버리고 엿이나 바꿔 먹지!"

비류연의 힐책은 윤준호의 우유부단한 마음을 헤아려주지 않을 만큼 가차 없었다.

'머리는 기억 못해도 몸이 기억한다고?'

계속해서 한눈 팔고 있을 시간은 없었다.

챙, 챙, 챙!

아직도 적의 공격은 계속되고 있었다. 윤준호는 일단 비류연을 믿는 모험을 해 보기로 결심했다. 이 결정은 상당히 무모한 감이 있었지만 그 용기만은 충분히 칭찬받을 만한 것이었다. 비록 본인은 모르는 것 같지만.

그러나 그의 기억에 비류연이 거짓말을 한 적은 단 한 번도 없었다. 그의 문제라면 항상 자신이 본 그대로의 진실이 아무런 여과 장치 없이 바깥으로 내뱉어 버린다는 점뿐이었다.

"뭐냐? 너의 본신 실력이 겨우 이 정도에 불과했단 말이냐?"

윤준호를 어린애 다루듯 자유자재로 다루며 복면인이 호통 쳤다. 대꾸할 말이 없었다. 그리고 참을 수 없이 부끄러웠다.

"화산의 검이라는 게 이 정도까지 형편없는 것이었더냐?"

아무리 소심하고 여린 마음의 윤준호였지만 사문을 모욕하는 말에는 참을 수가 없었다.

"불민한 것은 저 개인의 책임입니다. 화산의 검을 모욕하지 마십시오. 화산의 검은 무한합니다."

윤준호는 다시 시선을 복면인에게로 고정시키고, 장검을 비틀어

버릴 듯 힘차게 움켜쥐었다.

"그렇다면 직접 증명해 보아라! 그렇지 못하면 내 손에 죽을 것이다!"

복면인의 눈에서 무시무시한 살광(殺光)이 폭사되어 나와 그의 전신을 꿰뚫었다.

순수하고 농밀한 살기!

순간 윤준호는 확신했다. 그것은 절대적인 예감 같은 것이었다.

'죽는다!'

갑자기 눈앞이 암흑으로 뒤덮인 듯 캄캄해졌다. 머리 속이 멍해지고 아무 것도 생각나지 않았다. 자신의 죽음은 이미 확정된 것이라 어떠한 발버둥도 소용없을 것 같았다.

이대로 자포자기할 것인가? 그러자 그 순간 그의 마음 속 깊숙한 곳에 단단히 묻혀있던 가장 원초적인 욕망이 눈을 떴다. 그것은 살고자 하는 순수한 생명의 몸부림이었다.

"하압!"

그의 입에서 낭랑한 기합성이 터져 나왔다. 그와 동시에 그의 청강검 끝에서 화려한 붉은 검기가 폭죽처럼 터져 나오더니 수백 송이의 붉은 매화가 화려한 꽃망울을 터트리며 만개했다. 이윽고 은은한 매화 향기가 장내에 가득히 퍼졌다.

"저…, 저것은 검향지경(劍香之境)!"

풍매검 양유중은 화산파 장문인답게 지금 윤준호가 짧은 환상처럼 보여준 경지가 저 나이에 비해 얼마나 놀랄 만한 경지인지 잘 알고 있었다. 장로들도 모두들 경탄을 금치 못하고 있었다.

윤준호의 붉은 검기에 압도되었는지 복면인은 어느새 장검을 땅에 늘어뜨려 놓고 있었다. 복면인의 빛바랜 자색무복은 걸레처럼 여기 저기가 너덜너덜해져 있어 무척이나 볼썽사나웠다. 방금 전 윤준호의 검이 해낸 쾌거였다. 하지만 그런 무지막지한 검기를 정면에서 받아내고도 피부에 상처 하나 없다는 것은 그만큼 복면인의 검경이 높은 경지에 올라있음을 웅변해 주는 것이었다.

그리고 윤준호는 놀란 듯이 복면인을 바라보고 있었다. 방금 전 자신이 출초한 회심의 일격을 막아낸 수법은 윤준호에게 있어 잊을래야 잊을 수 없는 초식이었기 때문이다.

'매염토망(梅艶吐網)!'

이십사수 매화 검법 중 최강의 방어 초식으로 그분께서 자신에게 직접 몇 십번이나 손수 지도해 주셨던 결코 잊을 수 없는 초식이었던 것이다. 이 독창적인 수 풀이는 틀림없었다.

잠시 얼이 빠져있던 윤준호는 황급히 검을 회수하고 복면인 앞에 넙죽 바닥에 엎드렸다. 손을 앞에 짚고, 이마를 바닥에 대며 고두례(叩頭禮)를 취한 것이다. 그리고는 울먹거리는 목소리로 상대가 말릴 틈도 없이 외쳤다.

"화산파 불초제자 윤준호! 삼가 태사부님을 배알(拜謁)합니다!"

눈시울이 붉어지며 눈물이 아롱져 지면에 떨어졌다.

화산파 진영이 술렁대며 곳곳에서 경악성이 터져 나온 것은 당연한 결과였다.

'역시!'라는 침통성을 터트리며 장문인은 이마를 짚었고, 장로들은 윤준호의 부주의함을 책망했다. 여전히 화산파 수행제자들은 물론이고, 천무학관 대표단들을 비롯해 중원표국과 중앙표국, 그리고 그 외의 구경꾼들 사이에서 술렁거림은 좀처럼 수그러들 기세가 아니었다.

특히 윤준호와 사형제지간이기도 한 이경영은 이제 자신의 턱이 빠지든 말든 상관하지 못할 정도로 경악에 휩싸여 있었다.

'어…, 어떻게 저 녀석이 저렇게까지…….'

뒤이어 붙을 '놀라운 무공을 지니게 되었단 말인가? 믿을 수 없어!'란 말은 정신적 충격 때문에 끝까지 이어져 나오지 못했다. 직접 뚫린 두 눈으로 똑똑히 처음부터 끝까지 지켜보았지만 여전히 믿겨지지 않았다. 부릅떠진 그의 시선이 윤준호에게서 떨어질 줄을 몰랐다. 아니, 잡아먹을 듯이 노려보고 있었다는 게 아마 더 정확한 표현일 것이다.

"그 울보 얼간이가……."

화산에서 울보에 바보라고 그를 무던히도 괴롭혔던 전적이 있는 이경영이었다. 윤준호의 왕따 시키기에 가장 앞장섰던 게 바로 자신이었다.

'너 따위는 화산의 수치일 뿐이야!'라고 외치며 얼마나 못살게 굴었던가.

그런데 그는 지금 번듯한 화산지회 대표단이 되어 금의환향 했고, 자신은 아직도 천무학관 입관에 벌써 3번째 낙방한 사수생이었다. 그런 생각이 든 순간 자신의 신세가 무척이나 처량하고 한스럽게 느껴졌다.

입장이 한순간에 완전히 역전된 것이다. 이제 그 누구도 백도 무림의 대표로서 화산지회 대표단에 뽑힌 그를 무시할 수 있는 사형제가 있을 리가 없었다. 화산의 수치인 울보에 바보얼간이에서 윤준호는 한순간에 선망의 대상으로 탈바꿈한 것이다.

두 다리의 맥이 탁 풀려 버리는 것 같았다. 자칫 잘못하면 바닥에 털썩 주저앉을 뻔했다. 그의 입가가 실룩실룩 요동쳤다.

"핫, 하…, 핫하……."

실성한 듯한 웃음소리가 그의 멍하게 벌어진 이 사이로 흘러나왔다. 과거의 놀림 받던 울보는 이제 자신이 감히 범접할 수 없는 높은 세계에 도달해 있었다. 더 이상 그는 예전의 울보가 아니었다. 이제 더 이상 자신이 그를 놀리거나 괴롭힐 수 없다는 이야기이기도 했다. 아니, 이제는 과거에 자신이 저질렀던 수많은 몹쓸 짓에 대한 대가를 치러야 할지도 모르는 위험천만한 상황에 놓이게 된 것이다.

그만큼 화산지회 대표라는 직함이 지닌 의미는 무거웠다. 화산파의 이름 없는 제자 정도는 감히 올려다 볼 수 없을 정도로…….

게다가 윤준호는 수많은 시선이 지켜보는 가운데 자신이 화산지회 대표로서 부족함이 없음을 그 무위로서 입증한 것이나 진배없었다. 이제 화산파 제자 누구도 그의 대표 발탁에 대해 일언반구도 이의를 제기하지 못할 것이다.

이경영은 갑자기 상전벽해(桑田碧海)란 말을 뼈 속 깊이 실감할 수밖에 없었다. 전신의 힘이 쭈욱 빠져나가는 것이 느껴졌다. 현기증이 느껴졌다. 허탈감과 무력감이 전신을 휘감았다. 아무 것도 느껴지지 않고, 그저 끝없는 막막함만이 그의 심신을 집어삼킬 뿐이었다.

이렇게 한없이 자신이 초라하게 느껴지기는 처음이었다.

소유경은 다른 의미에서 이 소심한 작은 사형에게 감탄하고 있었다. 다른 사형제들이, 아니 사형들뿐만 아니라 뒤늦게 들어온 사제들에게까지 놀림의 대상이 되었던 심약한 윤준호였다. 다른 사람들이 너나 할 것 없이 앞 다투어 못살게 굴고, 괴롭히기를 즐겨할 때 그녀만은 윤준호에게 심하게 대하지 않았으며 오히려 따뜻하게 대해주어 용기를 북돋우는 말을 계속해 주었던 것이다.

솔직히 그가 천무학관에 합격했을 때(거의 태사부의 어거지로)도 무척 놀랐지만 지금의 경탄에 비할 바가 아니었다. 새삼스럽게 외롭고 힘없는 작은 새 같던 윤준호가 한순간에 커다란 날개로 창공을 가르는 한 마리 매처럼 늠름하게 느껴졌다.

기쁨과 만감이 마음 속에서 교차했다.

'축하해요, 윤 사형!'

그녀는 진심 어린 마음으로 그에게 축하를 보냈다. 다른 사형제들의 얼빠진 듯한 얼굴과 경악성을 듣고 있는 것은 그녀로서도 무척이나 즐거운 일이었다.

'나도 수련을 게을리 하지 말고 이번에 꼭 합격해야지. 그러면 사형과 함께 다닐 수 있을 거야!'

소녀는 마음 속으로 굳게 다짐했다. 한창 감수성이 풍부할 낭랑 18세의 소녀다운 생각이었다. 그 어느 때보다 강한 의욕이 샘솟아 나왔다.

"으음…, 끄응……."

복면인은 윤준호의 돌발적인 행동 때문에 무척이나 난처해진 모양이었다. 멀리서 보기에도 당황이 역력히 드러나 있었다. 그러나 비류연은 복면인의 주름진 눈가에서 진주 같은 빛이 햇빛에 순간적으로 반짝이는 것을 놓치지 않고 볼 수 있었다.

마침내 복면인이 입을 열었다. 그의 두 눈에는 자애로움이 가득했다.

"고개를 들거라. 얼굴이 보이지 않는구나."

윤준호가 고개를 들었다. 그의 얼굴은 쉴 새 없이 펑펑 흐르는 눈물 때문에 이미 엉망진창이었다.

"많이 늘었구나."

"가…, 감사합니다. 태사부님!"

윤준호가 또다시 감격에 겨워 허리를 깊숙이 숙였다. 그러자 매화가면의 당황은 눈에 확 드러날 정도였다.

"무…, 무슨 소리! 난 그저 단순한 의문의 복면인 매화가면일 뿐일세. 자네에게 태사부라 불릴 아무런 이유도 없네. 자넨 지금 뭔가 착각하고 있는 걸세. 내 말 뜻 알겠나?"

"네! 태사부님!"

윤준호가 힘차게 대답했다.

"전혀 못 알아듣고 있잖나!"

복면인이 답답한지 연신 가슴을 두들겼다. 아무래도 여기 더 있어 봤자 좋은 일은 없을 것 같았다.

"제가 뭔가 실수 했나요, 태사부님?"

꼬박꼬박 착실히 말끝마다 '태사부님'을 붙이는 윤준호였다.

"어허, 아니래도! 알만한 사람이…, 그리고 무릎 아플 텐데 이제 그만 일어나게나."

윤준호에게 가까이 다가간 복면인이 오른손으로 그의 어깨를 다정스럽게 두드리며 자상하게 말했다. 그러나 그와 동시에 그의 나머지 왼손이 소매치기가 울고 갈 정도로 빠르게 윤준호의 품속으로 움직였다는 것을 눈치 챈 사람은 아무도 없었다. 당사자인 윤준호조차 잠시 후에 자신의 품안에서 이물감을 느꼈으니 그 속도가 얼마나 쾌속했는지를 알 수 있었다.

"이…, 이건……."

윤준호가 뭐라고 말을 하려 하자 복면인이 그것을 제지했다. 아무 말 하지 말고 잠자코 있으라는 이야기였다. 윤준호의 귀로 한 줄기 전음이 들려왔다. 그의 눈이 크게 떠졌다.

그것은 화산파 제자로서, 아니 검도에 몸담고 있는 검객으로서 광세기연(曠世奇緣)이라 할 만한 인연이었다.

"그…, 그렇게 귀한 것을……. 전 받을 수 없습니다!"

그러나 복면인은 사양할 기회도 주지 않았다.

"그럼 난 이만 가보겠네. 아까 내가 한 말 잊지 말게. 그럼 계속 정진하게나. 잘 있게!"

스스로를 매화가면이라 칭한 이 수줍음 많은 노인은 나타났을 때와 마찬가지로 홀연히 사라졌다. 정말 신출귀몰한 신법이 아닐 수 없었다. 매화가면의 모습이 완전히 자취를 감춘 이후에도 사람들은 그가 사라진 방향으로 시선을 고정시킨 채 한참 동안을 그대로 머물렀다. 윤준호는 그 방향을 하염없이 바라보다가 깊숙이 허리를 숙였다.

그리고 조용히 말했다.

"감사합니다."

"짓궂은 친구로구먼. 장 국주, 난 오랜만에 옛 친구나 만나 술잔이나 나누어야겠네. 저 친구들과의 인연은 다음으로 미루어야겠구만. 자네의 표국이 만대까지 번성하길 빌겠네. 잘 있게나."

작별인사도 채 듣지 않은 채 삿갓노인은 몸을 날려 복면인 매화가면의 뒤를 쫓았다. 그의 신형도 곧 황혼 속의 그림자 속으로 사라졌다.

"앗! 가버렸다."

비류연이 외쳤다. 이로서 그 삿갓인의 정체를 확인해 볼 기회를 놓쳐버리고 만 것이다.

"가 버렸군. 하지만 다시 만나게 될 걸세. 아마도!"

잿빛 머리카락을 지닌 노인의 말은 마치 확신에 가득 차 있었다. 그러자 다들 그것이 한 치의 차질도 없는 사실이 될 것처럼 느껴졌다.

다시 침묵이 찾아왔다.

윤준호는 여전히 복면인이 사라진 방향으로 허리를 깊숙이 숙인 채 펼 생각을 하지 않고 있었다. 이제 그는 어떤 방법을 써서도 태사부님의 하해와 같은 은혜에 보답할 수 없다는 생각이 들었다.

그의 그림자가 땅거미처럼 길게 늘어지기 시작했다.

"저기…, 저 분은. 혹시……?"

빙검이 먼저 운을 때려 했지만 양유중에게 선수를 빼앗기고 말았다.

"그…, 그럼 관 노사! 급한 용무가 있어 본인과 화산파 제자들은 이만 돌아가 보도록 하겠소이다. 관 노사와 술잔을 기울이며 검에 대한

담론을 나누고자 했으나 오늘은 인연이 되지 않은 듯 하오. 아쉽지만 다음 기회를 기약해야겠소이다."

양유중의 말에는 진심이 가득했다. 그만큼 그의 실망이 컸던 것이리라. 하지만 함께 객잔 안으로 들어가 빙검과 염도의 얼굴을 쳐다볼 용기가 지금의 양유중에게는 없었다. 그와 장로들은 한시라도 빨리 이 자리를 빠져나가고 싶었다. 물론 그들의 이런 좌불안석하는 모습이 더욱더 사람들의 의혹을 증폭시키고 있었지만, 마음이 조급하다 보니 미처 거기까지 생각할 겨를이 없는 모양이다.

"그…, 그러시지요."

수상한 언동과 어색한 침묵이 이상하게 여겨졌지만 감히 거절할 수 없는 절박함이 있었다.

"앞으로의 무운장구(武運長久)를 전 화산파 제자들과 함께 기원하고 있겠소이다. 그럼!"

말을 마치기가 무섭게 양유중은 돌아섰다. 그리고는 뒤가 마려운 사람처럼 서둘러 장내를 빠져나갔다. 마치 포도아문(捕盜衙門 : 포졸, 포두)에게 쫓기는 범죄자처럼 도망치듯이!

아마 빙검 염도와 마주 앉아 그 매화 복면인에 대한 화제를 떠올리기가 무척 두렵고 괴로웠던 것이리라.

그리고 이런 소란 속에서 중원표국과 중앙표국의 대립은 완전히 잊혀지고 말았다.

화산에 오르다
- 세 개의 관문

그날 밤, 매화객잔의 한 객실.
"에에에엑! 그…, 그런 말도 안 되는……."

일의 발단이 언제였는지는 모른다. 그러나 그 일은 일사불란하게 진행되어 지금 염도와 빙검을 경악하게 만들 지경까지 와 있었다. 방금 소리 지른 이는 염도였다.

그것은 한 노인의 말도 안 되는 제안 때문이었다. 그리고 더 큰 문제는 그 제안을 중개한 사람이 바로 비류연이라는 점이었다.

염도과 빙검, 두 사람이 경악으로 혀를 빼물고 있는데도 비류연은 태연하기만 했다.

"안될 것도 없잖아요?"

두 사람의 복장을 뒤집어 놓는 소리!

"절대로 안 됩니다!"

염도와 빙검은 웬일로 마음이 맞았는지 동시에 외쳤다. 그러면서도 눈앞의 회의노인을 미친 늙은이라며 함부로 삿대질 하지 못하는 것은 노인의 몸을 감싸고 있는 독특한 분위기 때문에 본능적으로 함부로 대할 수가 없었기 때문이었다.

비류연의 소개로 처음 만났을 때였다.

회의노인은 이채를 띤 시선으로 처음에는 염도를, 그리고 그 다음에는 빙검에게로 옮겨 두 사람을 해체하듯이 바라보았다. 두 사람은 그 시선의 칼날에 전신이 관통되는 듯한 느낌을 받았다. 그리고 이 노인이 결코 평범한 사람이 아니라는 것을 직감했다.

"허허허, 여기서 재미있는 아이들을 만나는군. 이것도 하늘이 인도해 준 또 하나의 인연이란 말인가?"

노인은 무엇이 그리 유쾌한지 주름진 입가에 웃음을 가득 머금고 소리 내어 웃었다.

"?"

노인의 느닷없는 홍소(哄笑)는 염도와 빙검에게 한보따리의 수수께끼만 안겨 주었을 뿐이었다. 나이를 떠나 충분히 무례로 보여질 수 있는 행위였다. 그러나 두 사람 중 그 어느 누구도 노인의 웃음을 제지하지 못했다. 본능적인 거부감이 들었기 때문이다. 그러나 그것은 그저 막연한 예감일 뿐 정확한 이유는 알 수 없었다.

그때부터 이 두 사람은 노인 앞에서 공손한 자세를 유지한 채 함부로 대하지 못하고 있었던 것이다. 그리고 그것은 현재 그 노인이 말도 안 되게 터무니없는 제안을 하고 있는 지금까지도 계속 이어져 오고 있었다.

"혹시 황금덩어리라도 받은 겁니까?"

역사를 생각해 볼 때 빙검보다 훨씬 비류연과의 생활이 오래된 염도가 날카롭게 질문했다. 순간 비류연은 흠칫 한 듯 했지만 금세 태연하게 대꾸했다.

"거기에 대답할 의무는 없는 것 같군요."

맞는 말이었다. 사부가 제자의 질문에 일일이 답변해야 할 필요는 없는 것이다. 단 마음이 내킬 때를 제외하고는…….

그러나 염도의 예리한 지적대로 이미 배후에는 노인과의 금전적 거래가 있었던 듯 하다. 허위의 주렴 뒤에 숨겨진 그 진실을 폭로하지 못하는 것이 염도는 못내 아쉬울 뿐이었다.

"하지만 이 일은 너무 중요합니다. 게다가 장난이 아닙니다. 가벼운 마음으로 그런 중요한 결정을 내릴 수는 없습니다."

단호한 빙검의 말에 노인이 대꾸했다.

"걱정 말게, 아무도 신경 안 쓸 걸세."

회의노인의 태도는 비류연과 인척관계가 아닌가? 의심될 정도로 뻔뻔했다. 아무렇지도 않게 펼치는 무사태평 낙관론을 듣고 있자니 그런 의혹이 더욱더 짙어졌다.

쇠못으로 참을 '인(忍)' 자를 심장 속에 박박 새기며 빙검이 외쳤다.

"신경 쓸 겁니다!"

염도와 빙검, 이 안하무인의 두 사람이 잿빛 머리카락을 지닌 정체불명의 노인에게 경어를 써주고 있는 것은 이 인물에게서 느껴지는 미지의 느낌 때문이었다. 왠지 처음 만났을 때부터 두 사람은 일견하기에 볼품없는 저 왜소한 노인을 대하기가 무척 힘들었다. 그것은 그 느낌이 이질적인 것이 아니라 무척 친숙한 느낌이었기 때문이다. 왠지 막연하게 돌아가신 사부님의 향기가 느껴졌던 것이다. 자연 말투가 공손해 질 수 밖에 없었다.(여기서 사부님은 당연히 현재 사부인 비류연이 아니다.)

이 두 사람은 아무리 노인이 대하기 어려워도 그 제안만큼은 받아들일 수 없다는 입장을 완강하게 고수하고 있었다. 그들의 굳건한 방어는 결코 함락할 수 없는 난공불락(難攻不落)의 철벽을 두른 강철의 성과도 같았다.

그러자 잠자코 지켜보기만 하던 노인이 입을 열어 한 마디 했다. 그것은 염도와 빙검을 지금까지 느꼈던 황당함과는 그 본질부터 다른 진정한 의미의 경악과 혼란에 빠트리는 질문이었다.

"…, 그런데 자네 두 사람! 태극의 인재는 찾았나?"

관도들은 왜 갑자기 느닷없이 나타난 저 노인이 자신들과 화산행에 동행하게 되었는지 알 수가 없었다. 아니 그런 일이 가능하기나 한 것인지조차 의문스러웠다. 그러나 염도와 빙검의 서슬 시퍼런 눈빛은 그 어떠한 반항도, 질문도 용납하지 않고 있었다. 그저 화산지회 진행과 관련된 중요한 인물이라는 말로 모든 설명을 대신했다.

상명하복(上命下服)! 알아서 기라는 의미를 지닌, 안 그러면 가만두지 않겠다는 패기가 촘촘한 그물처럼 삼엄하게 뿜어져 나오고 있었다.

이런 분위기에서 목숨이 여벌로 몇 개 상비되어 있지 않는 이상 질문내지는 이의를 달기란 불가능에 가까웠다. 그리하여 노인의 천무봉 동행은 결정되었다. 천무봉은 원래 화산에서 가장 높은 다섯 개의 봉우리 중 남쪽에 위치한 봉우리로 원래 이름은 기러기도 날다 떨어진다는 의미를 지닌 낙안봉(落雁峯)이었다. 다섯 봉우리 중 가장 산세가 험하고 협곡이 많은 곳이기도 했다. 그러나 화산규약지회가 이곳에서 열리기 시작한 어느 순간부터 이곳은 무림인들로부터 천무봉이라 불리기 시작해 지금은 아무도 낙안봉이라 부르지 않았다.

"내일 화산 천무봉(天武峯)에 오르겠다."

빙검이 선언하듯 말했다. 그리고 많은 의문과 의혹을 앙금으로 남긴 채 마지막 회의는 해산되었다.

날이 밝았다.

천무학관 대표단의 모두는 잿빛 어둠 속에서 천천히 밝아오는 여명(黎明)을 바라보며 각오를 새롭게 하며 각자 자신들의 병기를 정성스런 손길로 신중하게 손질했다.

이 대부분이 각자의 사문이나 가문에서, 혹은 존장으로부터 물려받은 애병(愛兵)들로 그들의 분신이나 다름없는 것들이었다. 자신들의 생명을 지켜주고 그 손에 명예와 영광을 안겨줄 유일한 친구이자 분신을 손질하는 그들의 마음에 어떤 각오와 맹세가 깃들어 있는지는 오직 본인 만이 알 일이었다.

그동안 많은 고난이 있었다. 생각보다 여정은 결코 쉽지 않았다. 그러나 그들은 마침내 여기까지 왔다. 지금 그들의 눈앞에 목적지인 화산 천무봉이 그들을 오만하게 굽어보고 있었다. 드디어 오늘 그들은 그곳을 오른다. 새로운 세계와 놀라운 경험이 그들을 기다리고 있을게 분명했다.

두근두근 심장이 터져버리지나 않을까 싶을 정도로 긴장되는 것이 당연했다.

"음냐, 음냐, 음냐……."

그러나 이 엄숙한 각오의 시간에 전혀 어울리지 않게 분위기 파악도 못하고 외따로 떨어져 이불 속에 몸을 만 채 침상에 뒹굴고 있는 자가 한 명 있었다. 이 종교의식처럼 엄숙하고 경건한 자리에 흥을 깨고 찬물을 끼얹어도 유분수였다. 바로 비류연이었다.

혹자는 불쾌감이 자르르 흐르는 눈으로 이맛살을 찌푸리며, 혹자는 저 태평 성대한 무신경함에 경의와 부러움을 표하며 그를 바라보았다.

그가 주섬주섬 침대에서 일어난 것은 조찬 시간이 다되어서였다. 객잔은 천무학관 대표단이 통째로 전세 냈기 때문에 식당에는 아무도 없었다.(대표단의 편의를 최대한 봐주고 혹시나 있을지 모를 불상사를 미연에 방지한다는 의미에서였다. 게다가 그들은 너무나 유명인이라 너무 세인의 이목을 집중시키는 것이 껄끄럽고 부담스러웠다.)

그들은 평소의 화기애애한 분위기와는 다르게 서로 말 한 마디 나누지 않고 묵묵히 식사를 마쳤다. 아침이 제대로 넘어갈 리가 만무했다.

"다 먹었느냐?"

빙검이 주위를 둘러보며 물었다.

"예!

모두 힘차게 대답했다.

"그럼 가자!"

대표단 일행들은 일제히 자리에서 일어났다. 모두들 얼굴에 각오가 단단했다.

드디어 출발이었다.

"그쪽 길이 아니다!"

빙검이 관도들의 발걸음을 제지했다.

"아니…, 야?"

말끝을 올리며 뒤를 돌아본 이는 아직도 자신이 내딛던 발걸음을 완전히 내딛지 못하고 엉거주춤한 자세로 서 있는 염도였다. 빙검은 한심스럽다는 듯이 한숨을 내쉬고는 이내 고개를 가로저었다.

"엣? 그럼 어디로 가야 합니까?"

엉거주춤한 상태로 씨근덕거리고 있는 염도를 대신해 남궁상이 재빨리 물었다. 자칫 잘못하여 염도의 성깔이 폭발할 수 있기에 그 위험을 미연에 방지하고자 행한 일이었다.

빙검은 인적도 드물고 길도 제대로 나있지 않은 왼쪽의 나무 숲 어귀를 가리켰다. 그들이 지금까지 걸어가고 있던 잘 정돈된 길과는 무척이나 대조적인 길이었다.

염도의 노력하지 않아도 충분히 험악한 인상이 더욱 심하게 일그러졌다. 이런 얼굴에서 튀어나오는 말이 고울 리가 없었다.

"저어기이?"

빙검은 고개를 끄덕였다. 척 보기에도 꽤나 험난하고 올라가기 귀찮게 생긴 곳이었다.

"저렇게 훤하게 뚫려있는 대로를 놔두고 저런 다람쥐들이나 다닐 법한 험할 것이 뻔한 샛길로 가야 한단 말인가?"

빙검은 대답하기도 귀찮은지 그저 고개만 한 번 끄덕여 보였다.

"왜? 이유가 뭐야? 내가 모르고 있었던 게 있었으면 이 기회에 좀 알려주지 그래?"

염도의 시비조에도 아랑곳 하지 않고 빙검이 천천히 대답했다.

"저기는 일반인이나 초대객과 물품이 지나가는 길이다. 화산지회 대표단들은 저 포장된 길로 갈 수 없다. 우리들은 여기에 유람 온 게 아니라 시련을 겪기 위해서 왔기 때문이다. 때문에 이 아이들은 시험을 통과해야만 한다."

빙검이 가리킨 곳은 잡목이 우거져 숲이 짙게 음영을 드리우고 있는데, 곳곳에 험한 협곡과 바위 언덕이 있어서 척 보기에도 험난할 것 같았다. 당연히 일행을 고되게 만들 요소가 여기저기 산재해 있음이 분명했다.

"시험?"

염도의 말꼬리가 길게 올라갔다.

"난 못 들었는데? 게다가 저번 대회 때도 시험이나 관문 같은 게 있다는 이야기는 듣지 못했다고!"

정말로 금시초문이었다.

"자네는 못 들었는지 모르지만 나는 분명히 들었네. 그리고 관문은 이번 대회부터 새로 생긴 것으로 알고 있네. 내가 들은 바에 의하면 3개의 관문을 지나며 3개의 고난을 겪고 난 뒤, 3가지 공포를 이긴 후에야 비로소 원하던 장소에 도달할 수 있을 것이라 했네."

"왜 난 못 듣고, 넌 들었다는 거지? 이게 말이나 돼? 불공평하잖아?"

갑자기 자신이 무시당했다는 생각이 든 염도가 버럭 화를 냈다.

"당연하지. 네가 신용이 없기 때문이다. 게다가 잊고 있는 모양인데 본인이 자네보다 계급이 높다네. 잊지 말아줬으면 좋겠군. 무척이나 불·쾌·하니깐 말일세!"

무심한 어조로 빙검은 또박또박 거침없이 말했다. 사실 염도 그는 일개 무사부였고, 빙검은 그 무사부를 총괄적으로 관리하는 총무사부의 일인이었다. 그러나 그렇다고 염도의 성질이 죽은 것은 아니었다. 애초에 비류연이 아니었으면 이런 조직체제 속에 몸을 투신할 염도가 아니었던 것이다. 이 모든 일의 원흉은 모두 비류연 때문이었다.

끓어오르던 주전자가 마침내 넘쳐흐르고 말았다.

"붸이이야!"

염도의 분노가 마침내 폭발하고 말았다. 티격태격하는 두 사람의 드잡이 질 때문에 대표단의 출발이 한참이나 지연된 것은 불 보듯 뻔한 일이었다.

싸움이 끝났다. 도저히 끝날 것 같지 않았던 두 사람의 싸움이 끝난 것은 오직 한 사람의 힘 때문이었다.

"이제 다 끝났으면 출발했으면 하는데요?"

비류연의 이 한 마디에는 신비의 힘이라도 깃들여져 있는지 거짓말처럼 두 사람은 싸움을 멈추었다. 빙검과 멀찍이서 떨어져 아직도 숨을 고르지 못하고 씨근덕거리던 염도가 잡아먹을 듯한 눈으로 지난 화산규약지회 참가자 신유성을 노려보며 말했다.

"야! 유성! 너도 저번에 이 길로 갔었냐?"

"아…, 아닙니다. 저도 처음 듣는 일인데요?"

그 무시무시한 살기덩어리에 찔끔 놀란 신유성이 허둥지둥 대답했다.

"그럼 너가 그때 걸어 올라간 길은 어디냐?"

아직도 화가 안 풀렸는지 씨근덕거리며 염도가 다시 물었다.

"저 길입니다. 당연한 일이죠."

신유성은 손가락을 들어 아주 정리가 잘되어 있는 널따란 대로를 가리켰다. 그 길은 빙검이 가리킨 길에 비해 정말 넓고 편안해 보였다. 경공을 사용하면 한 시진도 안 되어 산 정상에 도달할 수 있을 것 같았다.

원래 그 길은 천무봉에 여러 가지 물건들을 운송하기 위해 닦여진 길이었다. 소문의 화산규약지회를 구경하고 싶은 많은 무림인들이 이 길을 밟고 천무봉에 오르고 싶어 한다. 그러나 그것마저도 초청장을 받은 일부의 선택된 사람들에게만 가능한 일이었다. 물론 그 수도 결코 적은 숫자는 아니었다.

"으음, 아무래도 이건 제 개인적인 예감이지만, 이번 화산지회는 이제까지 있어왔던 그 어느 대회와도 차원이 다른 대회가 될지도 모른다는 느낌이 강하게 듭니다."

굳어진 얼굴로 잠시 생각을 정리한 신유성이 진지하게 말했다.

'뭔가 있을지도 모른다?'

어떤 위화감이 자꾸만 염도의 신경을 긁고 있었다.

첫 번째 관문의 관리자
- 비공답운 종쾌

새하얀 구름의 평원을 종이장처럼 뚫고 솟은 거대한 창 같은 봉우리들.
중원오악의 하나답게 그 높이는 구름도 감히 닿지 못할 정도로 높았다. 그들은
그런 험한 봉우리 중 하나를 오르고 있는 중이었다.

산등성이는 흰 구름 깔린 푸른 하늘을 배경으로 이 빠진 톱니처럼
들쑥날쑥 튀어나와 있었다. 예상했던 대로 길은 험했다. 아니 길이라
고 해도 될지 의문스러울 정도였다. 아무래도 빼어난 절경, 기경이라
는 것은 길이 험하다는 말과 일맥상통하는 것인 듯 했다.

그러나 그들은 올라가든지 내려가든지 양자택일을 할 수밖에 없었
다. 결론은 이미 선택 전부터 정해져 있는 것이었다. 가파른 비탈길
을 신법을 이용하여 빠른 속도로 올라갔다.

그다지 좋은 기분은 아니었다.

무성한 잡초와 빽빽한 잔가지들을 해치며 반 시진쯤 올라갔을까?
그들은 눈앞에 나타난 돌연한 난관에 봉착해 발걸음을 멈출 수밖에
없었다. 그것은 자연의 손길이 만들어 낸 거대한 관문이었다.

"어이, 이봐! 얼음탱이! 혹시 길을 잘못안거 아냐?"

염도가 신경질적인 목소리로 물었다.

"아닐세! 분명 이 길이야!"

빙검이 확신에 찬 목소리로 대답했다.

"흥, 그렇다면 자네가 길치인 모양이지."

염도의 폭언에 빙검의 관자놀이가 순간 꿈틀했다.

"분명히 이 길이 확실하네. 내 명예를 걸고 맹세하지!"

"그렇다면 저건 뭔가?"

염도가 손을 들어 한쪽을 가리켰다. 그곳에는 20장은 족히 되어 보이는 절벽이 가로놓여 있었는데 그 반대편의 벼랑은 이쪽보다 7~8장은 더 높아 보였다. 그러나 그 어디에도 건너편으로 건너갈 만한 다리는 눈 씻고 찾아봐도 행방이 묘연했다. 우회로 따위도 당연히 찾아볼 수가 없었다.

"흘흘흘, 그는 길을 잃지 않았다네. 방향치는 더욱더 아니지. 뿐만 아니라 아주 제대로 찾아오기까지 했네."

순간 모든 대표단의 시선이 일제히 목소리가 난 곳으로 향했다. 누더기나 다름없는 허름한 회색 옷을 걸친 노인 한 명이 검은색 바위 위에 걸터앉아 있었다. 노인의 머리는 단정함과는 거리가 먼 지저분하게 풀어헤쳐져 있었으며, 수많은 고난과 인생의 역정을 겪은 듯한 지친 얼굴을 하고 있었다.

"노인장께서는 뉘신지요?"

빙검이 대표로 앞으로 나서며 물었다.

"그냥 이곳을 지키는 별 볼일 없는 늙은이라네. 허허허허!"

노인은 환히 웃으며 대답했다.

"혹시 노학 자네 사문의 존장이 아니신가?"

옆구리를 쿡쿡 찌르는 남궁상의 과격한 질문에 노학은 인상을 찡그리며 고개를 흔들었다.

"아닐걸? 저런 모습을 한 분이 화산 천무봉에 계시다는 이야기는 지금껏 들어보지 못했어. 게다가 관문지기라면 소문이 나지 않았을 리가 없지."

"아무래도 이곳은 아마 세상에 알려지지 않은, 그리고 알려서는 안 될 그런 장소인 듯한 느낌이 드네. 우리가 알고 있는 강호와는 전혀 다른 강호가 이곳에는 존재한다는 느낌이 들어. 과연 어떤 일이 우리의 눈앞에 펼쳐질까?"

남궁상은 첫사랑에 빠진 소년처럼 두근거리는 가슴으로 주먹을 꽉 쥐었다. 혈관을 흐르는 피의 속도가 점차 빨라지고 있었다. 이제 앞으로 그가 보고 들으며 경험할 것들은 이제까지와는 전혀 맥을 달리하는 새롭고 놀라운 경이와 경악으로 가득 찬 것일 것이라는 느낌이 강하게 그를 지배했다.

그러나 그것이 경이롭다 못해 경악스럽기까지 해 얼마만한 절망적인 공포를 그들의 가슴에 각인시켜 줄지는 아직 아무도 예상치 못하고 있었다.

거대한 두꺼비가 웅크리고 있는 듯한 바위 위에 앉아 있는 노인의 체구는 무척이나 왜소해 보였다. 젓가락 하나 들 힘도 없어 보이는 그 노인은 키가 보통 사람의 절반도 채 되지 않을 정도로 아주 작은 것 같았다. 그 노인의 옆에는 독특하게 생긴 두 개의 나무 막대가 양쪽에 가지런히 놓여져 있었다.

"처음 뵙겠습니다. 전 천무학관 화산규약지회 대표단을 이끌고 있는 관철수라는 사람입니다. 괜찮으시다면 노 선배님의 존함을 알려 주실 수 있겠습니까?"

다시 한 번 포권을 취하며 빙검이 정중하게 물었다. 이런 곳에 있는 인물이 결코 평범할 리 없다고 판단한 것이리라.

"허허허, 뭐 거창하게 존함까지야…, 이 늙은이의 이름은 종쾌라고 한다네. 옛날 옛적에는 한때 비공답운(飛空踏雲)이라는 허명으로 불린 적도 있었지."

노인은 대수롭지 않게 내뱉은 말이었지만, 그 말이 던져준 충격의 파장은 엄청난 것이었다.

"비, 비공답운 종쾌! 천하제일경공!"

빙검을 비롯한 대표단의 일행들은 믿을 수가 없었다. 비공답운이란 명호가 강호에 이름을 떨친 것은 백 년 전이었지만 아직 그 명성이 사람들의 기억 속에서 잊혀진 것은 아니었다. 경공에 관해 배울 때면 누구나 한 번쯤 그 이름을 듣게 되기 때문이다.

비공답운 종쾌!

하늘을 날아 구름을 밟는다는 칭호를 가진 이 사람은 경공에 관해서만큼은 전설을 이룬 사람이었다.

'바람보다 빠른 게 뭔지 알고 싶다면 종쾌를 만나보라!'

그 당시 그에 대한 평가로 이런 말까지 떠돌 정도였으니 그가 이룬 경공의 경지가 얼마나 높았는지 능히 짐작할 수 있었다. 그 빠름에 대한 집착 때문에 쾌속광이라 불리기도 한 인물이었다.

천겁혈세 이후 행방불명이 돼 그 행적이 묘연했는데 그 전설적인 인물을 이런 외딴 산골짜기에서 만나다니 너무 놀라 어안이 벙벙할 뿐이었다.

그러나 이 엄청난 위명의 노인이 바위에서 옆에 놓아둔 두 개의 막대기를 들고 일어났을 때 사람들이 느낀 경악에 비한다면 조족지혈에 불과했다. 사람들의 눈이 일제히 찢어질 듯 부릅떠졌다.

그에게는 그와 함께 전설을 만든 그의 자랑거리이자 상징이나 다름없었던 두 다리가 존재하지 않았던 것이다.

그의 다리는 빠름, 쾌속의 상징과 같은 것이었다. 백 년 전 그의 발과 그의 두 다리에는 빠름과 신속이 새겨져 있었다. 그러나 백년이 지난 지금 그 상징물은 더 이상 그의 몸 어디에도 존재하지 않았다.

노인의 키는 다른 보통 사람의 절반도 채 되지 않았다. 그의 양다리는 모두 잘려나가고 지금 두 다리가 달려있어야 할 그곳은 텅텅 빈 채 헐렁한 바지만이 바람에 흔들리고 있었다.

대신 그의 양 손에는 기다란 나무 지팡이가 들려 있었다. 아마도 저 두 개의 얇고 긴 나무 지팡이가 그의 두 다리를 대신해 주고 있으리라.

"그…, 그건 도대체?"

남궁상의 시선이 비어있는 두 개의 바지 자락에서 떨어지지 않은 채 떨리는 목소리로 물었다.

"아, 이것 말인가? 별거 아니라네. 한 순간의 자만에 대한 평생의 쓰디쓴 교훈이라고나 할까……."

비공답운 종쾌의 얼굴에 쓰디쓴 고소가 머금어졌다. 그러나 그런 게 별거 아닌 게 될 수 있을 리가 없었다.

"너무 그렇게 대놓고 불쌍하다는 표정은 짓지 말게나. 두 다리가 없어도 아직 이런 재주 정도는 부릴 수 있으니깐 말일세!"

스르륵! 순간 남궁상의 시야에서 종쾌의 모습이 사라졌다.

턱!

이윽고 남궁상의 등 뒤로부터 그의 어깨에 나무 막대 하나가 올려졌다. 놀랍게도 그것은 종쾌의 오른쪽 목발이었다. 어느새 남궁상의 배후를 점한 종쾌가 왼쪽 목발로 전신을 지탱한 채 오른쪽 목발을 그의 어깨 위에 올려놓았던 것이다.

"방심했군, 젊은이! 이미 자네는 나의 검에 죽었다네. 불구자라고 해서 함부로 얕봐서는 안 되지. 이 늙은이가 비록 늙고 두 다리도 잃었지만 이 정도 재주는 부릴 수 있다네."

남궁상의 등이 식은땀으로 흥건히 젖었다. 목발이 얹혀졌던 그 순간 마치 한 자루의 예리한 검이 그의 목을 베고 지나가는 듯한 느낌이 들었던 것이다. 그는 그 순간 자신의 죽음을 체험할 수 있었다. 가슴이 싸늘하게 식어 갔다.

종쾌의 이런 움직임에 경악한 것은 비단 남궁상 뿐만이 아니었다. 다른 대표단 일행들도 모두 놀란 눈으로 불구자 노인과 그 노인에게 뒤를 내어준 남궁상을 번갈아 보았다. 이들 중 상당수가 노인의 움직임을 완전히 파악하지 못했던 것이다.

어깨에서 목발을 떼어내자 비로소 남궁상은 얼어붙어 있던 몸을 움직일 수가 있었다. 목발이 어깨 위에 올려져 있을 때는 마치 거미줄에 걸린 나비처럼 옴짝달싹도 하지 못했던 것이다.

"노부가 지나간 케케묵은 이야기를 하나 해주겠네. 이 시험을 치르기 전의 여흥이라고 생각하고 들어주게나. 어느 옛날이야기나 그렇듯이 이 이야기 또한 귀중한 교훈이 될 테니 말일세. 그리고 이 관문의 유래에 대해서도 말이야."

"유래라니요?"

"자네들도 들었다시피 3개의 관문을 통과해야 하네. 각자의 관문에는 그 나름대로의 유래가 있지. 물론 자네들 입장에서는 별로 듣고 싶지 않을지도 모르겠지만 말일세."

"?"

암울한 눈동자로 말끝을 흐리는 종쾌의 모습은 이상하기만 했다. 그러나 그의 말이 사실이라는 것을 아는 데는 그리 오랜 시간이 걸리지 않았다.

"약 백 년 전에 한 남자가 있었네. 그는 어느 날 갑자기 아무런 예고도 없이 홀연히 나타났다네. 아무도 그가 어디서 왔는지 알지 못했지. 물론 처음에는 누구도 그의 존재를 신경 쓰지 않았네. 그런 일은 언제나 있었던 일이었으니까. 하지만 사람들은 곧 자신들의 안일했던 생각을 뜯어고칠 수밖에 없었지. 그자의 손에 다섯 개의 방파와 일곱 개의 회(會), 두 개의 명문대파가 멸문 또는 봉문을 당했거든. 무관심은 순식간에 경악과 혼란, 그리고 공포로 뒤바뀌었다네. 그의 끝을 알 수 없는 무한한 힘에 많은 사람과 문파들이 굴복했지. 왜 그가 그런 일을 했는지는 아무도 알 수가 없었네. 다만 당시의 강호에 그를 막을 힘이 없었던 것만은 명백했지. 그자가 뿜어내는 공포는 점점 더 무림을 구석구석 잠식해 들어가기 시작했다네. 사람들은 모두들 그를 두려워했지. 급기야는 그의 이름만 들어도 소름이 돋고, 오금이 저릴 정도가 되고 말았다네. 때문에 모두들 그 이름을 내뱉는 것조차 금기시하게 되었네."

사람들의 얼굴이 기묘하게 변했다. 종쾌의 이야기를 계속 경청하고 있다 보니 그것은 무척이나 귀에 익은 이야기였던 것이다.

"그 공포는 너무나 크고 끔찍해서 한동안 아무도 막을 엄두를 내지 못했다네. 그의 이름에 도전한 자는 너나 할 것 없이 불귀의 객이 되고 말았지. 이제 그는 공포 그 자체가 되었다네. 아무도 말하고 싶지 않은, 떠올리기조차 두려운 이름의 소유자. 그자는 그의 공포에 굴복하고 복종을 맹세한 자들을 모아 하나의 거대한 세력을 만들고 그 옥좌에 앉았지. 그렇게 해서 그는 천겁령의 주인이 되었다네. 사람들은 두려움과 공포와 절망을 담아 그를 천겁혈신 이라 불렀다네."

모두의 얼굴에 놀라움이 떠올랐다. 그들은 지금 강호에서 가장 금기시되고 있는 이야기를 듣고 있는 것이다. 심장이 터질 듯이 두 방망이질 치기 시작했다. 화로 속에서 붉게 달군 석탄이라도 입안에 들어와 있는지 목이 타고, 피가 장마철 강물처럼 빠른 속도로 전신을 관통했다.

그들은 본능적으로 느낄 수 있었다. 지금 평온을 가장하여 노인이 아무렇지도 않은 기색으로 말하고는 있지만 노인의 말 속에는 삼만 육천오백 번 이상 뒤바뀐 달과 해의 광휘로도, 백년의 바람으로도 결코 지울 수 없는 공포의 잔 떨림이 남아 있다는 것을.

"홀로 있을 때조차 무적에 가까웠던 자라 거대한 마(魔)의 세력까지 규합한 그를 막을 수 있는 힘은 이미 정기가 쇠할 데로 쇠한 강호에는 남아있질 않았다네. 그는 정사를 가리지 않고 모두 그의 힘 아래 굴복하길 원했지. 그때 최초로 정사공동연합무림회의가 개최되었지. 계속되는 패배와 죽음 속에서 사람들은 생각했다네.

'이대로는 안 된다! 다른 방법을 강구해야만 한다!'

그러나 그 누구도 시원스런 해법을 내지는 못했지. 그때 한 노인이 나서서 말했네.

'나에게 좋은 생각이 있소!'

그 당시 지푸라기라도 움켜잡고 싶었던 사람들의 귀가 일제히 그 노인을 향했지. 노인은 다시 말했다네.

'전력이 분산된 이대로는 불리하오! 흩어져 있는 우리의 힘을 한 곳으로 모아 그 마인(魔人)을 상대해야만 하오. 그러기 전에는 절대 승산이 없소!'

'어떻게 말이오?'

어떤 사람이 물었지.

'함정을 파는 겁니다. 우리가 원하는 장소에 그를 유인하는 거요!'

노인이 대답했다네.

'함정? 그런 게 그자에게 통하겠소?'

또 다른 사람이 물었다네. 그 당시 '그'가 지닌 막강한 힘과 엄청난 공포는 악마조차 꼬랑지를 말 정도였으니 그런 의혹이 제기되는 것도 무리가 아니었지. 그러자 그 노인이 다시 말했다네.

'그자가 절대 외면할 수 없는 매력적인 미끼를 사용하는 거요!'

노인이 제시한 유인책 미끼가 무엇인지 사람들이 알았을 때 엄청난 반발과 함께 그를 힐책하는 목소리가 여기저기서 폭풍처럼 터져나왔다네. 너무 위험한 발상이었거든.

'만일 당신의 계책이 실패했을 경우의 파장을 생각해 본 적이 있소? 잘못되면 우리는 완전히 파멸이요! 돌이킬 수 없는 일이 되고 만단 말이오!'

사람들이 어이없다는 듯이 외쳤다네. 무리도 아니었지. 그런 것을 미끼로 쓸자고 제안 했으니……."

"도대체 그 미끼란 게 뭐였습니까?"

궁금증을 참지 못한 염도가 물었다. 종쾌가 고개를 들어 그의 눈을 들여다보았다. 유리알처럼 투명한 그 눈을 바라본 염도는 순간 흠칫했다. 종쾌는 고개를 가로저으며 말했다.

"미안하지만 아직 자네들에게는 그것이 무엇인지 알 자격이 없네. 그러니 가르쳐 주지 못하는 나를 원망하지 말게나."

그렇게 말하니 더욱더 안달이 날 정도로 그 미끼의 정체가 궁금해졌다. 그러나 어떠한 회유와 아부에도 종쾌는 끝내 그것이 무엇이었는지 말해주지 않았다.

종쾌는 이야기를 계속했다.

"사람들의 거센 반발을 이미 예상이라도 한 듯 잠자코 지켜보던 노인은 혼란이 다소 진정되자 다시 말했다네.

'그렇다면 그 외에 그를 막을 수 있는 다른 뾰족한 방법이라도 있단 말이오? 그런 방법이 있다면 나는 서슴없이 그 의견에 따르겠소. 이

한 몸이 한줌 가루가 될지라도 말이오. 그러니 다른 대책이 있으면 지금 이 자리에서 어서 말해보시오!'

아무도 그의 말에 대답하지 못했지. 그 후 노인이 제시한 그 의견에 대한 심사숙고가 이어졌네. 회의는 일곱 낮, 여섯 밤 동안 계속되었지. 그리고 마침내 칠일 째 되던 날 결단이 내려졌다네. 기나긴 회의 끝에 노인의 의견이 마침내 통과된 것이지. 무림사를 통 털어 그런 엄청난 희생의 위험을 무릅쓴 책략은 아마 없었을 걸세. 그것은 정과 사, 흑백도를 떠나 전 강호의 운명을 건 도박이었네. 그리고 그 책략을 실행하기 위한 장소가 결정되었지."

"설마 그 장소란 곳이……?"

빙검이 떨리는 목소리로 물었다. 어떤 예감이 그의 심장을 관통했던 것이다. 종쾌는 고개를 주억거렸다.

"자네 짐작이 맞네. 그 곳이 바로 이 화산 천무봉일세. 그리고 자네들이 지금 앉아있는 바로 이 장소이기도 하지."

해일 같은 경악이 그들을 일순간에 휩쓸어 버렸다. 해일이 휩쓸고 지나간 잔해 뒤로는 묵직한 침묵이 이어졌다. 아무도 말을 내뱉는 이가 없었다.

종쾌의 이야기는 그들이 강호 무림사를 배우면서 한 번도 들어보지 못했던 이야기였던 것이다. 천무봉에 이런 내력이 있다는 것을 이들은 오늘 이 자리에서 처음 들었던 것이다.

갑자기 바닥에 쇠침이라도 박혀 있는 것처럼 엉덩이가 따끔따끔했다. 사람들은 새로운 시선으로 주위를 둘러보았다. 왠지 모든 사물들이 다르게 보였다.

"천우야, 너 이런 이야기 전에도 들어본 적 있냐?"

염도의 질문에 화산파의 유망한 제자이자 주작단 단원인 조천우는 세차게 고개를 가로저었다.

"제가 화산파에서 십년 이상 가르침을 받아왔지만, 지금 이날까지 그런 이야기는 단 한 번도 들어본 적이 없습니다."

바로 화산 앞마당에서 일어난 일임에도 불구하고 화산파 제자가 한 번도 들어본 기억이 없다니 놀라운 일이었다. 염도의 시선이 이번에는 윤준호를 향했지만 그 역시 모르기는 마찬가지였다.

잠시 숨을 돌린 종쾌가 다시 말했다.

"모르는 것이 당연한 일일세. 그때 있었던 모든 일은 비밀에 붙여져 깊은 어둠 속에 묻혀버렸으니 말이야. 이제 그 일을 아는 사람은 현 강호에 극소수에 불구하고, 설사 알고 있는 사람들이라고 해도 그것을 잊으려 발버둥치고 있는 실정이야. 자네들은 이곳이 단순히 화산 규약지회가 열리는 장소쯤으로 생각하고 있었겠지!"

노인의 질문에 모두들 고개를 끄덕였다. 과연 그러했던 것이다.

"사실 이 이야기를 비밀에 붙인 이유는 두 가지 때문이라네. 하나는 절대로 밝혀져서는 안 되는 그 내용 때문이고, 또 다른 하나는 공포 때문일세!"

"공포…, 라니요?"

남궁상이 의아한 얼굴로 되물었다.

"그것은 앞으로 말하지 않아도 직접 경험하게 될 걸세. 아마 자네들에게 지금까지 '그'는 전설이나 무용담, 혹은 이야기 속에나 나오는 인물에 불과 했었겠지. 세치 혀가 전하는 말만으로 그 힘과 공포를 전해 들었을 뿐 직접 부딪힌 적은 단 한번도 없었을 걸세. 아마 진짜로 그런 마인이 존재했는지조차 의문을 품고 있는 자도 있을지도 모르지. 그의 이야기는 여느 이야기가 그러하듯 과장과 허풍이 들어가 부풀려졌을 것이라고 말이야. 만일 혹시라도 그런 사람이 있다면 그들은 오늘 진귀한 경험을 하게 될 걸세. 여기서 자신이 얼마나 잘못 생각하고 있었는지 '그'를 직접 만날 수 있을 테니 말이야."

순간 종쾌의 눈에서 붉은 번개와도 같은 섬뜩한 기광이 번뜩였다.

"!!!"

광기어린 경악의 벼락이 그들 사이를 무참하게 난타했다. 대표단 일행들은 백지처럼 하얗게 탈색된 얼굴로 두 눈을 찢어질 듯 부릅뜨고 입을 쩍 벌린 금붕어처럼 입만 뻐끔거렸다.

순간 맑고 청명한 하늘에 커다란 장막 같은 그림자가 나타나 빛나던 해를 어둠 속으로 삼켜 버린 듯 했다. 공기는 싸늘하게 식어 한겨울의 삭풍(朔風)처럼 살을 에는 듯 했고, 사람들은 밤을 무서워하는 어린애들처럼 모두들 두려움에 떨었다. 현재 실체가 존재하지 않음에도 불구하고, 그가 뿌리는 공포는 이만치 거대했다. 마치 영혼이 부서질 듯한 충격이었다.

그때였다.

"야, 궁상! 너 지금 뭐하냐? 장난 치냐?"

한심스럽다는 한 마디. 그리고 이어 강림하는 천벌!

딱!

"악!"

눈물을 찔끔하며 남궁상은 뒤통수를 감싸 쥐었다. 그 순간 남궁상은 자신을 휘감고 있던 어둠의 거미줄이 어디론가 사라진 것을 느낄 수 있었다. 남궁상을 시발점으로 다른 이들도 자신을 둘러싸고 있던 어둠에서 빠져나왔다.

다시 하늘이 눈부실 정도로 밝아졌고, 햇살은 따가웠으며 시원한 가을바람과 싱그러운 초록의 푸르른 내음도 여전했다.

'방금 그게 뭐였지?'

대표단 일행들은 자신들이 방금 무엇을 경험했는지 이해할 수가 없었다. 단지 자신들이 정체불명의 환상에 빠져 마비 독에 당한 작은 짐승처럼 옴짝달싹 못한 채 벌벌 떨고 있었다는 것뿐이었다. 비류연이 종쾌를 바라보고 웃으며 말했다.

"재미있는 이야기에 재미있는 재주이시네요. 그런데 그 뒷이야기는 어떻게 되는 건가요?"

종쾌는 약간 놀라운 눈으로 비류연을 바라보았다. 마치 불의의 습격으로 뒤통수라도 얻어맞은 것 같은 표정이었다.

'내 집단 암시에 걸리지 않고 도리어 그것을 깨다니…, 놀라운 놈이군!'

강호에 알려지지는 않았지만 그에게는 빠른 발 이외에도 또 하나의 특기가 있었다. 그것은 자신의 눈앞에서 자신의 이야기를 듣고 있는 사람을 순식간에 어떤 암시에 빠트리는 것이었다. 일종의 최면술이라 할 수 있었다. 그런데 오늘 그 암시를 보기 좋게 깨트린 녀석을 만난 것이다.

"허허허, 놀라운 젊은이로군. 단지 가벼운 시험일뿐이었다네. 별 나쁜 뜻은 없었으니 이해하게나. 쯧쯧쯧, 이 정도 암시 따위에 굴복해서야 어찌 진짜 그 앞에 서볼 수 있겠나! 그것은, 그것은……."

갑자기 종쾌의 목소리가 사시나무 떨리듯 떨리기 시작했다. 그의 눈동자도 함께 흔들렸다. 종쾌는 뒷말을 잇지 못했다. 그것은 말로는 형용할 수 없는 것이라고 온몸으로 웅변이라도 하듯이…….

잠시 침묵하던 종쾌는 곧 다른 것으로 화제를 바꾸어 말하기 시작했다.

"걱정 말게나. 안색이 여전히 어두운 걸 보니 노부의 말에 지레 겁을 먹은 것 같은데, 어떻게 이곳에서 '그'와 직접 싸울 수 있겠는가? 자네들이 싸우게 될 것은 '그'가 남긴 혼적의 일부일세. 이제 이 강호상에서 얼마 남지 않은 생생한 혼적이기도 하지."

다른 곳은 모든 문파가 합심하여 전력을 다해 그 압도적인 공포의 잔혼(殘痕)을 지워버렸다는 사실을 굳이 덧붙이지는 않았다.

"그러나 안심하긴 아직 이르네. 부디 그 잔혼을 무시하지 말게나. 방심하다가는 남겨진 잔상에 먹혀버릴 수도 있으니 말일세!"

마른 침이 일동의 목을 타고 넘어갔다.

"그 첫 번째 혼적이자 자네들의 첫 번째 시험이기도 한 곳은 바로 저곳일세."

종쾌가 가리킨 곳은 바로 눈앞에 가로놓여진 까마득한 낭떠러지를 사이에 둔 서로 높이가 다른 벼랑이었다.

"우린 저곳을 '천겁간(天劫間)' 또는 '혈신일보(血神一步)'라 부른다네."

〈『비뢰도』 13권에 계속〉

휘군이랄까

두문불출님, 항상 멋진 그림 감사합니다!

윤준호

사과마녀님, 항상 멋진 그림 감사합니다!

검류혼장편신무협판타지소설

飛雷刀

01.8 펜리슈

비류연과 그 일당들의 좌담회

장　　홍 : 독자 여러분, 안녕하십니까! 이 소설의 주인공을 맡고 있는
　　　　　장홍이라고 합니다. 잠시 줄거리를 잊으신 분들을 위해 이
　　　　　제까지의 이야기를 요약하자면 이 이야기는 멋지고 훌륭
　　　　　한 로맨스 그레이 장홍의 모험과 우정, 그리고 아름다운
　　　　　사랑을 다룬 스펙터클한 환타지 로망 무협입니다.

비 류 연 : 쳇, 중년의 사랑이라고 해봤자 불륜밖에 더 있겠어요? 게
　　　　　다가 예전부터 이 책 주인공은 나로 정해져 있었다구요.
　　　　　요즘 점점 더 배역이 줄어들고 있는 조연의 역성혁명은 용
　　　　　납하지 않겠습니다.

장　　홍 : 부, 불륜이라니!!! 말도 안 되는 소릴! 그저 낭만일 뿐일세.

자넨 사나이의 로망도 모르나?

비 류 연 : 호오, 낭만이라? 그럼 그 말 그대로 형수님한테 해줘도 상관없는 거예요?

장　　홍 : 무, 무슨 그런 험악한 소릴 하는 건가 자넨! 난 아직 새파란 젊은 총각…….

비 류 연 : 오호! 이제는 혼인빙자 사기까지! 형수님이 참 좋아하시겠네요?

장　　홍 : 이보게, 류연! 우리 사이에 이러긴가. 이 우형(愚兄)을 한 번만 살려주게나. 알만한 사람이 왜 이러나. 흠흠, 보잘 것 없지만 내 성의라고 생각하고 이거…….

비 류 연 : 흐흠…, 그럴까요?

효　　Ｘ : 지금 신성한 좌담회장에서 뭐하는 짓입니까?

장　　홍 : 지금 뭔가 짖었나?

비 류 연 : 글쎄요, 아직 제정신도 못 돌아온 사람이 말을 했을 리가 없겠죠.

장　　홍 : 그렇겠지. 아직 그 친구는 제정신으로 못 돌아왔지. 앞으로는 돌아온다던가?

비 류 연 : 그거야 다음 권 넘어가 봐야 아는 거죠.

장　　홍 : (씨익!) 그렇군, 그런 거야…….

비 류 연 : 어째 눈매가 무섭습니다.

장　　홍 : 아하하하, 착각이야 착각! 그건 그렇고 자네 기시감(旣視感)이란 것에 대해 아나?

비 류 연 : 오호, 이것 참 훌륭한 화제 전환이로군요. 갑자기 그 기시

감은 왜요?

장　홍 : 갑자기 기시감에 대해 말하고 싶어졌다고나 할까? 왠지 신의 계시 같은 일종의 의무감이라 할 수 있지.

비류연 : 왜요? 누가 기시감이 뭔지도 모르는데요?

장　홍 : 뭐 그랬을지도 모르지. 기시감이란 말이야. 우리가 매트릭스(Matrix)의 세계에 살고 있다는 일종의 증거라 할 수 있지. 그 영화 보면 검은 고양이 두 마리가 지나가는 것 있잖나?

비류연 : 있죠.

장　홍 : 그게 바로 기시감이라네.

비류연 : 엥? 그건 좀 아니지 않나요? 어째 설명이 좀 이상한데요.

장　홍 : 쩝, 나의 고난이도 한 정문일침의 설명이 너무 어려웠나. 그렇다면 내가 한 가지 예를 들어주겠네. 그 편이 자네나 독자들도 훨씬 이해하기 쉽겠지.

비류연 : 말씀해 보세요.

장　홍 : 한 작가에게 마감일이 다가오고 있었다네.

비류연 : 그것 참 끔찍한 이야기로군요. 불쌍하기도 하지.

장　홍 : 물론, 참 불쌍하기는 하지. 끔찍하기도 하고, 어떨 때는 공포스럽기까지 하지. 어쨌든 마감의 아수라장을 헤쳐 나가고 있던 한 작가에게 편집부로부터 전화가 왔다네.

비류연 : 아니 전화선도 안 끊어 놨었데요? 마감하는 작가가?

장　홍 : 애석하게도 그랬다고 하더군. 게다가 핸드폰 배터리도 안 빼놨고 말이야.

비류연 : 쯧쯧쯧, 준비성이 무척이나 부족한 작가로군요. 그런 나태

한 정신으로 어떻게 마감이라는 아수라장을 헤쳐 나갈 수 있었어요?

장　홍 : 너무 그렇게 나무라지 말게나. 마감이라 정신이 없었겠지. 여하튼 각설하고 편집부 담당이 전화기에 대고 말했다네. '작가님! 이제 곧 마감인데 원고 다 됐나요?' 그러자 작가가 대답했지. '어라? 이미 마감해서 원고 넘기지 않았나요?' 라고 말이야.

비류연 : 그건 e-mail이 날아갔다거나 오류가 발생했다거나, 아니면 출판사의 행정 착오가 아니었을까요?

장　홍 : 글쎄, 내 이야기를 끝까지 들어보게. 우린 지금 기시감에 대해 이야기 하고 있는 중이라네. 그러자 편집부 담당이 대답했지. '그럴리가요? 저희는 마감된 원고 같은 것은 받아본 적이 없는데요. 작가님이 주셔야 저희가 받죠!' 그러자 작가가 다시 대답했지. '아니에요, 전 분명히 예전에 마감한 원고를 넘겼는걸요? 뭔가 착오가 있을 거예요. 잘 찾아보세요. 그럼 안녕히 계세요. 딸깍! 뚜우-뚜우-' 알겠나? 이게 바로 기시감이란 걸세.

비류연 : 우웅, 글쎄요……? 알 것 같기도 하고, 모를 것 같기도 하고. 게다가 예시도 뭔가 이상한 것 같고. 그러니깐 대충 때려 잡아보자면, 어떤 일을 예전에도 한 듯한 느낌이 드는 것을 가리키는 말이라는 거죠?

장　홍 : 상당히 비슷했네. 심리학 용어로 한 번도 경험한 일이 없는 데도 언제 어디선가 이미 경험한 일인 것처럼 느껴지는 것

을 가리키는 말일세. 불란서에서는 '데자뷰(deja vu)'라고
도 한다고 하더군. 전생에 대한 어렴풋한 기억 같은 것을
나타낼 때도 쓰이네.

비 류 연 : 불란서? 아아! 프랑스 말이로군요. 그런데 그거랑 방금 그
예시랑 무슨 상관인거죠?

장 　 홍 : 아주 깊고 밀접한 관계가 있다고만 알아두게. 너무 세상의
진리에 접근하는 것은 위험천만한 일이지.

비 류 연 : 흐흠…….

장 　 홍 : 자자, 너무 깊게 생각하지 말고 그냥 넘어가도록 하세. 아
하하하. 자자! 이거, 이거!

비 류 연 : 흐흠! 우형이 그렇게 간곡히 말하니 이만 넘어가도록 하
죠. 그리고 보니 작가가 이번에 해외도피 계획을 세웠다고
하던데요?

장 　 홍 : 아! 그런 일이 있었지. 역시 소문이 빠르구만.

비 류 연 : 해외도피(海外逃避)라고 하면 바다 건너로 도망가 몸을 숨
긴다는 옛 고사에서 나온 말이 아닙니까?

장 　 홍 : 그렇다고들 하지. 요즘은 멀리 안 가고 집안에 앉아서 TV
만 켜도 그런 사람들을 매일매일 쉽게 만날 수 있지. 참 편
리한 세상이야. 여하튼 작가는 이번 마감기간에 아슬아슬
하게 맞추어 일본여행을 계획하고 있었다고 하더군. 아마
여행은 핑계이고, 마감이 안 되었을 경우 여차하면 일본으
로 도피할 계획이었겠지. 물 건너라서 편집부의 마수가 닿
지 않을 거라고 생각했던 것 같네.

비 류 연 : 아마 그랬었겠지요. 마감일이 다가올수록 해외도피란 말은 온 세상에 울리는 맑고 고운 소리처럼 매력적으로 들렸었겠죠. 그런데 작가에게는 제주도 말고는 처음 바다 건너가는 거라고 하던데요?

장　　홍 : 아, 뭐 그렇다고 하더군. 여권이랑 비자 받는 것도 처음이라고 하더군.

비 류 연 : 마감이 다가오면 다가올수록 비참한 현실에 처한 작가에게 해외도피란 말은 흑기사나 구원투수처럼 눈부신 존재로 다가왔겠죠?

장　　홍 : 설마, 그럴리가! 하지만 첫 해외여행이라 너무 준비가 어설펐어. 해외도피는 은밀, 신속, 정확, 과감이 생명인데 너무 뭉그적거렸어. 마침내 덜미가 잡혀 끝내 마감을 하고 갈 수밖에 없었던 것이지.

비 류 연 : 흐흠, 일의 경과가 그렇게 된 것이었군요. 그럼 이번 12권이 나올 때쯤에는 바다 건너편에 있겠군요.

장　　홍 : 뭐 그렇게 되겠지.

비 류 연 : 이번 그림은 비뢰도 다음카페의 두문불출님과 사과마녀님께서 보내주신 그림입니다. 항상 좋은 그림 감사합니다. 그 외에 자료실에 많은 그림을 올려주시는 분들께도 감사인사를 드립니다. 항상 즐거운 마음으로 보고 있습니다. 이분들께는 역시 마찬가지로 싸인북을 보내드리도록 하겠습니다.
비뢰도 다음카페 주소는 다음과 같습니다.

검류혼장편신무협환타지소설 ☆비뢰도★

(cafe.daum.net/TGSNOSF)

▶▷비뢰도◁◀ (cafe.daum.net/biroido)

아참! 그리고 팬레터를 보내주시는 많은 독자 분들께 일일이 답장을 못 보내드려 죄송스러울 따름입니다. 하지만 항상 고마운 마음 잊지 않고 있습니다. 이 자리를 빌어 감사의 말씀을 드립니다. 그리고 작가에게 될 수 있으면 많은 답장을 쓰라고 닦달하도록 하겠습니다. 작가의 E-mail 주소는 ragnadan@hanmail.net입니다.

장　　홍 : 저도 그 일을 열심히 돕겠습니다.

비류연 & 장홍 : 그럼, 독자 여러분! 저희는 다음 권을 기약하며 여기서 이야기를 마치도록 하겠습니다. 작가가 필살의 각오로 겨울 스페셜 특집을 준비하고 있다고 하니 기대하셔도 좋을 듯 합니다. 그게 뭔지는 아직 비·밀·입니다!

그럼 그때까지 건강히 계세요!